蘭開富貴 上

風 文創 481

玉人歌 著

目錄

序

玉人歌

花開富貴，萬事如意，大約是普通人一輩子理想中的生活。可人生不如意十之八九，總會有眾多煩惱接踵而來，所以乾脆提筆寫出個如意吉祥的故事，這便是本文的初衷。

我信奉用自己的雙手創造出幸福，哪怕最初起於塵埃，依靠智慧和勤勞一點點的從塵埃裡拚出的果實，才更甘甜。所以我沒有讓女主穿越到大富大貴之家，而是穿越成一個普通的農家婦人，有夫有子，然後給了她能描繪世界的一雙巧手——沒錯，她是個性子潑辣的畫家。

依靠一雙巧手畫畫發家，被人騙過算計過，卻都樂觀地挺了過去。用現代的思想教育子女，讓兒女個個成材，讓家族興旺綿延百年。我想這如意生活的背後並不全是運氣，也有智慧和努力。

很希望自己也能像書中女主一樣，用努力和勤勞換來如意幸福的生活。無論你我生活中有多少坎坷，都會跨過去的吧。加油！共勉！

第一章

傍晚，日頭斜掛在天邊，染出一片紅霞。

河西劉家村東頭有三棵棗樹，棗樹邊有個齊齊整整的院落，院子門口聚著兩個小媳婦，蹲在棗樹下嚼著舌根。

劉富家的翠姑一身灰撲撲的粗布衣裳，伸了伸腦袋，聽著從院子裡傳來隱約的女人哭喊聲，撇了撇嘴。「劉木匠他這大兒媳婦也真是嬌氣，生個孩子都這麼大陣仗。當年我生我家大小子的時候，上午還在田裡做活呢，肚子疼，往草垛子裡一鑽，就把我家大小子生出來，我婆婆直誇我好生養，能生兒子。誰像小婉，平日瞧著皮嬌肉嫩，生個孩子，生了兩宿都沒生出來。」

「就是啊。」劉勝家的芳姑點頭附和道：「我生我家大閨女的時候，也沒這樣過。妳聽聽這喊得嗓子都啞了，依我看啊，這小婉恐怕是不行了……嘖嘖……」

芳姑做了個噤聲的手勢，搖搖頭，一臉惋惜。

翠姑轉頭瞧了一眼劉木匠家的院門，啐了一口。「當初我要把我姪女說給劉木匠家劉俊，他家不要，非要娶個弱不禁風的病秧子。這不，孫子沒抱上，媳婦再沒了，還得把彩禮錢賠進去，真是不聽我翠姑言，吃虧在眼前。」

「可不是嘛。」芳姑點頭附和道。「要是劉俊當初娶了妳姪女，這會兒肯定順順利利抱上大胖小子。依我看啊，這小婉就算能生下來，也肯定是個女娃。」

「妳們兩個烏鴉嘴，說什麼呢？」

院子門哐噹一聲被人從裡頭踹開，一個穿著粗布衣裳的婦人衝出來。那婦人身材高眺，打扮得俐落乾淨，此時雙手扠腰，滿眼通紅，正是劉木匠的媳婦張蘭。

「你們兩個懶婆娘，躲在我家門前說什麼鬼話！誰剛說小婉生女娃的？呸呸呸，晦氣！站出來，看我不撕了她的嘴！」張蘭三十左右的年紀，樣貌秀氣，可周身透出十足十的悍婦氣息，鎮得翠姑、芳姑齊齊打個哆嗦。

「沒……蘭嫂子，妳聽岔了，我跟芳姑說隔壁村的小媳婦的事，沒說妳家小婉。」翠姑一個激靈，朝芳姑使了個眼色。芳姑會意，忙點頭如搗蒜。「是是，沒說妳家小婉。妳家小婉一看就能生大胖小子，蘭嫂子就等著抱大胖孫子吧。」

張蘭哪裡吃她們這一套，提著嗓子大罵。「我家小婉要是沒能平平安安給我生個胖孫子，那都是妳們咒的！等我去妳們家，砸了妳們的房子，燒了妳們的田！瞧妳們那邋遢樣子，別在我家門口站，平白髒了我家的地界！趕緊給我滾！」

張蘭是村子裡有名的悍婦，扠腰罵街能罵個三天三夜不歇不重複，打架撒潑更是不輸人，可謂劉家村一霸，村子裡的男男女女都怕她幾分。

翠姑、芳姑只是閒來無事想聽個壁腳，誰知道竟然把這尊瘟神招惹來了，忙一邊說著吉詳話，一邊落荒而逃。

張蘭打發了二人，又回院子，聽見屋子裡兒媳婦羅婉叫得淒慘，心裡一陣煩躁。

羅婉丈夫劉俊蹲在門前，呆呆地往產房裡看去，目光滿是無力。他與羅婉青梅竹馬，一年前羅婉嫁進門，新婚不久就懷了孩子，當時兩人喜上眉梢，誰想到好景不長，羅婉竟然難產了。起初張蘭還請了村裡的穩婆來瞧過，可是大家都說是難產，誰也沒辦法，張蘭心疼銀子，就將穩婆都趕走，自己接生，讓女兒劉秀燒水打下手。

張蘭推開產房門，一股濃郁的血腥味撲面而來，羅婉半身赤裸，孤伶伶一個人躺在木板上，身下墊著破布和草木灰。大腿臀部沾著灰，混著濁水，看來嚇人。

羅婉尚有意識，知道有人推門，抬頭看一眼，勉強喊了聲：「娘……」

「哼！不爭氣的東西！妳要死就自個兒死，別帶著我孫子給妳墊背！」張蘭提著嗓子對羅婉罵道。眼瞅著兒媳婦快不行了，心想著這會兒不光大胖孫子沒抱上，還得把當初娶羅婉過門的銀子、聘禮，還有羅婉這一年來的嚼用賠進去，頓時覺得一陣光火。

「秀秀，水燒好了沒有？」張蘭沒好氣地往廚房喊了一句。

「娘，正燒著呢，馬上就好。」九歲的劉秀守著灶臺搧風，小臉烏黑全是灰。大嫂羅婉難產兩天兩夜，劉秀幫母親張蘭打下手給嫂子接生，也足足兩宿沒合眼。

劉秀不過是個九歲的小姑娘，生得瘦瘦弱弱，此時已有些站立不穩，勉強蹲著燒水。

「妳這個死丫頭，賠錢貨，笨手笨腳，能幹什麼！」張蘭破口大罵，衝進廚房，瞧見劉秀蹲著，一把揪著她的耳朵將她提起來，罵道：「一個一個都不給我爭氣，非要氣死我是不是！」

「娘，我沒有！」劉秀帶著哭腔。

張蘭最是重男輕女，素日裡對女兒劉秀動輒打罵。此時心裡氣不順，隨手甩了七、八個耳光，將劉秀打到牆角，才覺得解氣一些。

劉秀捂著臉，不敢哭，連滾帶爬地滾到灶臺前用力搧風，生怕再被打。

張蘭心裡一合計，羅婉怕是不行了。兒媳婦死了不要緊可以再娶，可若是她肚裡的胖孫子也沒了，那可虧大了。在張蘭心裡，生不出兒子的女人，連牲口都不如，留著只是浪費糧食而已。

橫豎羅婉都要去見閻王了，可不能叫她帶著自己的胖孫子去。張蘭心一橫，抄起菜刀，對劉秀說：「秀秀，水開了，打盆開水來。」

劉秀瞧著張蘭抄起菜刀，心道不好。在鄉下，若是女子難產，大多人家都選擇棄大保小，生生將產婦肚子剖開取出孩子，而產婦必死無疑。看張蘭這架勢，是要去剖開羅婉的肚子取孩子了。

劉秀心裡咯噔一聲，她那嫂子平日細聲細氣，脾氣最好，劉秀很喜歡。如今眼見大嫂即將被剖腹慘死，劉秀一下慌了，嘴裡應付道：「娘，我去拿盆子。」

說罷，逃也似的跑出廚房，跌跌撞撞撲到大哥劉俊身邊，小聲哭道：「哥，娘拿刀子了，要把大嫂肚子剖開，你快想辦法救救大嫂！」

劉俊雙目血紅，噌地從地上站起來。

劉俊平日雖然孝順，不敢忤逆自己的悍婦娘，可是事關他心愛媳婦的生死，他不能任由自己娘生生剖了自己媳婦。

「秀秀，妳去屋裡照看妳大嫂，我去攔住娘。」劉俊吩咐道。

「好，哥，我去了。你一定要攔著娘啊！」劉秀抹了把臉，進了產房。

「嫂子。」劉秀趴在床邊，看著奄奄一息的羅婉，急得直哭，索性死馬當活馬醫，從懷中摸出她私藏的粗紅糖塊，塞進羅婉嘴裡為她恢復點力氣，道：「嫂子，妳要爭氣，把孩子生出來。娘要拿刀剖妳的肚子，妳再不生就來不及啦！」

羅婉一驚，緊緊咬著嘴唇。她嫁入劉家一年，雖然知道婆婆彪悍難纏，可誰能想到她竟然如此狠心！

羅婉狠狠一咬牙，拚著最後一絲力氣開始用力……

產房門口，張蘭一手拿刀，氣勢洶洶地看著擋在自己面前的兒子，罵道：「俊娃，你是昏了頭了，敢攔你娘？你個不孝子，給我讓開！」

劉俊哭著跪下，死死抱著張蘭的腰不讓她進門，道：「娘，我求妳了，別！婉娘會生的，馬上就生出來了，娘！」

張蘭想一頭衝進屋裡，劉俊死死地攔著，正當母子二人僵持之際。忽然聽見房內傳出

「哇——」的一聲嬰兒啼哭。

「生了生了！」劉俊悲喜交加。

張蘭一聽嬰兒哭聲，趕忙扔了菜刀，衝裡頭喊了一聲：「小婉，是不是男娃？」

劉俊顧不上許多，跑進屋裡。劉秀正在包裹嬰兒，羅婉臉色全白，已經暈了過去。

劉俊用被子遮住妻子的身子，抱著妻子嚎啕大哭起來。

張蘭跟著進屋，沒看羅婉一眼，急急奔向抱著孩子的劉秀，道：「秀秀，是不是男娃？」

劉秀低著頭，膽怯地縮了縮腦袋，緊緊抱著孩子後退兩步。

張蘭一看劉秀的反應，心知不對，猛的將嬰兒搶過去，粗暴地解開剛剛包好的襁褓，拉著嬰兒的腿一看，臉色頓時垮下來。「怎麼是個女娃?!又是個賠錢貨！」

說罷，張蘭抱著孩子徑直轉身朝外走。

「娘！」劉秀驚恐地大喊。「哥，娘把小姪女抱走了！」

劉俊滿腦子空白，正抱著生死不明的媳婦痛哭，猛一聽見妹妹喊自己，轉頭一看，母親正抱著自己剛出生的女兒往茅房走。

村子裡好些人家，生了女娃不想要的，要麼送人，要麼直接丟進尿桶裡溺死。劉俊知道母親只想抱孫子，不想要孫女，可那孩子是自己的親骨肉，怎能眼睜睜看著孩子喪命。

劉俊忙往外跑，待追上張蘭的時候，張蘭懷中已經只剩了包孩子的粗布襁褓。劉俊低頭一看，赤裸的女嬰頭朝下，栽在有半桶尿的尿桶裡！

劉俊雙目血紅，大喊一聲，趕忙將孩子撈出來，只見孩子已經憋得小臉青紫，劉俊忙拍嬰兒的後背。

張蘭一看，破口大罵道：「你這不孝子，娶了媳婦忘了娘！不過是個賠錢貨，溺死再生個胖小子多好？你知道養大個女娃要花多少錢？到頭來還不是要嫁給別人家！娘看你是鬼迷心竅了，快把這妮子扔了！」

劉俊不顧滿身騷臭，將孩子裹進懷裡，哭道：「娘，這是我親生閨女，我掙錢養她，求妳給孩子留條活路！」

張蘭素來蠻橫慣了，繼續罵道：「定是羅婉那賤婦迷了我俊娃的心竅，今兒你就休了那賤婦，回頭娘給你娶個好生養的，生一群大胖小子，給我劉家傳宗接代。」

劉俊重重地跪在地上，使勁磕頭，嘴裡直道：「娘，兒子求妳了，放她們母女一條生路，不然妳這是要逼死我們一家三口啊！」

張蘭看著素來對自己百依百順的大兒子，竟然為了兩個女人忤逆自己，怒火中燒，心想定是這一大一小兩個賤婦迷了兒子心竅，只要休了大的、溺死小的，兒子就又會對自己百依百順。

張蘭篤定了想法，猛的往兒子懷裡掏去。

劉俊早知道母親脾氣，就防著她搶孩子。兩人在茅房拉扯起來，張蘭邊罵邊搶孩子，劉俊帶著哭腔，死死護著孩子不讓張蘭得手。

忽地，在爭執中，張蘭一腳踩進尿桶裡，腳下一滑，身子朝後摔了過去，後腦勺磕在門口的釘耙上，昏死過去。

張蘭蘭仰面躺在木板搭成的鷹架上，揉著痠疼的脖子看著剛剛完工的壁畫。

她在巴黎畫展上成名之後，受邀到羅馬為新建的大教堂畫壁畫，這可以說是她畫家生涯以來的得意之作。

張蘭蘭出身農家，硬是靠自己的天賦和努力拚到了大城市。嫁了個同是農村出身的丈夫，起初一年還甜甜蜜蜜，後來檢查出張蘭蘭無法生育，丈夫一下子變臉，公婆從鄉下搬過來，天天大哭大鬧逼她離婚。然而丈夫貪圖張蘭蘭能力強能賺錢，捨不得沒了張蘭蘭這棵搖錢樹，雖不提離婚，卻公然領了個年輕的同村小姑娘回家，美其名曰要「傳宗接代」。張蘭蘭大怒，可丈夫卻譏她「下不了蛋的雞還敢在家裡說話？」，逼她接受二女共事一夫的日子。

張蘭蘭性情剛烈，絕不妥協，毅然離婚，一心在事業上，不過兩年光景，已經躋身世界一流畫家之列，在巴黎畫展上一炮而紅。如今回過頭去瞧瞧曾經深愛的前夫，張蘭蘭只剩不屑。

此時張蘭蘭躺在木板上，欣賞著自己的傑作，心裡盤算著，等這幅壁畫完工，她一定要來一趟環球旅行，好好放鬆放鬆，享受生活……

忽然，只聽吱呀一聲，張蘭蘭身下的鷹架忽然斷裂，整個人從高高的教堂頂跌落，後腦著地，昏死了過去——

一覺醒來，張蘭蘭揉了揉痠痛的後腦勺，眨巴眨巴眼，眼前是一個簡陋的農家臥房，收拾得乾乾淨淨。床邊一個八、九歲的瘦弱小女孩抹著眼淚哭。從女孩的穿著來看……等等，她怎麼穿古裝？

張蘭蘭一個激靈從床上坐起來。

女孩抬頭看著張蘭蘭，哭道：「娘！」

張蘭蘭揉了揉發痛的後腦，忽地覺得一陣頭暈目眩，很多本不屬於她的記憶如潮水般湧來，脹得她腦袋快要炸了。

忽地，嘈雜的人聲響起，一大群穿著各色粗布古裝的男男女女，不知從哪兒烏壓壓一下湧進房間。

一個圓臉的婦人走到床邊，一把將劉秀推開，虎著臉訓斥道：「哭什麼哭，妳娘摔跤了妳不知道心疼，偏偏幫著那狐媚子跟妳娘作對！妳這個不孝的蹄子，妳娘要是有什麼三長兩短，都是妳這喪門星害的！」

劉秀被推搡到角落裡，垂著頭低低啜泣。

那婦人又轉頭對張蘭蘭陪著笑臉，道：「蘭嫂子，妳這身子要不要緊？還哪兒不舒服啊？」

張蘭蘭揉著腦袋勉強抬頭，從原身混亂的記憶中勉強認出，眼前的婦人就是之前在院子門外嚼舌根，被原身趕跑的翠姑。

「幸虧我跟芳姑路過妳家院子外頭，聽見妳家裡動靜不對，平日我跟嫂子最是親暱，一心牽掛著嫂子，怕出什麼事，趕忙拉著芳姑進來。」翠姑忙邀功。「這不剛進來，就瞧見妳家俊娃把妳推倒啦，幸虧我跟芳姑及時趕到，要不然啊……」

翠姑眼神一瞟，張蘭蘭這才注意到，一個少年被兩個粗壯的漢子按著肩膀，跪在地上。

「要不然啊，誰知道妳家俊娃鬼迷心竅，會幹出什麼事。」翠姑撇撇嘴，道：「我瞧著嫂子家的俊娃是個好娃兒，定是叫他那狐媚子媳婦挑唆的，竟然敢跟自己的老娘動起手來。」

張蘭蘭抬頭看向劉俊，見他一張臉慘白慘白的，死死咬著嘴唇，一句話不說。

「自古只有老子打兒子，今兒你還反了天，竟然打起老娘！真是個豬狗不如的東西！」一個年約五旬的老者指著劉俊罵道。「我身為劉家族長，定要好好處置你這忤逆不孝的畜生！」

翠姑眨巴眨巴眼。劉俊媳婦難產，此時只剩一口氣，生的又是個女娃，八成會被張蘭掃地出門，這會子她救張蘭立功，正巴巴地想把自己姪女說給劉俊做媳婦呢，自然要護著未來的姪女婿。

「哎呀，我說他三爺爺，俊娃平日裡是個好孩子，村裡再挑不出比俊娃更孝順的。」翠姑忙為劉俊開脫起來。「我看啊，就是羅氏那狐媚子在作怪，挑撥是非，俊娃年輕氣盛，枕邊風吹多了，難免一時昏了頭。這千錯萬錯，都是羅氏的錯，族長您可要公正，莫冤枉了好人。」

翠姑說完，自覺得意得很，朝張蘭討好地笑。她知道張蘭素來不喜這大兒媳羅氏，又聽見羅氏生的是個女娃兒，恐怕張蘭更不待見羅氏。而張蘭對兒子一向疼得很，哪容得了別人說她兒子的不是，此時將錯處全推到羅氏身上，那真真是錯不了。

族長撚了撚鬍鬚，道：「說得有幾分道理，這羅氏不好好孝順公婆、傳宗接代，反而終日挑撥是非，教唆丈夫毆打婆婆，真是天理難容。若是我家媳婦敢如此放肆，即刻拉出去打死也是使得的。」

翠姑一聽，喜上眉梢，除去了羅氏，她的姪女就可以更順利地嫁給劉俊。要知道張蘭雖然難纏，但劉木匠這兩年靠上了個新東家，生意蒸蒸日上，攢了些積蓄。若是這媒作成了，不光有一大筆謝媒禮收，以後成了親戚常走動，還能時不時來混個吃食打打秋風。

「族長說得是。」翠姑忙附和。「我隔壁家的王婆給人接生了三十多年，我剛叫王婆瞧過了，說羅氏難產傷了根本，以後再也生不了了。既不能傳宗接代，又不孝順婆婆，這樣的媳婦要來有啥用？我看啊，即刻將羅氏拖到劉家祠堂，家法處置，打死了乾淨。省得教村裡那些個不懂事的年輕媳婦學了壞榜樣，也回去挑唆丈夫打婆婆。」

跪在地上的劉俊，臉憋得鐵青，道：「我娘是我傷的，與我媳婦無關！翠嬸子妳莫要血口噴人！」

翠姑咂吧著嘴，道：「俊娃，這會子還要維護那狐狸精，想必被迷得不輕。嬸子也不怪你，小夥子麼，年輕不懂事難免叫有心人挑唆了。待日後嬸子給你說個懂事能幹聽話的新媳婦，讓你抱上大胖小子，你就知道現在嬸子是為你好了。」

劉俊老實巴交，自然說不過伶牙俐齒的翠姑，只是眼淚滾滾落下，帶著哭腔央求族長。「三爺爺，千錯萬錯都是我的錯，是我傷了我娘，跟我媳婦無關。你要罰就罰我，小婉性情最是溫婉，素來孝順，若是族長不分黑白打死了小婉，那我也跟著小婉去了！」

「糊塗！」族長恨鐵不成鋼地罵道。

張蘭蘭看著眼前的人你一言我一語，只覺得飄忽忽地彷彿在看大戲，這會兒才回過神來，勉強從原身混亂的記憶裡整理出兩件重要的事——

第一，兒媳婦羅氏難產了兩天，現在生死不明。

第二，羅氏生的女娃，被原身扔進過尿桶裡，雖然被劉俊及時撈上來了，可是保不齊孩子有沒有性命之憂。

張蘭蘭可不想一穿越來就見到兩條人命，尤其是這兩人還是因原身的過錯而死。雖說這身體的靈魂換了，可若是這兩人有個三長兩短，她真是一輩子難安。

張蘭蘭剛理清思路要說話，就見到有個婦人掀了門簾進來。這婦人正是與翠姑一起來的芳姑。

芳姑不是一個人進來的，她竟然拖著個人！

張蘭蘭定睛一看，那人不正是昏迷不醒的羅婉嗎！

羅婉臉色白得像紙，整個人單薄得像紙片，一路被拖了過來，本就帶著血污的衣褲混著泥，簡直像一塊被人丟棄的破布。芳姑麻利地將羅婉拖進屋，順手往地上一扔。羅婉「咚」的一聲栽倒在地上，不知是死是活。

「婉娘！」劉俊瞧見自己只剩一口氣的媳婦竟然被人從產床上拖過來，不知哪來的力氣，掙脫了按住他的兩個大漢，撲向羅婉，脫下外衣裹著羅婉嚎啕大哭起來。

跟著芳姑身後進來的，還有個婆子，正是王婆，王婆手中抱著個光屁股的嬰兒，身上連塊布都沒裹，就這麼光著身子縮成一團。

「你們真是……夠了……」張蘭蘭揉著腦袋，她不過剛穿越過來半炷香的工夫，一場封建鄉村人倫大戲就活生生在她眼前上演。

蠻橫惡毒的婆婆，懦弱的兒子，逆來順受的兒媳，剛出生就差點被自己親奶奶溺死的女嬰，還有一群不知打哪個旮旯角落裡鑽出來「主持正義」的男男女女，竟然要活活打死剛生完孩子的產婦。

「愚昧！簡直是一群畜生！」張蘭蘭一顆心被憤怒燒得火紅，張蘭蘭一把從床上坐起來，光著腳下地，看著只知道哭的劉俊，心中生出一陣厭惡。媳婦都快被折磨死了，卻還只知道哭，毫無作為。這種既護不住老婆又護不住孩子的廢物，真不知道有什麼金貴的！就憑他多長了那一根嗎？

「你滾開！」張蘭蘭一手抓住劉俊肩膀，猛的將他推開。

原身平時做慣了農活，力氣極大，這一推就將劉俊推到一邊。而後張蘭蘭沈默地抱起昏迷的羅氏，羅氏通體冰涼，跟抱著個冰人似的。張蘭蘭將羅氏放在自己剛躺的地方，蓋好被子。

「蘭嫂子，這狐狸精身上髒，當心弄髒妳的床。」翠姑瞧著張蘭蘭反常的舉動，心裡納悶起來，試探著說了一句。

「髒？能有妳心裡髒？」張蘭蘭厭惡地瞪著翠姑。「妳這蠢婦，以為我兒媳婦沒了，就會娶妳那好吃懶做的姪女進門？想都別想！一家子又蠢又惡毒的東西，再教我瞧見妳進我家院子，信不信我一刀下去，剁了妳這沒把門的舌頭！」

「哎哎！妳這！」翠姑傻了眼，不明白好好的這張蘭怎麼突然對自己發起狠來，翠姑懼怕張蘭要是撒起潑來，自己吃虧，急忙腳底抹油說家裡有事，先溜了。

張蘭蘭起身，走到抱著嬰兒的王婆面前，惡狠狠地盯著王婆。王婆年紀大了，被張蘭蘭這麼氣勢洶洶地瞪著，只覺得連站都站不穩了。

張蘭蘭將嬰兒搶在自己懷裡，順手拿床邊的小被子裹住，抱在懷裡。

「三堂叔。」張蘭蘭深吸一口氣，強壓著怒氣，眼前這位是劉家村的村長兼劉家族長，她若是穿越過來回不去了，還是得在這裡經營生活，可不想得罪這麼個人物。

「都是一場誤會。」張蘭蘭抱著孩子道。「是小婉生了孩子，我高興得不行，抱著孩子捨不得撒手，剛好肚子疼想去茅房，就抱著孩子去了。結果腳底一滑摔了一跤，傻娃聽見動靜來扶我，誰知道教翠姑、芳姑正好看見，以為是傻娃對我動手呢。」

族長捏著鬍子，皺著眉頭，轉頭看向芳姑，道：「翠姑不在，妳說說是怎麼回事？」

張蘭蘭一記刀子眼甩過去，她可記得芳姑是怎麼把羅婉拖過來的。

芳姑被張蘭蘭看得一陣哆嗦，忙點頭道：「我……我也看得不大清楚，我進去的時候瞧見傻娃抱著孩子，一手扶著蘭嫂子胳膊……」

「沒看清楚就不要亂說話。」張蘭蘭盯著芳姑，一字一頓地說：「否則不知道哪天，就惹了惹不起的人。」

張蘭這村中一霸，說是芳姑惹不起的人，倒也貼切。

芳姑忙點頭如搗蒜。「是是，嫂子教訓得是，以後我再也不亂說了。」

族長點點頭，道：「既是誤會就好，我看傻娃也是個好孩子，還納悶他怎麼會打他娘。行，沒事了大家就散了吧。」

族長帶著兩個壯漢走了，芳姑拉著王婆也想走，王婆心裡不知盤算著什麼，對芳姑使眼色不肯走。

芳姑剛轉身要自己走，就聽見身後張蘭蘭的聲音。「我可寶貝我這兒媳婦了，誰要是欺負我兒媳婦，我可記得清楚呢。不把他家房子燒了，也會去把院子砸了。妳說這栽贓了人，還想當沒事發生，拍拍屁股就走人，是覺得我們劉家好欺負是吧？本來我兒媳婦生完孩子該好好坐月子，是誰腦子不清楚鬧了誤會，帶人上門要拿人？我可記得剛才是誰把我兒媳婦連拖帶拽地拉進屋的，芳姑。還有，妳去給翠姑帶個話，欺負了我家的人，這事還沒完！」

芳姑應著聲，逃也似的跑出劉家大門。王婆站著猶豫了一會兒，欲言又止，看著張蘭正在氣頭上，尋思著還是過幾天等張蘭火氣消了再來吧，也忙尋了個藉口溜了。

此時屋裡只剩下張蘭蘭、劉俊一家三口，還有角落裡的劉秀。

張蘭蘭看了劉俊一眼，看他那副窩囊樣子，更覺得火冒三丈，沒好氣道：「傻站著幹啥，快去請大夫給你媳婦來瞧瞧！」

劉俊不可置信地抬頭看著母親。平日母親對羅婉極其吝嗇，就連懷孕的時候也連口肉湯都沒沾過嘴唇，生孩子就算難產也捨不得銀子請穩婆或大夫，硬是讓羅婉自己生，這會兒怎麼突然捨得請大夫了？

「快去！」張蘭蘭見他發呆，不由大吼一聲。劉俊嚇得一個激靈，趕忙飛奔出去請大夫。

人都打發走了，張蘭蘭鬆了口氣，扭頭看向床邊的角落。一個眉清目秀的小女孩蜷縮在角落裡低低啜泣，小女孩臉上髒髒的，腦門上有一處瘀青。

張蘭蘭從原身的記憶中認出這是張蘭的女兒劉秀，就看見劉秀咚咚咚地連磕了三個結結實實的響頭，帶著哭腔道：「娘，求您留下大哥的孩子吧，以後我揹著小姪女幹活，保證不惹娘心煩。我還會去後山揹柴火給家裡賺錢。」

「哎喲！」張蘭蘭一個激靈，一把將劉秀從地上拉起來。

劉秀以為母親又要打自己，本能地想躲，可一想到如果母親打自己一頓消消氣，就能把小姪女留下，那就打吧！劉秀縮著頭，哆哆嗦嗦地垂著眼，等待母親暴風雨一樣的拳打腳踢。

張蘭蘭看她腦門都磕破了，一副害怕至極卻還要硬撐著沒躲開，不禁嘆了口氣，心一下子就化了。

前世張蘭蘭有過一段不長的婚姻，後來她檢查出來無法生育，因丈夫外遇而離婚。從此張蘭蘭一心努力事業去，所有人都見到了她在巴黎畫展上的風光，可是誰也無法想像這個女強人經歷過怎樣的傷痛。

張蘭蘭是喜歡孩子的，她想擁有自己的孩子，可惜前世的她注定無法如願。

如今……張蘭蘭看著眼前清秀乖巧的小女孩，心裡將原身罵了千百遍。張蘭蘭作夢也想有這麼個漂亮乖巧的女兒，這天殺的潑婦原身竟然還整日打罵她，簡直是可忍，孰不可忍！

張蘭蘭心疼得直哆嗦，忙用手指摸了摸劉秀的腦門，輕聲細語問道：「疼不疼？」

劉秀本以為自己又要受皮肉之苦了，誰知竟然等來了母親這麼溫柔的一句，劉秀吃驚地抬眼看著母親，不知母親要要什麼花樣，更是戒備了起來。
張蘭蘭心裡嘆了口氣，沒想到這孩子如此懼怕原身。
「娘……您能留下小姪女嗎？」劉秀瞧母親這會兒臉色沒那麼難看，忙求情。
「唉……」張蘭蘭重重地嘆了口氣，點頭道：「能，不光要留著，還要好好養活。」
「真的？」劉秀抬起頭，烏溜溜的大眼睛亮閃閃地盯著張蘭蘭。
孩子的眸子清澈而真誠，張蘭蘭伸手摸了摸秀秀的小臉，笑道：「當然是真的，娘不騙秀秀。秀秀啊，妳在這兒守著妳大嫂，娘去廚房端盆熱水來給妳大嫂擦洗身子。」
張蘭蘭手腳麻利地打了熱水來，把羅婉身上髒污的衣裳脫掉，擦熱了身子，又從箱子裡翻出原身的衣裳給她穿上。
接著叫劉秀打下手，給嬰兒洗澡後，仔細包了起來。
小嬰兒小鼻子小眼，長得十分可愛，張蘭蘭抱著孩子，喜歡得捨不得放手，真是想不通原身的腦迴路是怎麼長的，這麼可愛的孩子竟然不喜歡，要活活溺死。
劉秀九歲，下頭還有個六歲的弟弟，劉秀從小就幫著照顧弟弟，別看她年紀小，照顧孩子、料理家務可是一把好手。
「娘，小姪女長得真好看。」劉秀端詳著小嬰兒，喜歡得不得了。
「好看好看。」張蘭蘭忙點頭，轉頭看了看羅婉，見羅婉臉色緩和了許多。羅婉生得眉清目秀，透著江南女子的婉約，小嬰兒模樣隨了羅婉，一樣的秀氣漂亮。

正說著話，就聽見外頭劉俊請了大夫回來的聲音。

張蘭蘭忙出去迎大夫進來，只見劉俊斜挎著個藥箱，背上揹著個年逾五旬的老大夫，急急忙忙地往裡衝。

「哎呀，我這把老骨頭都要斷了。」

劉俊將大夫揹進房中放下，顧不得擦臉上的汗，急切地拉著大夫的袖子道：「大夫，我媳婦難產，求你救救她！」

大夫姓張，也是劉家村的村民。張大夫捏了捏鬍鬚，看了眼劉俊，劉木匠家是悍婦張蘭當家，這劉家村誰不知道？劉俊的話不作數，這病看不看，還得張蘭說了算。

「劉景家的，妳看這……」張大夫詢問張蘭。

「大夫，快給我兒媳婦看病。無論如何都得治好她！」張蘭蘭抱著孩子道。

「好。」張大夫面色古怪地看著張蘭，心道這婆娘今兒莫非中了邪，怎麼轉性了？劉家村誰不知道張蘭厭惡她那大兒媳，恨不得她立刻死了，好給劉俊娶房新人，這會子竟然破天荒地請大夫，也不知葫蘆裡賣什麼藥。

張大夫仔細把脈，搖頭晃腦地想了一會兒，道：「產婦生產時虧損極為嚴重，不是老朽說話不好聽，實話實說，妳這大兒媳半截身子已經埋黃土裡啦。治，不是說不能治，只是……這得花許多珍貴藥材，人參鹿茸都得用，至少調理半年，這花費麼，自然是不少的。」

張大夫伸出一隻手，張開手指在張蘭面前晃了晃。「少說得五兩銀子。」

張蘭蘭初來乍到，對五兩銀子還沒多少概念。劉俊一聽張大夫這話，直接腿一軟，一屁股坐到地上。劉秀小臉煞白，一副這下不好的表情。

他們都很清楚，五兩銀子，抵得上他們全家快兩年的嚼用，母親怎麼捨得花那麼一大筆銀子來救羅婉……就算是村子裡的富戶，一下子掏出五兩銀子，都得好一番猶豫，更別提像劉家這樣的普通農家了。

「哦，五兩銀子。」張蘭蘭念叨了一句，心想多少錢她也得花啊，錢哪有人命重要。

張大夫本就沒指望張蘭肯出錢給大兒媳看病，猜測張蘭肯定是顧及兒子，才請自己來做個樣子罷了。

「依我看啊，給她吃點好的，好好將人送走，厚葬了也就罷了。」張大夫咕噥道。「畢竟這筆錢不是個小數目，妳這兒媳婦就算救回來，以後也生不了了……何苦浪費銀子呢？」

張蘭蘭一聽，一陣光火，不能生孩子怎麼了？她前世也不能生呢，難道就該忍氣吞聲容忍丈夫包小三，難道就該去死？

「說什麼呢！」張蘭蘭一拍桌子，瞪著張大夫道：「人說醫者父母心，我看你這老頭心忒壞了，哪有你這樣說話的！你給我好好治，別說五兩銀子，就是五十兩也得給我治！」

原身本就是個彪悍的潑婦，再加上張蘭蘭在現代練就一身幹練潑辣的性格，鎮得張大夫打了個哆嗦。

「要是不好好治，給我兒媳婦治得不好了，我就把人抬你藥鋪子門口躺著去！」橫豎原身是個潑婦，張蘭蘭索性橫了起來。

張大夫嚇得趕緊寫了方子，張蘭蘭又叫他給小嬰兒看看，確定孩子健健康康的，並沒有因為被丟進尿桶那一下嗆著凍著。

「方子寫好了，去個人隨我抓藥。」張大夫擦了擦腦門的汗，心道今兒真是倒楣，惹了這尊瘟神。

「俊娃，你去。」張蘭蘭道。

「是，娘！」劉俊感動得一把鼻涕一把淚，嫌張大夫腿腳不俐落，揹著他往外頭走。

「唉！那銀子呢？」張大夫朝張蘭蘭喊道。

銀子？張蘭蘭一拍腦門，她還真沒想起來原身把銀子藏哪兒了。

「銀子先賒上，救人要緊。」張蘭蘭沒好氣道。「快去抓藥，我又跑不了，還會短了你的銀子不成？」

張蘭這瘟神雖潑辣，卻是個重信的人，從未拖欠過別人銀錢。張大夫想了想，反正張蘭一大家子都在村裡，也不怕她跑了

劉俊抓了藥回來，劉秀忙要去煎藥，張蘭蘭不忍心讓劉秀幹活，搶了藥包要去自己煎，卻尷尬地發現自己不會用灶臺。

「娘，您好好歇著，我來。」母親不但留下小姪女，還破天荒地花了好大一筆銀子救大

嫂的命，劉秀對母親很感激。

劉秀忙著把藥煎好，羅婉還是昏迷不醒，張蘭蘭一看這樣不行，強行給羅婉一勺勺的灌藥，一碗藥下肚，羅婉雖還昏睡著，可是臉色緩和了許多。

劉俊守著媳婦，張蘭蘭抱著小嬰兒在床尾坐著，劉秀張羅著給一家人做了頓晚飯，又按照張蘭的吩咐，將家中白米拿出來給小嬰兒熬了碗米湯。

張蘭蘭抱著孩子，一勺勺給孩子餵米湯，小嬰兒小嘴粉嘟嘟的，一張一合吞著米湯，吃得極香，烏溜溜的大眼睛打著轉，一會兒看看張蘭蘭，一會兒看看秀秀，打了個哈欠，透出粉粉的小牙床，而後咂吧了幾下小嘴，沈沈地睡著了

「真可愛。」張蘭蘭用手指輕輕戳了戳小嬰兒肥嘟嘟的小臉，皮膚又嫩又彈性十足，簡直愛不釋手。

劉秀湊在一旁，欣喜地看著小嬰兒，輕輕捏了捏她肉嘟嘟的小手，劉俊坐在一旁輕輕撫摸孩子的小腦瓜，一想到只差一點，孩子就沒了，便覺得心中五味雜陳。

天漸漸黑了，劉秀將油燈點上，忽地聽見外頭有人敲門。

張蘭蘭道：「天都黑了，這誰啊？俊娃，你去看看。」

劉俊應聲去院子開門，可過了好一會兒還沒回來，只聽見院子裡傳來隱約壓低聲音的對話，卻聽不清在說什麼。張蘭蘭覺得納悶，對外頭喊了一句：「俊娃，是誰啊？」

而後一個嗚哩哇啦的女聲響起。「劉景家的，是我，王婆。欸，俊娃你別捂我嘴，我找

你娘說去，別推我啊！你這孩子！」

張蘭蘭懷中的嬰兒發出一聲輕哼，張蘭蘭將孩子往床上一放，皺著眉頭道：「這誰啊，孩子睡得正香呢，別把娃娃吵醒了。秀秀，妳看著孩子，我出去瞧瞧。」

張蘭蘭走到院子裡一看，劉俊正捂著王婆的嘴，把王婆往外推。王婆掙扎著對張蘭蘭揮手，而她身後還站著一男一女兩個生面孔，那兩人只是看著王婆和劉俊推搡，並不摻和。

「俊娃，這是怎麼回事？」張蘭蘭臉一沈。這王婆白天來摻和一腳，不知道背地裡打什麼算盤，如今大半夜的去而復返，不知又要幹什麼。

「劉景家的，我是給妳帶好消息來啦！」王婆一看見張蘭，眼睛就亮了。「妳兒媳婦白天不是剛生了個女娃娃嗎？我看那女娃是有福的，這不，就把福氣帶來啦。」

「快滾！」劉俊黑著臉趕人。「別胡說八道，娘，您別聽她說。」

「哎呀，俊娃，你怎麼不知好歹！」王婆嚷嚷道。「你家男娃多，一個女娃娃能落什麼好？不如趁著孩子小，交給我，回頭在省城裡尋戶殷實人家，從小當親生女兒養大，吃香喝辣的當小姐，還有丫鬟伺候著，不比在你這鄉下好？」

屋裡劉秀聽見動靜，走到門邊朝外張望。

王婆一瞧見劉秀，忙指著劉秀，對自己帶來的那兩人說：「你們瞧瞧，這是那女娃她姑姑，長得多秀氣。俊娃是女娃她爹，長得可是我們村最好看的孩子，這女娃她娘你們沒見過，我可是見過，那可是十里八鄉的大美人兒。他們一家子模樣都生得好，那小女娃娃肯定也不差。」

王婆帶來的一男一女，是省城裡的人販子，到處搜羅些貌美的小姑娘，賣給大戶人家當丫鬟，或是乾脆賣到青樓裡。

男販子一雙眼睛在劉秀身上打轉，心道：這小姑娘真是秀氣，年紀也合適，賣進青樓，過個三、五年包管是一方名妓。乾脆大的小的一起買，這種鄉下人他見多了，只要銀子給夠就能打發。

「好好好，王婆好眼光，模樣長得是不錯。」男販子對張蘭蘭道：「嫂子，妳是家裡作主的吧？我花二兩銀子買妳那剛出生的女娃娃。」

張蘭蘭眉毛一橫，挑眉看了看男販子，又看了看王婆。

男販子又伸手一指劉秀，道：「那小姑娘我也要了，五兩銀子，賣不賣？」

王婆一聽五兩銀子，眼睛都綠了。她一個鄉下婆子，哪見過那麼多銀子！

「哎呀，劉景家的，妳看看，我老婆子是給妳家帶福氣來的吧！」王婆眯著眼，貪婪地搓著手，恨不得代替張蘭立刻應下來。「我都聽說了，妳給妳那兒媳婦看病，一下子花了五兩銀子。這下可好，不但打發了兩個賠錢貨，還淨得二兩銀子，真是天大的好事啊！」

劉秀聽見，一下子哇地哭出來了。從小到大，母親總罵她是賠錢貨，總嫌要花銀子養她，她是真怕了母親會為了這樣一筆鉅款，把自己和小姪女給賣了。

張蘭蘭一聽劉秀哭了，心疼得不行，衝王婆子三人罵道：「賣你個大頭鬼，趕緊給我滾了。

出去！」而後趕忙奔到劉秀身旁，一把將女兒摟進懷中，軟語哄著。「好孩子，別聽外人瞎說，妳是娘的親親閨女，小娃娃是娘的親親孫女，娘才捨不得賣了妳們。」

劉秀一聽，小手死死抓住母親，像是生怕母親即刻就讓那販子將她拉走，哭得更厲害

了。

男販子見張蘭這樣說，心裡不由嗤笑一聲，鄉下這種見了銀子不要女兒的婦人他見多了，此時張蘭這樣惺惺作態，無非是嫌自己開價開得低了，要是銀子給夠，保管把自己當祖宗一樣供著，立刻叫自己把女兒帶走。

「哎呀我說，劉景家的！」王婆指著張蘭道：「今兒有貴人看上妳家兩個女娃，是她們的造化，妳別不識好歹！不過是兩個女娃娃，養大了還不是別人家的？妳賣了她們兩個，換回銀子給妳家小兒子蓋房娶媳婦多好，我是妳啊，早就答應了！」

王婆子恨得咬牙切齒，她兒媳婦連生了三個閨女，她將老二、老三都賣給販子，只留下年紀大能幹活的大孫女。王婆子家的兩個孫女姿色平常，兩個人加起來不過賣了三兩銀子，這張蘭可好，七兩銀子還不肯鬆口，在王婆子看來，張蘭必定是因為太貪，嫌七兩銀子少，所以故意做出一副捨不得的姿態，好就地起價。

男販子打量著劉家人，思量一番，這劉家不管男娃女娃，甚至包括張蘭本人，樣貌都是極為出挑的，只不過因為在鄉下打扮得土氣，故而不凸顯，若是換一身衣裳，必定鶴立雞群。

這樣好的貨色，一年也難得遇見一個，男販子可不想放過。再者他將人一轉手賣出去，少說也要賺個十倍利潤，只要貨色好，他並不在意這一、二兩的小錢。

「嫂子，那我翻個倍之外再多加一兩。」男販子伸出手。「一共十五兩，我把兩個女娃帶走。」

十五兩！王婆子驚得說不出話來。

張蘭蘭抱著劉秀，臉色越發垮下來。她心道她到底穿越到什麼地方了，這些人腦子裡是不是有洞？先是要溺死女嬰、打死不能生育的產婦，又要將女娃當牲口一樣的買賣。

張蘭蘭摸了摸劉秀的腦袋，聲音溫柔而堅定。「秀秀別怕，娘不會賣了妳們的。哪怕咱們窮得只剩一口飯，娘也要給妳們先吃。」

張蘭蘭轉頭看向王婆子三人，心知以他們的智商是無法理解她為什麼不賣女娃的，跟他們費再多口舌也是白搭，只會讓他們以為自己是想要抬價而已。

張蘭蘭是個徹徹底底的行動派，有時候能動手就絕不吵嘴。

她徑直從柴房裡抄了一把砍柴刀出來，一手提刀一手拿著塊木頭，沈著臉直接走到那三人面前，將木頭扔在地上，舉起砍柴刀，一刀將木頭劈成兩半。而後眼睛死死盯著眼前三人，一字一頓道：「你們快給我滾出去，以後誰要敢來我家跟我提賣女娃的事，先問過我手裡這把砍柴刀！」

這一刀下去，王婆子三人終於明白張蘭是真不想賣人。

王婆子嚇得哆哆嗦嗦奪門而逃，嘴裡嚷嚷著：「不賣就不賣，凶什麼凶！真是個不識好歹的倔驢，妳就養著那兩個賠錢貨吧，反正也是給別人家小子養的。嫁出去的閨女潑出去的水，到頭來妳也落不著好！」

兩個販子被張蘭嚇住了，跟著王婆子往外跑，男販子仍不死心，邊跑邊回頭，喊道：「十五兩不成就二十兩，三十兩也成！」

「成你娘的。」張蘭蘭揮舞著砍柴刀在後面追，忍不住爆了粗口。「你們這幾個生孩子沒屁眼的混帳東西，看我不撕了你們！」

張蘭蘭心中憋著火氣，拿著刀將那三人趕出老遠才甘休，劉俊、劉秀一副看傻了的樣子，呆在原地。

「秀秀，妳說，娘是不是，中邪了？」劉俊遠遠望著母親拿刀追人的背影，對妹妹道。

劉秀也看著母親，有些回不過神來。母親確實和以前不太一樣……不過劉秀覺得，母親現在這樣比以前好。

「哥，別亂說，什麼中邪了，我覺得娘這樣挺好的。」劉秀道。「難不成要娘把我們姑姪兩個賣了才對？」

「對對，看我都糊塗了，說什麼渾話！」劉俊笑著拍拍自己的腦袋。

張蘭蘭回來，關好院子門，三人一道進屋，就瞧見羅婉不知何時已經醒過來，靠著床頭躺著，懷裡抱著孩子，眼睛紅紅的。

「娘……」羅婉一見婆婆進屋，不由自主地又是緊張又是害怕，對自己這潑婦婆婆很懼怕。

「哎呀，小婉醒了！」張蘭蘭喜上眉梢，感慨古代莊稼人的體質就是好，這番折騰下來竟然還能扛過來。

羅婉霎時淚光滾滾，忽然抱著孩子跪在床上，衝張蘭蘭磕頭。「娘，是媳婦沒用不爭氣，沒給娘生個男孫。」

聽了羅婉的話，張蘭蘭臉上的笑容一下子凝固了。

從古至今，不但男人壓迫女人，更可怕的是有些女人被洗腦，歧視壓迫自己的同胞。原身自己就是個女人，卻厭惡同樣身為女子的女兒和孫女，這點教張蘭蘭很不齒。若是羅婉也是這種重男輕女的女人，厭惡自己生的女兒，那張蘭蘭真會瞧不起她。九歲的劉秀從小被母親打罵洗腦，尚且知道拚死護著她的小姪女呢。

張蘭蘭斂起笑意，緊繃著臉看著羅婉。屋裡氣氛一下變得緊張起來，劉俊、劉秀都縮著腦袋不敢吭聲。

「小婉，那妳說說，妳生的這閨女該怎麼辦？妳再說說，咱們村別人家生了閨女，都是怎麼辦的？」張蘭蘭故意試探她道。

「我……」羅婉低頭看了眼熟睡的孩子，哭了起來。村子裡向來有溺死或者拋棄女嬰的事發生，再不然就是找個人把孩子送走，換幾個銅板。

張蘭蘭看著哭泣不止的羅婉，心中又冷了一分。人說為母則強，只會哭算什麼事，若是她沒有穿越來，就憑羅婉這哭哭啼啼的樣子，怎麼能從彪悍的原身手裡保住孩子的命？

如果羅婉說出什麼扔了孩子再生一個的話，真是白費張蘭蘭救了她的命。

過了半晌，羅婉抬起頭，眼裡的淚已經乾了。

「娘，我想好了。」羅婉深深吸一口氣，道：「孩子是我的親骨肉，無論如何我這個當娘的也要護著我孩兒。往後媳婦白天幹活，晚上繡花，一個月好歹也能賺個幾吊錢貼補家用。咱農家孩子好養活，給口湯就能活，我就是拚了命，也會把孩子的嚼用錢掙出來。娘，求您把孩子留下！」

羅婉咬著嘴唇，接下來的話她壓在心裡沒有說出來。若是婆婆執意要把孩子溺死或者送人，她就算是被休了，也要保著自己的孩子，橫豎她有手有腳，能幹活能繡花能賺錢，娘家還有間老屋，就算棄婦帶女兒的日子苦，但最起碼問心無愧。

第二章

天矇矇亮，羅婉睡得正迷糊，忽地被嬰兒的啼哭聲吵醒。

藉著微弱的晨光，羅婉將孩子抱在懷裡，瞅了一眼睡在床角邊的小姑劉秀。小姑也是好心，擔心自己產後虛弱，一個人照顧不了孩子，主動提出要和自己一間房睡，夜裡也好有個照應。

「乖孩子，不哭不哭，娘這就給妳餵奶。」羅婉一手拉扯著自己的衣裳，一手抱著孩子輕聲哄著。

懷中的孩子哭得脹紅了臉，羅婉瞧見小姑皺了皺眉頭，翻了個身。

「乖，別把小姑吵醒了。」羅婉將孩子抱在胸口前，嬰兒的臉頰一觸碰到母親那溫暖柔軟的地方，立刻止住哭聲，閉著眼睛，拱著粉嘟嘟的小嘴一陣探索，一口叼住。

總算是哄住了，羅婉鬆了口氣。她知道自己難產折騰了幾日，丈夫、小姑、婆婆也都幾日沒合眼，昨兒大家終於能睡個安穩覺了，若是孩子把大家吵醒，惹婆婆不高興就麻煩了。

羅婉一邊輕拍著孩子，一邊想著昨晚的事，心有餘悸。

昨晚她說出要留下孩子的話之後，本都做好了被休的準備，誰知道婆婆竟然好生將自己安撫一番，囑咐自己好好休息，還說什麼生男生女都一樣的話。好不容易婆婆大發慈悲的要留下孩子，可不能教孩子惹了她煩心，否則她一怒之下改了主意，再要把孩子送走就麻煩了。

羅婉胡思亂想著，忽地感覺胸前一涼，孩子的小嘴鬆開了，又開始哇哇大哭起來。

「大嫂。」劉秀聽見孩子哭聲，揉著眼睛爬起來，伸手摸了摸孩子褲襠，道：「沒拉尿，想必是餓了，大嫂快餵奶吧。」

羅婉應了一聲，又抱著孩子湊到自己胸前。嬰兒使勁吸吮了一陣，卻沒吸出奶水來，羅婉試著換一邊餵孩子，還是沒奶。

「沒，沒出奶。」羅婉急得眼睛都紅了，若是婆婆知道自己不出奶水，誰知道又會說什麼難聽話。

劉秀也跟著著急，她雖然是個小姑娘，卻也知道若是母親沒有奶水，只能給孩子餵米湯、麵糊，這樣的孩子長得要比吃奶水大的孩子瘦弱，也更容易生病。在他們鄉下這小地方，嬰兒一旦生病，極其容易夭折。

「大嫂，別急，妳再讓小姪女多吸會兒，說不定就出奶了呢。」劉秀建議道。

「好，再試試。」羅婉點頭，抱著孩子試了一會兒，又學村裡給產婦開奶的婆子的模樣，揉了揉，卻依舊無效。

孩子餓得滿臉通紅，哭得越發大聲了。

張蘭蘭在隔壁房間，睡得正香，忽然被一陣嬰兒啼哭聲吵醒，猛的從床上坐起來，揉揉眼睛，發現眼前依舊是她昨夜睡的破屋，不由嘆了口氣。還想著穿越是一場夢呢，誰知道竟然醒不了。

張蘭蘭穿衣下床，好在農家衣服簡便，不似電視裡看到的那般繁複。

「喲，怎麼哭成這樣。」張蘭蘭推門進了屋子。

「娘，吵醒您了……」羅婉垂著頭，聲音裡含著說不出的畏懼。

「小傢伙餓了。」張蘭蘭坐在床邊，戳了戳嬰兒粉嫩的小臉蛋，小娃娃正張嘴哭呢，忽地腦袋一偏，不偏不斜地叼住張蘭蘭的手指，津津有味地吸吮起來。

「看來是餓了。」張蘭蘭看著小娃娃的可愛模樣，不由笑出聲來，道：「小婉，給孩子餵奶吧，別餓著了。」

羅婉脹紅了臉，一副做錯事的模樣，聲音細小如蚊子叫。「娘……我……我不出奶。」

婆婆一向嫌棄自己身子弱，不似村裡的村婦那樣能幹，如今連孩子都奶不了，恐怕會更嫌棄自己。羅婉垂著頭，心道不管婆婆說什麼難聽話，自己為了孩子都要忍下來。

「不出奶啊。」張蘭蘭微微皺眉，古代沒有奶粉，農家貧窮也請不起奶娘，孩子若是吃不上娘親的奶就麻煩了，雖米糊、麵糊也能養活，但是對生長發育肯定有影響。

「對不起。」羅婉的頭垂得更低了。

誰知道婆婆竟然大手一揮，說了句：「沒事沒事，沒奶就想別的辦法。」然後叫上劉秀去廚房。

過了一會兒，張蘭蘭端了個大盤子過來。盤子裡放著兩個粥碗，一碗是白米米湯，一碗是漂著四、五顆紅棗的小米粥。還有三個小碟子，分別是臘肉乾、炒蘿蔔、白麵饅頭。

「小婉，妳喝點小米粥，我聽說喝這個能出奶。這些都是給妳吃的，我們在廚房裡吃過了。」張蘭蘭把一只碗遞給羅婉，將那三個小碟子擺在羅婉面前，然後自己抱過孩子，用小勺子仔細地給嬰兒餵米湯。

羅婉端著碗，呆呆看著婆婆一臉慈愛地給孩子餵米湯，又低頭看了一眼自己碗裡的小米粥和面前的三個碟子。自從嫁到劉家，她還沒吃上過一口細米、白麵，平時都吃糙米、紅薯麵，小米粥只有在過年能喝上一小碗，更別說臘肉乾了，她都快忘記肉的味道了。

「別愣著了，快吃吧，當心涼了。」張蘭蘭看了羅婉一眼道。

羅婉垂下頭，眼淚亮晶晶地滴落進碗裡。

這頓飯是羅婉嫁入劉家之後吃得最好的一頓，但是張蘭蘭覺得，她穿越來的第一頓飯簡直糟糕透了。又黑又硬的粗麵饅頭，糙得咬喉嚨的糙米粥，沒油少鹽的拌野菜，吃得張蘭蘭毫無食慾。而且重點是，沒有肉！沒有肉！沒有肉！

這年代尋常農家想天天吃肉，壓根兒等於作夢。像劉木匠這樣的人家，頓頓能吃飽飯，逢年過節能買點肉嚐嚐，就已經讓很多食不果腹的村民羨慕不已了。

不行，要吃肉，必須吃肉！自己都穿到這沒電沒網鳥不拉屎的地方了，連口肉都吃不上，人生還有什麼意義！張蘭蘭篤定了心意，吃肉不就是要花錢嘛，反正再賺就好。

劉秀已經把她大哥大嫂的房間清理好了，羅婉抱著孩子搬回自己屋裡住。張蘭蘭回到自己屋裡，按照原身的記憶，在床角邊的石磚縫隙裡扒出個布包來，布包裡包著些碎銀和一些銅錢，張蘭蘭數了數，銀子一共八兩，銅錢九十枚。這在這個時代已經算一筆鉅款了。

羅婉的藥錢雖說共五兩銀子，但是不需要一次付清，每個月去開藥的時候付當月的藥錢即可，分半年付清。這麼算下來，並不是很拮据。

張蘭蘭數了七十個銅板，將剩下的錢包好放回去。

「秀秀。」張蘭蘭招呼女兒過來。

劉秀正在給孩子洗尿布，忙起身過來。

張蘭蘭看了眼正在院子裡劈柴的劉俊，道：「秀秀，以後尿布就讓妳大哥洗。自己閨女的尿布不洗，那還叫什麼爹。」

劉秀疑惑了一下，家裡從來都是她幹這些雜活，怎麼母親突然發話不叫自己幹活了？

「俊娃，聽見了沒有？」張蘭蘭朝劉俊瞪了瞪眼。「你個當爹的，要照顧好你媳婦和閨女，知道不？你媳婦坐月子你得伺候著，晚上幫著哄孩子，洗個尿布幫把手啥的。」

張蘭蘭心道，沒道理男人只爽那麼一下，就當甩手掌櫃，全讓女人忙活。

劉俊撓了撓頭，有些憨憨地笑了，道：「是，娘教訓得是，我這就洗尿布去。」

張蘭蘭點點頭，看來這孩子雖然懦弱愚孝了點，但不是無藥可救的大男人。

張蘭蘭想吃肉想得緊，從廚房拿了個菜籃子挎上，吩咐了一句，就心急火燎地往村裡的肉鋪走去。

劉家村並不富裕，村裡也就一個不大的肉攤子，一個賣油鹽雜貨的鋪子。張蘭蘭循著記憶走，果然沒多久就瞧見肉鋪。

「哎呀，蘭嫂子，買肉啊。」肉鋪的趙屠夫招呼張蘭蘭。

張蘭蘭點點頭，看了看肉鋪。鋪子是間很小的門面，支了個木頭案子，上面擺著按照部位分門別類擺好的豬肉。

張蘭蘭想了想，道：「給我割兩斤後腿肉。」

張屠夫道了聲好，拿起刀來割肉，上秤一秤，正好兩斤。

一斤豬肉二十個銅板，張屠夫用油布將肉包好，張蘭蘭點了四十枚銅板遞給他，張屠夫滿面笑容地把肉包放進張蘭蘭的籃子裡。

張蘭蘭惦記著羅婉不下奶的事，張屠夫的肉鋪裡除了賣豬肉，偶爾還代賣點活魚什麼的。「今兒有魚嗎？最好是小鯽魚。」張蘭蘭問道。

「嫂子來得巧了。」張屠夫的媳婦桂姑挺著肚子從店裡走出來，看這肚子即將臨盆，笑道：「我家掌櫃的正好從鎮上買了好些活鯽魚，說是做湯給我過幾天生孩子下奶用，買得挺多，就給嫂子勻一些，後兒我家掌櫃的去鎮裡再給我帶就是。」

張蘭蘭忙謝道：「我也是買給我家小婉下奶的，謝謝桂姑了。」

桂姑叫張屠夫去後院撈魚，自己同張蘭蘭攀談起來。桂姑平日雖然和劉木匠家沒什麼往來，但也知道張蘭素來極為厭惡她的女兒劉秀，作夢都想要男娃。這會兒張蘭看起來心情不錯，又是買肉、又是買魚給產婦下奶，肯定是因為她家小婉生了個大胖小子。

「看蘭嫂子紅光滿面，又是買肉又是買魚，肯定是新抱上大胖孫子了吧！」桂姑摸著肚皮笑道：「我這肚子也就這兩天的事，嫂子快讓我沾沾喜氣，也生個大胖兒子。」

張蘭蘭很奇怪地看著桂姑，什麼叫買肉買魚就是生男娃，那生了女娃咋辦，難不成要吃土？

「喔，小婉生的是女娃。」張蘭蘭不欲與桂姑多說，淡淡道。

桂姑面色一下變得訕訕的，本來站在張蘭蘭旁邊，真是要沾她的喜氣。這會兒聽見她說羅婉生的是女娃，忙後退兩步，生怕張蘭蘭家生女娃的晦氣沾染到自己。

「啊，蘭嫂子，我想起屋裡還有事忙，就不招呼妳了。」桂姑迷信，一想到自己剛離張蘭蘭那麼近，會不會真被沾了生閨女的晦氣，忙捧著肚子往屋裡走。

這時張屠夫提著個小水罐子出來，張蘭蘭往裡頭一瞧，七、八條小鯽魚在裡頭游得暢快。小鯽魚肉少只能做湯，鄉下人一般不愛吃，價格便宜，張屠夫只收了張蘭蘭五個銅板的魚錢。

張蘭蘭一手挎著籃子，一手提著裝魚的小罐子往家裡走。走到半路，遠遠瞧見路邊一群村民圍在一輛板車旁。

張蘭蘭眼尖，一眼就瞧見王婆帶著那兩個人販子在車旁站著。

王婆懷裡抱著個嬰兒，看樣子才剛出月子。旁邊一個哭哭啼啼的婦人眼巴巴地瞧著王婆懷裡的小嬰兒，哇的一聲大哭出來。「我苦命的閨女啊，這麼小就要離了娘！」

王婆沒好氣地白了那婦人一眼，道：「這會子哭哭啼啼的捨不得，咋忘了收銀子的時候那痛快樣兒了。」

婦人被王婆子嗆了一句，訕訕地收起眼淚，咕噥道：「我這不是聽妳說，娃兒是要送進城裡給大戶人家當小姐養的嘛……」

王婆翻了個白眼，心道也不瞧瞧妳自己那模樣，一家子又黑又醜，有人家肯買妳女兒當粗使丫鬟就不錯了。

王婆旁邊還站著八、九個小女娃，大一點的七、八歲，已經懂事了，有的不過一、兩歲，將將會走路，這會子都拉著親娘的手，懵懵懂懂不知自己這是被賣了。

「行了行了，話說完了就走吧，省得天黑進不了城。」王婆轉身將懷裡的女嬰放在板車上。板車上鋪著厚褥子，上頭並排擺放了五、六個女嬰，都包裹得嚴嚴實實。

男販子趕車，女販子吆喝著把幾個女娃娃往車上趕，女孩子們各自抱著自己娘親，哭得撕心裂肺，有些性子軟的，被女販子訓斥兩句怕了，自己乖乖爬上車，有的年紀小不懂事或是性子倔強的，硬是死命地抱著自己娘不鬆手。

「珍妮兒，快鬆手。」一個圓臉素淨的婦人，滿臉嫌棄地把懷中緊緊抱著自己的女兒往外推。

珍妮兒哭得滿臉通紅，喊道：「娘，別賣了我，求您了！我能幹活！」

珍妮兒娘一巴掌搧過去，罵道：「不賣了妳，哪來的錢給妳哥哥娶媳婦。我已經白白養活妳到七歲，妳還想在家裡白吃白喝到啥時候？要不是因為養了妳個賠錢貨，妳兩個哥哥早就攢夠錢娶媳婦了。」

珍妮兒捂著臉嗚嗚地哭，珍妮兒娘眼珠子一轉，一把將珍妮兒拉過來，悄悄在她耳邊道：「咱家窮，娘把妳賣了是為妳好，以後妳在城裡吃香的喝辣的，可別忘了妳娘家兄弟們，若是做工得了工錢，平時省著點花，攢下來給妳弟弟娶媳婦，知道不？妳這死妮子，別叫我白養了妳。」

珍妮兒懵懵懂懂看著自己娘親，點點頭，隨著其他女孩被女販子趕上車。

張蘭蘭皺起眉頭，看著馬車越走越遠，根據原身的記憶，村中本就重男輕女得厲害，幾乎每家都有被溺死拋棄的女嬰。如今在村中玩耍的，滿眼望去都是男娃娃，女娃本來就少，現在又被賣掉一批，這下村中的女童更是鳳毛麟角了。

張蘭蘭極其厭惡這幾個賣女兒的愚昧婦人，不想跟她們打交道，於是轉了個方向繞路走。誰知道剛走幾步，就聽見身後王婆陰陽怪氣的聲音鑽進耳朵。「喲，這不是劉景家的嗎，不在家抱大胖孫子，怎麼有空出來轉啊？」

張蘭蘭家兒媳婦生了個女娃的事已經在村裡傳開了，除了桂姑這種即將臨盆，足不出戶的人之外，大家都知道羅婉生的不是兒子。

村中婦人愛八卦，幾個婦人立刻圍上來，頗有些幸災樂禍地說：「哎呀，蘭嫂子沒抱上孫子呀，嘖嘖，真可惜。」

「就是啊，蘭嫂子家孫子輩還沒男丁呢，要個姑娘有啥用，這香火可不能斷了。」

更有手快眼尖的，翻開張蘭蘭籃子裡的油布包，瞧見了罐子裡的小鯽魚，捂嘴驚呼道：「喲，這又是肉又是魚的。」

幾個婦人都是幾個月沒沾葷腥的，這會兒瞧見那麼一塊上好的肉，口水嘛得咕嚕響，眼睛都冒光了。

珍妮兒娘笑著湊過來，對張蘭蘭道：「蘭嫂子，我家三小子最喜歡嫂子了，成天嚷嚷著要認嫂子當乾娘，攔都攔不住。對了，我早上剛去地裡拔了青菜，那葉子可嫩了，正好給嫂子家添道菜，中午我就讓我家三小子給嫂子家送去。」

旁的幾個婦人紛紛翻白眼，心道：這珍妮兒娘真是不要臉，看見劉景家的買肉，就想讓自己小兒子去吃，誰家地裡沒青菜啊，還缺她家這一口菜？拿著幾根破菜換頓肉吃，這算盤打得真精。

張蘭蘭斜眼瞥著這幾個各懷鬼胎的婦人，有的愚蠢，有的自以為精明，再看旁邊王婆一副幸災樂禍看好戲的樣子，張蘭蘭嘴角微微上揚，理了理耳邊的碎髮道：「咦？我剛看妳們賣了閨女，咋會沒錢吃肉。」

珍妮兒娘訕訕道：「一個破妮子，能值幾個錢，還不得攢著給我家大小子、二小子娶媳婦用。」

張蘭蘭做出一副吃驚的樣，看向王婆，道：「怎麼會？當時販子來我家買女娃，兩個娃娃一共開了三十兩。妳們一家一個女娃，少說不得十五兩啊，天天吃肉都夠了。」

「一個娃娃十五兩?!」幾個婦人吃驚得下巴都快掉了，眼睛瞪得如銅鈴一般，齊齊轉頭看向王婆。

王婆心道不好，忙揮舞著胳膊道：「哎呀，妳們別聽劉景家的胡說，哪值那麼多錢！別聽她的！」

鄉下的人大多耿直，哪明白什麼漂亮的女娃才值高價，又黑又粗的不值錢。王婆和人販子擔心他們給張蘭蘭家開的價格被別人知道了，以後生意不好做，所以沒跟別家提起過張蘭蘭家的事。

「憑什麼妳給蘭嫂子家一人十五兩，到了我這兒，五百個銅錢就把我閨女買了！」珍妮兒娘立刻瘋了一樣衝向王婆，一把揪住王婆的領口。「說，多的錢到哪兒去了，是不是妳給吞了？」

其他幾個婦人一聽都紛紛眼紅，圍著王婆要個說法。

張蘭蘭瞧著王婆，故作吃驚道：「呀，明明是十五兩一個人，那男販子親口跟我開的價。怎麼珍妮兒娘說是收了五百錢，難不成是有什麼誤會？」

「有什麼誤會！肯定是叫這老不死的婆子吞了！我就說她怎麼那麼好心幫我們牽線，原來吞了那麼多銀子，真是不怕撐死！姊兒幾個，今兒咱可不能放過這老婆子，要是放了她，她肯定捲著銀子跑了！」幾個婦人面露凶光，十五兩銀子啊，她們這輩子都沒見過這麼多錢，為了錢拚命都行，哪管王婆子解釋什麼，幾個婦人將王婆子圍在中間，撕扯起來。

幾個村婦立刻在土裡蓬頭垢面地滾作一團，張蘭蘭懶得看她們狗咬狗一嘴毛，她還惦記著回家煮肉呢。

張蘭蘭挎著籃子哼著小曲，悠哉悠哉走回家。

劉俊已經洗好尿布，正在院子裡晾曬。劉秀懷裡抱著小嬰兒，坐在院子的木樁上哄孩子曬太陽。

「娘，回來啦！」劉俊、劉秀紛紛招呼道。

「秀秀，把孩子給妳哥抱著，妳幫娘打下手，娘給咱們做好吃的去。」張蘭蘭迫不及待地想吃紅燒肉，叫上劉秀就進了廚房。

廚房收拾得乾乾淨淨，罐子盆子整整齊齊地擺放在架子上。張蘭蘭將裝肉的籃子放下，叫劉秀拿了個盆來裝上水，把小鯽魚倒進去。

小鯽魚做湯，一次一條即可，剩下的養著慢慢吃。

劉秀吃驚地看著小鯽魚，道：「娘，這魚是？」

「給妳大嫂開奶用的。」張蘭蘭笑咪咪地摸著劉秀的腦袋道：「秀秀想喝魚湯嗎？」

劉秀嚥了口唾沫，搖搖頭道：「秀秀不想吃魚湯。大嫂吃了魚湯開了奶，就有奶水給小姪女吃了。」

張蘭蘭捏了捏劉秀的小臉蛋，明明饞得口水都要流地上了，還這麼懂事，真是讓人不由疼愛。

「秀秀，娘有別的好吃的給妳，一會兒吃飯妳就知道了。」張蘭蘭賣了個關子，吩咐劉秀生火，自己去了後院。

張蘭蘭家後院很大，整整齊齊的種著很多時令蔬菜，還有蔥蒜之類。

張蘭蘭拔了些蔥，割了點青菜，又看見後院邊上有個雞窩，記得家裡養了隻下蛋的母雞，便伸手去窩裡掏了掏，竟然掏出兩枚雞蛋來！

待回來時，劉秀已經把火生好了。張蘭蘭不忍讓個九歲的孩子操勞做飯，便將劉秀攆出去，自己張羅著做飯。

劉秀破天荒地頭一次被母親趕出廚房，站在院子裡，一時有些惴惴不安，心裡七上八下地猜測著，是不是母親覺得自己笨手笨腳，幹不好活，所以趕自己走？難不成母親不要自己了？

劉秀這頭在院子裡胡思亂想，張蘭蘭這邊在廚房裡忙活著做菜。頭一次用灶臺，實在用不習慣，幸虧劉秀已經把火點著生好，張蘭蘭一邊備菜一邊看著火，時不時添柴，無比懷念現代的瓦斯爐。這裡原料不似現代那麼豐盛，灶火忽大忽小不好掌握，張蘭蘭儘量做出自己滿意的味道。半個時辰後，張蘭蘭去院子裡，蒙著劉秀的眼睛帶她進廚房。

「秀秀，聞聞，香不香？」張蘭蘭道。

劉秀吸了吸鼻子，一股濃郁的香味鑽進鼻子裡，肚子立刻就不爭氣地咕嚕叫了。

張蘭蘭鬆開手，劉秀看見眼前擺著一碗亮晶晶的紅燒肉，一盆奶白色的鯽魚湯，一碗蛋羹，一盤炒青菜。

張蘭蘭用筷子挾起一塊紅燒肉，送到劉秀嘴邊，道：「秀秀，快嚐嚐，好不好吃。」紅燒肉的肉香竄進劉秀鼻尖，劉秀看著一臉慈愛的母親，簡直無法相信自己的眼睛。母親竟然親手餵她吃紅燒肉！自己不是作夢吧！

劉秀狠狠地捏了自己大腿一把，是疼的！不是夢！

眼淚浸濕眼眶，劉秀乖乖地張開嘴，咬住紅燒肉，眼淚瞬間奔湧而出，撲進張蘭蘭懷中大哭起來。

給吃一口紅燒肉就哭成這樣，看樣子果然女孩子要富養，免得被人小恩小惠就騙走了。張蘭蘭嘆了口氣，輕柔地抱住秀秀，拍拍她後背柔聲哄著。

劉秀哭了好一會兒，眼睛都哭腫了，方才止住哭聲。

張蘭蘭拿了帕子給她擦乾淨臉，笑道：「瞧妳哭的，都成小花貓了。」終是哄得劉秀破涕為笑。

家裡人少，沒那麼多講究，一家人就在羅婉屋裡吃。張蘭蘭不叫羅婉下床，讓劉俊張羅著支好床上的桌子，又和劉秀端菜。

羅婉抱著孩子靠床頭坐著，看著婆婆、小姑、丈夫忙碌張羅，心裡很惶恐。等看到菜端上來，羅婉更不安了。

紅燒肉，蛋羹，炒青菜，還有鯽魚湯。

這裡農家的床都做得很大，一家人圍著床上的飯桌吃飯也坐得開。張蘭蘭盛了一碗鯽魚湯放在羅婉面前，道：「小婉，妳喝喝這湯，聽說對下奶好。」

羅婉幾乎不敢相信自己的耳朵，婆婆這是專門買了鯽魚給她熬湯？

張蘭蘭又盛了一碗鯽魚湯給劉秀，道：「秀秀正要長身體，得多吃多補。」

劉秀眼眶又紅了，讓道：「不，還是給娘和哥哥喝吧。」

張蘭蘭皺了皺眉，道：「娘讓妳喝妳就喝，咱家又不是喝不起魚湯。」

家裡白麵白米確實不多，張蘭蘭覺得羅婉在坐月子，也不能給小娃娃餵粗糧，所以白米白麵都緊著羅婉母女先吃，張蘭蘭和劉俊兄妹碗裡都是白米和糙米混合蒸的米飯，羅婉碗裡是純白米飯。

羅婉捧著自己的碗，難以置信地發現竟然是純白米飯，一點糙米都不摻雜。正愣神呢，一塊紅燒肉落在自己碗裡，抬頭就見張蘭蘭舉著筷子道：「小婉生孩子辛苦，多吃點肉補補，來，再吃口蛋羹。」

劉秀從小都吃糙米飯長大，連白米的滋味都沒嚐過。她挾起一團米飯放進嘴裡，白米的香味立刻在嘴裡蔓延，簡直是無上的美味，劉秀覺得自己能吃上白米，已經是母親開恩，就低著頭只顧著吃飯，不敢挾菜吃。

張蘭蘭饞紅燒肉，正美美地吃呢，發現飯桌上只有劉俊一人心安理得地給自己碗裡挾肉舀雞蛋，咂吧著嘴吃得香。而羅婉、劉秀兩個人則乖巧安靜地低著頭，只吃自己碗裡的飯，不敢挾菜。

張蘭蘭停下筷子，皺著眉頭看向劉俊。原身喜男厭女，從小都是把好東西給兩個兒子先吃，所以將劉俊養出這種只顧著自己不讓別人的吃相。

「俊娃！」張蘭蘭板著臉，道：「你怎麼能只顧自己吃肉，不管其他人。」

劉俊嘴裡塞了一口紅燒肉，正嚼得香，聽見母親突然訓斥他，不明就裡地看著張蘭蘭，疑惑地啊了一聲。

「啊什麼啊！」張蘭蘭道。「以後不管是吃飯，還是其他什麼好東西，先想想媳婦妹妹閨女其他人吃了沒，有沒有？怎麼能這麼自私，一個人把好東西吃完，你教秀秀和小婉吃什麼？」

劉俊瞪大眼睛，母親以前不是這樣的啊，每次家裡老母雞下蛋，母親煮好雞蛋，總是給自己和弟弟，哄騙妹妹說女娃娃不能吃雞蛋，有毒。

「以後吃飯，別沒命似的往自己碗裡刨食，再讓我看見你不讓著媳婦妹妹先吃，就給我出去喝西北風去。這麼大的人了，怎麼學得這麼自私呢，聽見了沒？以前都是你妹妹你媳婦把好東西讓給你，往後得給我倒過來，你也得讓讓她們，哪有別人只讓你，你不讓別人的道理。」張蘭蘭提高嗓門。

「知道了，娘，是我錯了。」劉俊脹紅了臉。「那、那我不吃菜了，留給秀秀和婉娘還有娘吃。」

張蘭蘭點點頭，給劉秀碗裡挾了一塊肉，道：「秀秀吃肉，想吃什麼菜就挾什麼菜，妳要是不吃菜，娘可要不高興了。」

劉秀不似先前那麼拘謹不安，小心翼翼地吃了碗裡的肉，又嘗試著挾了一筷子菜，偷偷瞧張蘭蘭臉色。見到母親非但沒有因為自己挾菜吃而生氣，反而鼓勵自己，這才確定母親是真的允許自己吃肉吃菜了。

「俊娃，給你媳婦挾菜吃。」劉俊這種生長在重男輕女家庭裡的長子，從來沒有照顧女性的意識。張蘭蘭不說，他壓根兒就沒想到。

「好好。」劉俊恍然大悟一般，給羅婉挾了塊肉，說：「婉娘，吃肉吃肉。」

劉俊十分聽母親的話，張蘭蘭讓他把肉給媳婦妹妹吃，他就真的只吃碗裡的飯，一會兒給羅婉挾菜，一會兒給劉秀挾菜。張蘭蘭看劉俊一副孺子可教的樣子，表示自己向「矯正萬惡的重男輕女思想，一家人要互相謙讓恭敬有愛」邁出了第一步。

一家人正熱熱鬧鬧地吃飯，忽地聽見院子裡有響動，張蘭蘭伸頭看出去，看見一個流著鼻涕，穿著髒兮兮的小男孩闖進院子裡。小男孩約莫五、六歲的年紀，手裡握著一把蔫了吧唧的青菜，大嗓門嚷嚷著：「嬸子、嬸子，我娘讓我給妳家送菜來。」

張蘭蘭的臉色一下就不好看了，這不就是珍妮兒最小的弟弟劉狗兒嗎？珍妮兒娘果真厚臉皮，真讓她家三小子在飯點跑來蹭肉吃了。

村子裡娃娃們經常串門子，劉狗兒對張蘭家門兒清得很，聽見哪個屋裡有人聲就往哪個屋裡鑽，進門一看桌上的肉，眼睛瞬間亮了。「嬸子，我娘說了，菜給你們家，我要吃肉。」

說著就衝過來，一把將劉秀推到地上，伸出髒兮兮的手就往紅燒肉盤子裡抓。

「哪來的熊孩子，竟敢在我家撒野！」張蘭蘭怒了，一巴掌拍開劉狗兒的手。

劉狗兒是么兒，在家裡最受寵，橫行霸道慣了。見到張蘭蘭非但不怕，反而高聲嚷道：「我就是要吃肉，妳家有肉吃，憑什麼不讓我吃！我娘說我家都給妳家送菜來了，我是客人，就該吃肉！」

張蘭蘭心疼劉秀，趕忙將劉秀拉起來護在身後，抓著劉狗兒的胳膊就把他往屋外拽。「你要撒野出去撒！」

若是村裡其他人，見了悍婦張蘭發飆，哪個敢去觸霉頭，偏偏劉狗兒年紀小不懂事，初生牛犢不怕虎，心裡急著吃肉，對著張蘭蘭踢打罵道：「妳個醜婆娘敢動我，我叫我爹打死妳！妳放開我！」

劉狗兒一番鬧騰，驚醒了熟睡中的嬰兒。嬰兒哇哇大哭起來，張蘭蘭聽得心疼不已，揪著劉狗兒的衣領將他整個提起來往外頭走，劉狗兒還要掙扎，被張蘭蘭一隻手制伏。劉狗兒哪裡受過這樣的委屈，嘴裡罵得更起勁，將平日學的下流話，竹筒倒豆子似的罵出來。「娘，這婆娘打我！」

張蘭蘭黑著臉，將劉狗兒丟出遠門。劉狗兒哎喲一聲，衝著棗樹的方向喊。

珍妮兒娘從棗樹後頭鑽出來，看見兒子灰頭土臉，忙衝出去將劉狗兒護在懷裡，對張蘭蘭罵道：「虧妳還是當人嬸子的，連個小娃娃都欺負！我家狗兒好心去給妳家送菜，妳咋又打又罵！」

張蘭蘭呸了一聲，將劉狗兒帶來的爛菜葉扔到珍妮兒娘臉上，道：「誰稀罕妳家的爛菜葉，快拿走，以後妳家人別進我家門，小心我打斷腿！」

劉狗兒不甘心，嚷嚷道：「娘，我要吃肉！她家桌上肉好吃，我要吃！」

珍妮兒娘對張蘭蘭罵道：「妳個小氣吧啦的，不就是口肉，都不給我娃兒吃！有幾個臭錢了不起！」

張蘭蘭道：「妳不小氣？妳咋不把妳賣閨女的錢拿出來給妳狗娃買肉吃，就知道惦記別人碗裡的！我就道這狗娃才這般年紀就這麼胡攪蠻纏，原來是因為有個不要臉的娘教的！」

張蘭蘭又看著狗娃道：「狗娃，你娘有錢都藏著不給你花，留著給你兩個哥哥花，你想吃肉就問你娘要，你娘攢的錢夠天天給你買肉吃。狗娃，嬸子今天去買肉的時候，看見你娘也買了兩斤肉。你娘肯定是把你騙出門，等你不在家了，拿出肉給你兩個哥哥吃。」

「呸，別胡說！」珍妮兒娘嚷道。

「我哪胡說了！」張蘭蘭對狗娃道：「狗娃，你娘賣了你姊姊得了一大筆錢，都藏著不給你花，買了肉也不給你吃。你不信就回家看看，你兩個哥哥肯定把肉吃完了沒留給你。」

劉狗娃一聽，急急忙忙往家裡跑，珍妮兒娘在後面一邊追著兒子跑，一邊罵著張蘭。狗娃跑回家一看，兩個哥哥剛吃完飯，盤子裡空空的啥都不剩，立刻一屁股坐在地上大哭大罵。

珍妮兒娘來拉狗娃，冷不防被狗娃撓了一臉，氣得將狗娃一頓胖揍。

吱吱呀呀的牛車行駛在崎嶇的小路上，車上擠著十來個衣著寒酸的男女，都是河西劉家村從城裡回來的村民。

十二歲的劉裕懷中抱著個小小的書箱，被擠在最裡頭的拐角，低著頭悶悶的，臉色很不好看。

劉裕在城裡的私塾唸書，前陣子參加縣試，想考個童生。昨兒放榜，劉裕又一次名落孫山。這已經是他第二次落榜了。劉裕抬頭，遠遠瞧見劉家村的影兒，心裡更是焦躁不安起來。

還記得一年前他落榜回家，嫂子張蘭指著他破口大罵，說他沒出息，整日白吃白喝不幹活，雪白的銀子嘩啦啦的花出去供他讀書，連個功名都考不上，就別浪費銀子，趕緊回家種田餬口吧。

嫂子潑辣彪悍，在村裡是出了名的，那日嫂子扠腰站在院子裡，一口氣地從天亮罵到天黑，那被羞辱的情景至今想起還是讓劉裕心驚膽戰。

大哥劉景一向是好脾氣的，從不與嫂子計較，可那次破天荒第一遭和嫂子吵起來，兩個人差點動手打起來，弄得家裡雞飛狗跳。當時大哥咬牙硬頂著嫂子的脾氣，說叫他繼續唸書，自己也保證來年定要考取童生，若是再落榜，就回家跟大哥學當木匠，大嫂這才作罷。

可如今，自己又一次名落孫山了……劉裕不知不覺已經滿臉淚痕，他偷偷抹了把淚，暗暗恨自己怎麼這麼不爭氣，這次差一點就能考上了！就差那麼一點點！

「到了，都下車吧！」馬車停在村口，車夫吆喝著把車上的乘客趕下來。

劉裕顫顫巍巍地下車，懷裡緊緊抱著書箱，腳下猶如灌了鉛一般，沈得邁不開腿。

大哥劉景幾個月前接了個大活，在省城裡給人做家具，還沒回家。大哥不在，他已經可以想像到家裡嫂子得知自己又落榜時，會是怎樣的情景。

「是劉裕啊。」一個三十出頭的老實莊稼漢路過，對劉裕揮揮手。「從私塾回來啦！我跟你說，前幾天你姪媳婦兒生了個女娃娃，你快回家看看吧！」

姪媳婦羅婉生了個女娃……劉裕感覺眼前又黑了黑。

大嫂一向不喜女娃，滿心都想抱孫子，如今大姪媳婦生了個女娃，大嫂肯定氣得不輕，再聽到自己落榜的消息……劉裕頓時覺得一場暴風驟雨即將降臨。

雖然很不想回去，但那畢竟是家，遲早得回。

這會兒張蘭蘭看著天氣正好，正抱著小嬰兒在院子裡坐著曬太陽。劉秀坐在張蘭蘭對面，一起逗著小娃娃，劉俊在旁邊晾曬洗好的尿布和小娃娃衣服，一家人說著話。

劉裕一手抱著書箱，一手放在院子門上，忽然聽見從院子裡飄出來的歡聲笑語，愣了一下，鼓起勇氣推門進去。

張蘭蘭正逗孩子呢，忽然聽見院子門響了，一個文弱白皙的男孩走進來。男孩穿著一身漿洗得發白的粗布褂子，懷中抱著個書箱，眉眼長得很精緻，和劉俊有些像，臉上一副侷促不安的表情。

張蘭蘭腦內回憶了一下，認出這是原身的小叔子劉裕。

劉裕是劉景唯一的弟弟，是劉景爹娘的老來子。劉景祖上都是老實巴交的農民，吃了幾輩子不識字的虧，到了劉景爹這一輩，咬牙說什麼都得讓下一代出個能斷文識字的。劉裕從小聰慧懂事，劉家二老把讀書的希望都寄託在小兒子劉裕身上。可惜一場瘟疫讓劉裕、劉景沒了爹娘，張蘭這嫂子一手把兩歲的劉裕拉拔大。

讓弟弟讀書是爹娘的遺願，劉景一直堅持讓劉裕唸書，原身雖然嫌花錢多不情不願，但那畢竟是公婆的遺願，也不好違背，夫妻兩人便送劉裕去城裡的私塾唸書，希望他有朝一日考取功名，光耀門楣。

劉俊見劉裕回來了，忙迎上去接過劉裕手裡的書箱，迎他進院子。

劉俊比劉裕還要大三歲，叔姪兩個一起長大，大多數時候，劉俊並不像劉裕的姪子，反而像劉裕的大哥，處處照顧這個比自己小三歲的叔叔。

「嫂子、秀秀、俊娃，我回來了。」劉裕恭恭敬敬地對張蘭蘭道。

雖說張蘭蘭彪悍潑辣，可畢竟是從小養大劉裕的人。長嫂如母，劉裕雖然懼怕嫂子，但對嫂子一向敬重。

「裕娃回來啦。」張蘭蘭笑咪咪地抱著小娃娃起身。劉裕是個乖巧清秀的孩子，家裡先是添了個超萌的小娃娃，現在又回來了個可愛的小正太對自己恭恭敬敬的，張蘭蘭心情很愉快。

劉裕低著頭，眼淚憋在眼眶裡，脹紅了臉，小聲道：「嫂子，是我不爭氣，這次……沒考上。」

「啊……」張蘭蘭啊了一句，回憶了半天劉裕在說什麼，終於想起來劉裕是在說他考童生的事。

劉裕天資聰穎，五歲就進私塾讀書。劉裕自知家境貧寒，哥哥嫂子供他讀書不易，所以格外珍惜讀書的機會。從小就勤奮好學，再加上天資高，很得先生們的喜愛。可這個年代讀書花銷大，雖然劉木匠手藝好，生意不斷，家裡還有十畝田產，但是劉景一個人支撐一個家實在艱難。

雖然張蘭經常為了供自己讀書的事發脾氣，但是劉裕心底並不怨恨這個嫂子。畢竟讀書花銷太大，自己不是親生兒子只是小叔子，君不見，多少貧家的親生父母都捨不得供親兒子讀書，嫂子把屎把尿地將他拉拔大，還能讓他去唸幾年書，已經是格外的恩典了。

劉裕心裡著急，不想看著哥哥嫂子隔三差五就為了自己唸書的事置氣，所以十一歲的時候就不顧先生阻攔，冒險去考童生，想早日考出功名來，就不用拖累家裡。

凡事欲速則不達，那些三十幾歲才考上童生的人比比皆是，一個十一歲的小娃娃想考童生更是難上加難。果不其然，劉裕第一次落榜了，之後他更加勤奮讀書，可第二次僅差了一些，依舊名落孫山。

張蘭蘭在努力回憶和劉裕考童生相關的事，劉裕低著頭，半晌不見嫂子說話，以為嫂子氣得說不出話來。劉裕大氣不敢出，只立在原地等著嫂子罵自己。

張蘭蘭看那孩子一副等待責罵的樣子，想起前世自己看著長大的表弟，每次考砸了之後也是這個樣子，心裡不由得軟了。

「沒事沒事，先去屋裡洗把臉歇歇。」張蘭蘭走過去，摸了摸劉裕的頭，寬慰道。

劉裕簡直不敢相信自己的耳朵，嫂子竟然沒有罵他，還安慰他說沒事！

「裕娃，你快瞧瞧，這是你大姪孫女。」張蘭蘭把小娃娃捧到劉裕眼前，獻寶一般道：

「你瞧瞧這眉毛眼睛，長得多漂亮啊！」

劉秀跟在張蘭蘭後面，笑道：「二叔，你瞧小娃娃長得像誰。」

小娃娃被太陽曬得正舒服，忽然瞧見一個清秀白皙的臉擋在自己面前，忙伸出兩隻肉乎乎的小手使勁搆著，兩隻眼睛跟黑葡萄似的滴溜溜打轉，咧開小嘴露出粉粉的牙床，咯咯地笑。

劉裕一下子就喜歡上這個小粉團兒。

劉俊得意洋洋地看著劉裕，道：「怎麼樣，我閨女漂亮吧！」

一家人得意洋洋地獻寶，誰也沒提劉裕落榜的事。劉秀年紀小，並不太懂落榜的意義；劉俊雖然知了事，但是不會哪壺不開提哪壺，故意觸霉頭；至於張蘭蘭，她壓根兒就沒覺得一次兩次沒考上是什麼嚴重的事，畢竟劉裕年紀還小，十二歲考上童生的人極少，以後再考就是。

劉裕就這麼暈了吧唧地被家人圍在中間看小娃娃，又迷迷糊糊地被劉秀拉進屋裡洗臉休息，迷迷糊糊吃了竟然有炒肉的飯菜，感覺整個人都暈乎乎的，跟在雲端一樣不真實。

直到傍晚時分，劉裕一個人在房間裡待了一會兒，才回過神來。為啥家裡誰都沒提自己考童生的事？八成是先前自己跟嫂子說自己落榜的事時，嫂子聽岔了，以為自己說別的事呢。不然按照嫂子的脾氣，不會就這麼平平靜靜地過去了，起碼會罵他一下午啊！

劉裕越想越覺得就是這麼回事，肯定是嫂子聽岔了！劉裕越這麼想，就越發不安起來。

正思索著怎麼跟嫂子說呢，就看見劉俊進來了。

「二叔。」劉俊叫了一聲，走過來坐在劉裕身旁。

劉裕看著劉俊，感覺不安感稍減，想了想，道：「俊娃，這次二叔又落榜了，沒考上童生，唉……」

劉俊點點頭，道：「我知道，方才你一進院子不就說了嘛。」

劉裕垂下頭，道：「是我不爭氣，兩次都考不上。」

劉俊一手攬著劉裕肩膀，拍拍他，道：「二叔，沒事，我聽人家說童生沒那麼好考，你才十二，考不上也是理所當然的。」

劉裕搖搖頭，嘆了口氣，道：「俊娃，你不知道內情。你還記得上次我落榜時，大哥大嫂為了我吵得特別凶，那時候我答應嫂子，再給我一年時間，若是還考不上，我就不唸書了，回家種地或者跟著大哥學手藝當木匠去。」

劉俊也嘆了口氣，道：「我倒不知道還有這事，要不，你再去求求我娘，說不定她讓你繼續唸呢。」

而後劉俊把這幾天發生的事跟劉裕說了一遍，包括母親花了五兩銀子給羅婉看病，留下小女嬰，拒絕人販子三十兩買走劉秀和小娃娃，對家人態度大變之類的事。

「我覺得娘跟以前不太一樣了，變得、變得……」劉俊抓了抓腦袋，想了半天。「那啥……通情達理了。依我看，你去求求娘吧，成了你可以繼續唸書，不成你大不了被娘罵一頓。反正咱們從小到大都被娘罵習慣了，嘿嘿。」

劉裕垂頭想了想，劉俊說得對，不試試怎麼知道行不行，大不了被嫂子罵一頓唄。

「好，我去求嫂子！」為了讀書，劉裕豁出去了！

劉裕緊緊攥著拳頭，鼓足勇氣往外頭，剛出了門，就聞到一股燒焦的味道，轉頭一看，一股濃煙從廚房頂上飄出，劉裕定睛一看，有隱約的火苗從廚房裡竄出來。

「不好了，著火了！」劉裕高聲喊道。

劉俊、劉秀、張蘭蘭一聽，都從屋裡跑出來。只見火苗從北面的廚房裡竄出，廚房是茅草木板搭建的，火勢蔓延得很快，廚房、柴房和劉秀的房間三間房挨著，此時已經都燒了起來。

「小婉妳別出來，燒不到妳屋子，小心別著涼了。」張蘭蘭瞟見羅婉要下床，忙喊道。北面廚房那三間房是獨立的，和其他房子不連接，火燒不過來。張蘭蘭邊帶著孩子們打水救火邊喊，左鄰右舍見了火光紛紛跑來幫忙救火。

劉秀奮力地打水送水，可眼見火苗將三間房子完全吞沒，劉秀的心越來越沈。她剛燒火後便直接出了廚房，肯定是自己不小心把火星濺在一旁的草垛上，當時沒發現，所以才引發了大火。

劉秀看著忙碌救火的眾人，再看一眼滿身是灰的母親，捂著臉哭起來。

「完了完了，我燒了屋子，娘一定會打死我的。」劉秀一顆心提了起來，腦子越來越亂。雖說這幾天娘對自己的態度好了許多，但是自己放火燒了三間房子，一定會被打死或者賣掉的！

劉秀越想越害怕，感覺天都要塌下來了，腦子一熱，趁著眾人救火，慌慌忙忙趁著夜色跑出院子，只想跑得越遠越好，千萬不能被母親找到。

第三章

熊熊大火燒了半個時辰，直至將三間屋子全部燒光，才被村民撲滅。張蘭蘭灰頭土臉地放下手裡的水桶，一屁股坐在地上，累得脫了力。

好在這三間屋子是獨立的，今夜無風，火勢才沒有蔓延到幾間主屋來。

村民樸實，見火滅了，紛紛回家。劉俊呆呆地看著燒成黑灰的廢墟，抱著腦袋蹲在地上發愁。已經過了秋收的日子，全家的口糧都存在廚房的糧窖裡，過冬的柴火全堆在柴房裡，這一把火，將全家人一年的口糧和過冬的柴火燒了個乾淨，這日子可怎麼過。

劉裕嘴唇哆嗦著，想讀書的話憋在喉嚨裡轉了幾圈，終是嚥回了肚子，家裡都這幅光景了，他怎能自私地只顧自己。

羅婉不知何時已經下床，懷中抱著孩子靠在門框邊站著，眼裡滿是愁色。

一家人頓時被一陣愁雲慘霧籠罩起來。張蘭蘭喘了口氣，琢磨著，雖然糧食燒了個一乾二淨，但是只要人沒事，錢總是能賺的，大不了用銀子買糧買柴禾買木炭，總能撐過這個冬天。

「一個一個都成了黑炭球，都去洗洗吧，大夥兒都累了，洗洗睡吧。」張蘭蘭拍拍手，從地上站起來，掃了大家一眼，忽地發現劉秀不見了。

「秀秀呢？」張蘭蘭在院子裡喊道：「秀秀，在哪兒呢？」

並沒有聽見劉秀的回應。劉俊和劉裕面面相覷，道：「方才只顧著救火，沒留心秀秀，那丫頭跑到哪兒去了？」

張蘭蘭皺眉，劉秀一向是個乖巧懂事的孩子，幹活從不耍奸偷懶，沒道理大家都忙著救火，劉秀卻跑不見了。

「你們還記不記得，著火前是誰最後一個出廚房的？」張蘭蘭心裡有種不好的預感。

劉俊回憶道：「我記得當時娘做完飯，我去劈柴，然後看見秀秀從廚房出來。」

「糟了！」張蘭蘭一拍大腿，廚房失火絕對不會是無緣無故，這麼看來應該是劉秀不小心點燃什麼導致大火，這會兒劉秀應該是懼怕家人責備她，所以偷偷跑掉了。

這孩子，真是……一個九歲的小姑娘大晚上的跑出去，出了事可怎麼好！

「俊娃、裕娃，先別洗臉了，都跟我走，找秀秀去。小婉，妳在家看家。」張蘭蘭匆匆忙忙吩咐，帶著兒子和小叔出門找劉秀。

「俊娃，你去東邊找，裕娃，你去西邊，我上南邊去找，一旦找到秀秀，趕緊帶她回家，別罵她。沒找到的話，天亮前全都回家再合計。」張蘭蘭囑咐道。

劉俊、劉裕、張蘭蘭分頭行動。

古代並沒有電燈，夜晚黑漆漆的，伸手不見五指。張蘭蘭沿著村邊的小河一直往南找，邊找邊喊：「秀秀，快跟娘回家，娘不罵妳。」

深夜的風颳在身上，彷彿能吹進人骨子裡。劉秀慌慌張張，邊哭邊沿著小河跑，此時她理智全失，只知道自己燒了房子，闖了大禍。

劉秀慌不擇路，腳下一滑，栽了個跟頭，滾了一身稀爛的河泥。用胳膊撐著想爬起來，可胳膊卻跟脫力似的，整個人栽倒在泥裡。

「嗚嗚嗚……娘，我闖大禍了。」劉秀伏在地上大哭起來。「我把房子燒了，還把糧食和柴火都燒了。我……我真是賠錢貨、喪門星……嗚嗚嗚……」

不知道哭了多久，劉秀腦子亂七八糟，一會兒想著娘暴跳如雷毒打自己的情景，一會兒又想著一家人沒糧沒柴在冬天餓死凍死的慘狀。恍惚中，劉秀從地上爬起來，看著寬闊的河面，止住了哭聲。

河水平靜地流淌，在月光下翻起粼粼波光。劉秀慢慢向河水走去，彷彿只有這河水才能消除她所有的煩惱和恐懼，只要跳進河裡，就什麼都不知道了，不用再怕母親的打罵，不用提心弔膽怕被賣掉，不用面對家人對自己燒房子的指責。

是的，只要跳進河裡，一切就都解脫了。

此刻張蘭蘭沿著河邊焦急地跑著，依她對劉秀這孩子的瞭解，她真怕劉秀做出什麼傻事來。

忽地，張蘭蘭在朦朧月光中，遠遠看見一個小小的身影，慢慢朝河岸走去。

「秀秀！」張蘭蘭大喊一聲，拚命往前跑。

劉秀彷彿抽乾靈魂的木偶，對張蘭蘭的呼喚毫無反應，眼裡只看得到波光粼粼的河面，一心只想著只要跳河就可以解脫了。

張蘭蘭見劉秀不理自己，反而往河裡走，急得恨不得多長幾隻腳。

「秀秀，別做傻事，娘不怪妳！」眼見劉秀就要走到水邊了，張蘭蘭邊跑邊喊。「房子沒了可以蓋，糧食沒了可以買，秀秀，妳是娘的心尖子，妳要是沒了，娘也不活了！」

劉秀忽地停了腳步，轉頭，有些迷茫地看著遠處跑來的母親。

張蘭蘭一見她停了，拚了老命地衝過去，一把將劉秀從水邊扯回來，緊緊抱在懷裡。有那麼一瞬間，張蘭蘭幾乎以為自己要失去這個乖巧可愛的便宜女兒了，幸虧自己及時趕到，萬幸！

張蘭蘭抱著差點失去的女兒，淚水滾滾而下。「秀秀，妳個傻孩子，妳要是跳河，妳是要教娘一輩子心裡不安生。娘又沒罵妳，也沒怪妳，妳自己是跑什麼？」

劉秀恍惚中，只覺得自己被人抱著，冰冷的身子漸漸被溫暖，抬頭看見母親正哭得傷心，忽地覺得心裡一顫，回過神來，大哭起來。「娘，是我的錯，我燒了咱家的房子，燒光了過冬的口糧，娘，是我害了大家，妳把我賣給販子吧，換點銀子買糧食給大夥兒過冬。」

「妳這傻孩子。」張蘭蘭死死抱著劉秀，哭得更厲害了。「說什麼傻話，小孩子家家的操心什麼銀子，那是大人的事，知道不？有娘在，餓不著你們這群小崽子，以後妳再這麼亂跑，小心娘拿根繩子給妳拴上，綁娘褲腰帶上。」

「嗚嗚嗚，娘，都是我粗心大意，妳打我罵我吧！」劉秀死死抱著張蘭蘭哭道。

「傻妮子，娘不打妳也不罵妳，妳又不是故意的，以後做事仔細點便是。」張蘭蘭用袖子使勁抹了抹劉秀的臉，道：「再說了，房子糧食已經沒了，打妳一頓，東西也回不來，娘還要留著力氣掙錢給我秀秀買肉吃呢。」

劉秀這次又驚又怕，不過是個九歲的小姑娘，真是受了驚嚇。張蘭蘭好一通柔聲軟語，才將劉秀安撫下來。

「秀秀，跟娘回家。」張蘭蘭死死攥著女兒的手，生怕眨個眼，劉秀就沒了。

張蘭蘭領著劉秀回家，打了水給劉秀擦洗乾淨，換了乾淨衣裳。劉秀原本住的是最破的房間，這會兒燒個乾淨，張蘭蘭索性就叫劉秀跟自己住。

劉秀迷迷糊糊乖巧地任張蘭蘭收拾，而後張蘭蘭鋪床，哄劉秀睡下，這才草草洗漱，摸黑上床。

劉秀已經睡著了，張蘭蘭輕手輕腳地躺在她旁邊，藉著月光細細端詳這個便宜女兒。濃密纖長的睫毛輕輕顫動，像蝴蝶翅膀；小巧的嘴唇輕輕抿著，鼻子又挺又翹，睡著的劉秀，就像個精緻的洋娃娃。這麼漂亮的孩子，放在現代，都能當個小童星了，可惜投胎投得不好，攤上原身這麼個極品娘。

張蘭蘭嘆了口氣，心疼得直哆嗦。

劉秀睡得極不安穩，張蘭蘭幫她掖好被子，將她攬進懷裡，輕輕拍著劉秀的後背，口中輕哼著搖籃曲，滿眼寵溺。

幸虧自己來了，張蘭蘭偷偷在劉秀小臉蛋上親了一口。

天亮前，劉裕、劉俊都回來了，得知張蘭蘭已經尋得劉秀回家，都鬆了口氣，各自洗漱休息。

張蘭蘭有心事，天剛亮就醒了。劉秀還在睡，張蘭蘭穿好衣服，從磚縫裡取出藏著的錢清點一番。

最近家中花銷大，光是這個月羅婉的藥錢就花了一兩銀子。羅婉喝了幾日鯽魚湯依舊不下奶，張蘭蘭本計劃著過兩日去集市買頭產奶的母羊回來，每天擠羊奶給小娃娃喝。一頭母羊約莫要二兩銀子，為了小娃娃的健康成長，這個銀子不能省。

燒毀的房子需要重建，這是一筆不小的費用，約莫需要十五兩。這筆錢不是個小數目，就算把家裡所有的錢都拿出來也不夠用。而再過兩個月就入冬了，柴火和糧食都要花錢買。怎麼算這錢都差太多。

張蘭蘭取出五百錢，將剩下的錢放回去。家裡一點糧食都沒了，得先跟村民們買點應急。

橫豎也睡不著，張蘭蘭索性出了屋子吹吹風。

莫名其妙地就穿到了不知名的朝代，還多了一大家子便宜兒女，甚至連孫女都抱上了。張蘭蘭蹲在屋簷下低著頭，心情複雜。

多了幾個便宜兒女，那自然還有原身的丈夫。雖說根據原身的記憶，劉景對原身還不錯，樣貌不錯，能掙錢，人也老實，可劉景對張蘭蘭來說完全就是個陌生人。不過所幸劉景大多數時間都在外做活，這會子還在省城做工，一時半會兒回不來，張蘭蘭就暫時當鴕鳥，不去想劉景的事。

張蘭蘭正胡思亂想呢，聽見有人說話，抬頭一瞧，嘖嘖！

「喲，這火燒的。」珍妮兒娘手裡挎著個籃子，靠在張蘭蘭家院子門上，眨巴眨巴眼看著張蘭蘭。

珍妮兒娘咂吧咂吧嘴，道：「喏，前些日子還大魚大肉的吃著呢，今兒怕是吃不上了吧！有些人就是小氣心黑，想自個兒吃獨食，這不，老天爺都看不下去了，就是要教她倒楣！」

張蘭蘭沒好氣地白了她一眼，心道一大清早就來幸災樂禍了！

「鄭悅妹子，說什麼呢。」住在隔壁的大姊王茹邁進張蘭蘭家院門，瞟了一眼珍妮兒娘。「人這一輩子這麼長，少不了有個三災八難的，今兒來別人家看笑話落井下石，等明兒個自己家有難處了，可別求到人家劉木匠哪！」

原來珍妮兒娘名字叫鄭悅。張蘭蘭輕哼一聲，道：「就是啊，我聽說悅妹子家老大、老二都到了娶親的年紀，嘖嘖。這年頭，不蓋間新房子打一屋子新家具，怎麼把新媳婦娶過門啊。不過悅妹子嫌棄我家晦氣，我家掌櫃的也不好給悅妹子家打新家具，免得晦氣衝撞了新人，到時候就花個十幾兩去城裡買套新家具吧。」

附近方圓十幾里，大大小小的木匠倒是有四、五個，唯獨劉木匠手藝最好。做個小桌子、小凳子的小件家具，那幾個年輕木匠還能做，可要到嫁娶這種大件的家具，只有劉木匠能做。

劉木匠手藝好，要價實在，如果去城裡找木匠打家具，算下來價格要比找劉木匠做貴上一倍。

鄭悅家三個兒子，將來娶媳婦的時候少不了讓劉木匠打家具。說白了，鄭悅求張蘭蘭的時候還在後頭呢。

鄭悅一聽，臉色變了，忙見風使舵，討好地笑道：「沒，我就是開個玩笑，蘭嫂子別往心裡去啊。我跟蘭嫂子親得很，這不，我一大早就來看看蘭嫂子。」

張蘭蘭懶得搭理鄭悅，王茹也不瞧她，只和張蘭蘭說話。鄭悅討了個沒趣，灰溜溜地走了。

王茹手裡提著口鍋，將鍋放在地上，道：「妳家鍋燒壞了吧？我家正好多了一口舊鍋，將就將就先用著。妳家劉景還沒回來，一會兒我叫我家掌櫃的給妳在那草棚下砌個灶臺，先有個做飯的地方，省得把娃娃們都餓著了。」

「嫂子。」張蘭蘭看著熱心的王氏，突然不知說什麼好。「這……這怎麼使得。」

王茹擺擺手，一副無所謂的樣子道：「怎麼就使不得了，鄰里間幫襯下又怎麼了，大妹子，妳就別推辭了。」

王茹送了鍋就走了，一會兒王茹的丈夫劉田，帶著家中幾個兒子忙忙碌碌地給張蘭蘭家砌灶臺。張蘭蘭叫兒子、小叔子去幫忙，自己拿著五百錢去找劉家族長。

平日裡村民們都自給自足，村裡沒有專門賣糧食的地方。如今張蘭蘭家出了這等事，族長張羅著，讓族裡糧食有餘裕的家裡按照市價，賣了些糧食給張蘭蘭應急。

村民餘糧不多，張蘭蘭帶來的五百錢只花出去一半。張蘭蘭將糧食收拾收拾揹回家，好歹下一頓飯有了著落，不用擔心孩子們會餓肚子。

傍晚時分，在劉田一家人的幫助下，張蘭蘭家的臨時灶臺終於搭好了。

劉田今年三十五歲，比原身丈夫劉景年長些，生的一副憨厚樣，帶來修灶臺的三個兒子，年長的十六、七歲，年幼的跟劉裕一般大，約莫十一、二歲。三兄弟樣貌都隨劉田，一看就是憨厚老實的莊稼漢。

「劉田哥，今兒多虧你跟姪子們幫忙。」張蘭蘭看著自家的新灶臺，由衷感謝。

新廚房靠著一面牆搭建，用木板和稻草做了個簡單的棚子，防風遮雨。灶臺砌得整齊漂亮，旁邊堆著柴火和稻草。

「客氣啥啊，遠親不如近鄰，咱們兩家二十多年的鄰居，鄰里之間多幫襯幫襯是應該的。妳家掌櫃的不在家，妳個婦道人家帶著一群孩子遇上難事了，咱咋能不幫上一把。」劉田笑了笑，擺擺手道。

張蘭蘭本欲挽留劉田父子在家吃頓便飯，可劉田父子體恤張蘭蘭家如今的困境，說什麼都不肯，只喝了口涼井水，就回自己家去了。

張蘭蘭送走劉田父子，一家人張羅了頓簡單的晚飯。飯後，張蘭蘭帶著孩子們將買來的糧食收拾，暫時堆放在自己屋裡。

後院菜地有新鮮蔬菜，再加上向村民們買的糧食，夠家裡兩、三天的嚼用，再要囤更多的糧食，就得去城裡的糧店裡買了。

張蘭蘭尋思著，家裡的銀子不能只出不進，她得想辦法賺銀子。可這鄉下窮鄉僻壤的，連會認字的人都沒多少，更別提有懂畫的。再說原身是個連字都不認識的農婦，如果突然會識字畫畫，還畫得堪比當世名家，勢必會讓所有人懷疑，古代人迷信得很，萬一把她當成什麼妖物給燒了，那她上哪兒喊冤去。

張蘭蘭正想著賺錢的事，忽地聽見劉秀在門口叫自己。

「娘，大嫂請娘過去一趟，說是有事跟娘商量。」劉秀在門口，露出半個腦袋，傳了話扭頭就跑，看來對自己引發火災的事依舊耿耿於懷。

「好，娘這就過去。」張蘭蘭道。

這幾日天驟然冷下來，羅婉還在坐月子，張蘭蘭囑咐她沒事別下床出屋，省得月子裡凍著落了病根。羅婉生性溫婉，從不多事，會有什麼事跟自己商量？

張蘭蘭邊猜邊推開羅婉屋的門進去。

羅婉頭上綁了個月子帶，正坐在床上，臉色紅潤，手裡拿著個繡花綳了，小娃娃在羅婉旁邊睡得正香。

張蘭蘭輕手輕腳地走過去，坐在床邊，手指輕輕戳了戳小娃娃的胖臉，溫柔笑著對羅婉道：「小婉，找娘來什麼事啊？」

羅婉將手裡的繡花綳子遞給張蘭蘭，道：「娘，您瞧，這幾日我坐月子悶得慌，隨手繡了個荷包，娘瞧瞧我繡得好不好？」

張蘭蘭接過來仔細瞧了瞧。原身雖然會繡花，但是繡工一般，比不上羅婉的繡工細膩。羅婉的繡工雖然不算最上乘，不過比一般鄉下女子要好上很多。

如今羅婉繡的是一幅並蒂蓮，針腳均勻細密，色澤鮮豔。

「小婉手巧，繡得真好看。」張蘭蘭將綳子遞給羅婉。

羅婉道：「娘，以前我繡荷包、帕子寄賣在城裡的繡坊裡，賣得還不錯。繡坊的老闆跟我提過幾次，說城裡有幾戶人家想雇繡娘，那時候我剛懷上，就推說等我生了孩子再說。如今媳婦想著，既然家裡困難，我這小打小鬧賣些荷包帕子來錢太少，不如就去人家家裡做繡娘。說是一年有十兩銀子的工錢，包吃包住。這樣一來，既能貼補家裡，也少了我一份嚼用。」

羅婉低頭摸摸小娃娃的臉頰，滿臉不捨，道：「只是我進了城，怕是一個月回不了一次，孩子就得託付給娘多照顧了。」

一年十兩銀子，是一筆很可觀的收入了。可張蘭蘭知道，這十兩銀子可不是那麼好賺的。當大戶人家的繡娘，首先要繡工過得去，起碼要中上水準，還要跟人家簽契書，相當於短期的賣身契，吃住都在主子家裡。

大部分繡娘都只能做個三、五年，因為主子家可不養吃閒飯的，會在這期間拚命壓榨繡娘，讓她們沒日沒夜地繡花。大多數繡娘做個三、五年，眼睛就都熬壞了。

「不行不行。」張蘭蘭說什麼也不能讓羅婉去做這竭澤而漁的事。「娃娃還小，沒娘在身邊怎麼成？小婉，娘知道妳想給家裡掙錢，可那繡娘豈是好當的，過個三、五年若妳熬出了眼疾，可怎麼是好？銀子沒了可以再賺，可眼睛壞了，上哪兒給妳換個好的去。」

羅婉一聽婆婆這話，眼眶瞬間紅了，心中滿滿驚訝。若換成別人，一聽有一年十兩銀子的差事，定會歡歡喜喜地把兒媳婦送去。且不說婆婆這話是否真心，哪怕是只說出來做個樣子，也比別的婆婆強。羅婉摸不準婆婆的心思，悄悄抬頭看她，見張蘭神色懇切，大抵是真心不願意自己去做繡娘。

羅婉抹了把眼淚，想著月子裡這些時日，張蘭對自己的好，心裡感動，低頭摩挲著繡了大半的荷包。「可我也不能只是每日吃香喝辣不幹活。」

張蘭蘭輕輕拍著羅婉的手，道：「好孩子，娘知道妳想給家裡分擔重擔，可妳現在還在月子裡，要好好養著，不然老了落下病根就有妳後悔的。妳想繡花，娘不攔妳，有時間了繡個荷包帕子就是了，只是做繡娘之事不要再提，我是無論如何不會答應的。」

羅婉見婆婆堅定，點點頭，擦乾眼淚，從枕頭旁的小匣子裡取出幾塊白紗布料來，小心翼翼展開，對張蘭蘭獻寶似的道：「娘，您瞧，這是先前去城裡繡坊寄賣東西時，向相熟的繡娘求來的幾個新繡樣。我聽說這是京裡最時興的花樣子，比原先我繡的那些花樣子好看多了。這並蒂蓮就是照這新繡樣繡的，原先我繡的荷包能賣十二錢，新繡樣繡的荷包估計能賣十五錢。」

張蘭蘭接過那幾個繡樣子，瞧了瞧。

畫得真不怎麼樣……一個專業畫家的評論。

張蘭蘭有職業病，指著牡丹繡樣道：「這花這麼畫不好看，妳瞧這葉子，都遮住花瓣了，顯不出花朵的雍容華貴。」

羅婉吃驚道：「怎麼會？娘，這可是京城最時興、最好看的繡花樣子呢。」

張蘭蘭搖搖頭，道：「妳等著，娘給妳畫個花，妳比較比較，再說妳這個繡樣子好看不。」

張蘭蘭起身去廚房，撿了一小塊燒黑的炭，返回屋裡，將那繡樣子翻了個面攤在桌上，用黑炭在空白的紗布上畫起來。

羅婉在旁邊看，只見婆婆手裡的黑炭在白紗布上看似隨意地描了幾筆，一朵牡丹花就活靈活現地出現了。

畫牡丹對張蘭蘭來說簡直是小兒科，她隨便撇撇，一朵栩栩如生的牡丹花便躍然呈現。

「好漂亮，跟真的一樣！」羅婉吃驚得嘴裡能塞個雞蛋，婆婆畫得又快又好，竟然比京城最好的繡娘畫的繡樣還要漂亮。

張蘭蘭很淡定地拿出另外一張繡樣，翻面隨手又畫了兩朵不一樣的牡丹花。

這種玩意兒她畫得沒有成千也有上萬，都是基本功。當年張蘭蘭的恩師帶她去野外寫生，就光畫一朵花，從不同的角度，要求她畫出十多種樣子。

「真好看！」羅婉小心翼翼地捧起張蘭蘭畫的牡丹，仔細端詳著。「沒想到娘還有這樣的技藝。」

張蘭蘭咳嗽一聲，打了個哈哈道：「我年輕做姑娘的時候繡花就不怎麼樣，可是畫幾個花樣子還是行的。這都是我小時候我娘教我的，傳女不傳男，壓箱底的手藝。」

古代女子幾乎人人會繡花，人人都能畫幾個繡樣子，只是畫得好壞不同罷了。俗話說，高手在民間，祖上給兒女傳手餬口的絕活也是常見。再說原身的母親都去世好幾年了，誰也不能找她求證什麼。

羅婉喜愛繡花，捧著婆婆畫的繡樣子如獲至寶，道：「娘繡不動了，就讓媳婦來繡，這麼好看的繡樣子，外頭肯定沒有，等繡成了定能賣個好價錢。」

「小婉，妳說娘畫的這繡樣子，拿出去賣，會有人買嗎？」張蘭蘭問道。

原身對女紅不感興趣，很少涉及這方面的事。

羅婉十分肯定地點點頭，道：「這麼好看的花樣，自然會有人買。繡娘繡品的好壞，除了跟本身繡工有關之外，還跟繡樣有很大關係。若是沒好的繡樣，就是繡工再好，也繡不出好看的繡品來。」

「唔，妳說我這牡丹花樣能賣多少錢？」張蘭蘭又問。

羅婉想了想，搖頭道：「這我就不知道了，我的繡樣都是跟幾個相熟的繡娘互相交換得來的，或者向城裡的繡娘求來的，還真沒花銀子買過繡樣。我猜，可能要十幾個銅板吧。」

張蘭蘭眼睛一亮，羅婉累死累活地繡好幾天才繡個荷包出來，頂多才能賣十五個銅板，而自己隨手畫幾筆就能賣十幾個銅板了。這種等級的繡樣她每分鐘畫幾百個，那豈不是要發了啊！

有了賺錢的門路，張蘭蘭說做就做。

羅婉將平日繡花用的白絹都取出來，張蘭蘭將布裁剪成塊，順勢盤腿坐在羅婉床上，捏著木炭準備畫。

「小婉，娘這門手藝，傳女不傳男。這是祖傳的手藝，妳可別跟外人多說。」張蘭蘭順手描了朵蘭花樣子，放在一旁。

羅婉看著婆婆用一塊木炭輕鬆寫意地隨手畫了幾筆，就勾勒出一朵栩栩如生的蘭花，早就佩服得不得了。想她以前還很羨慕那些會畫繡樣的繡娘，覺得她們高不可攀，如今看來，自家婆婆才是隱藏的高手。隨便畫出的花兒，就甩了那些繡娘絞盡腦汁、苦思冥想畫了幾個月才出來的繡樣幾條街！

張蘭蘭隨手又畫了幾朵不一樣的蘭花、月季、牡丹、芍藥等等。

不知不覺半天的工夫過去了，張蘭蘭手邊已經堆積一摞繡樣，個個活靈活現。

張蘭蘭放下手裡的木炭，活動活動筋骨，她好久沒畫這些最基礎的畫了，如今畫來，倒是有些懷念小時候跟著恩師學藝時的景象。平心而論，張蘭蘭只用了兩、三成的畫工去畫這些繡樣，因為她的基本功極為扎實，若是拿出八成功力來畫，恐怕羅婉就要誤認她畫的花是真花了。

「娘，真漂亮。」羅婉一個一個翻看張蘭蘭畫的繡樣，由衷讚嘆，又有些可惜，道：「可惜這麼漂亮的繡樣，本該留著壓箱底的……賣了著實可惜。」

「沒什麼可惜的，先過了眼前這難關再說。」張蘭蘭擺擺手，這些本是她隨手畫的，又為了隱藏畫工實力，離她真正水準還差了十萬八千里呢。

「娘，我可以留幾個自己繡成荷包嗎？」羅婉很喜歡婆婆畫的那幾朵蘭花。

「小婉喜歡蘭花啊。」張蘭蘭道，羅婉生性婉約，倒是像朵清新嬌弱的蘭花。張蘭蘭搖搖頭，道：「這些花樣子並非最上乘的，娘都拿去賣了吧，小婉若喜歡蘭花，等妳出了月子，娘再給妳畫些更好的，妳拿去繡。」

羅婉又吃了一驚，這些花兒已經活靈活現，她長這麼大，還沒見過比這更好的花樣子，婆婆竟然說這些並非最上乘的！

「好，那媳婦先謝謝娘了。」羅婉聽婆婆許諾了，也不矯情，立刻應下來。

隨後張蘭蘭又細細問了羅婉城裡錦繡坊的事，問清楚去賣繡樣該找誰，而後收起繡樣，打算次日進城賣掉，換了錢再買些糧食柴火之類的回來。

羅婉聽說張蘭蘭要進城，便將自己懷孕期間攢的繡品拿出來，委託婆婆一起賣掉。本來婆婆對羅婉尖酸刻薄，羅婉還想著私藏點壓箱底的私房錢以防萬一，可自羅婉生了孩子之後，婆婆就跟變了個人似的，對自己和孩子疼愛有加。

人心都是肉長的，慢慢地，羅婉對婆婆的戒心也消除許多，這會兒毫不藏私地把所有自己做的繡活都拿了出來。

羅婉一共攢了六十個荷包，每個十五銅板；二十條帕子，每條十個銅板；十五個嬰兒紅肚兜，每個二十銅板。羅婉是絲繡坊相熟的，這些價格早就定死，繡品共是一千四百錢。

張蘭蘭看著羅婉拿出的一堆繡品，心道原身這媳婦真是漂亮又勤快，大著肚子還做了這麼多繡活，換的錢也不少了，原身竟然連羅婉的女兒都不想養，真真是極品！

張蘭蘭索性又畫了一些繡樣，湊夠了五十個。張蘭蘭現在還不想暴露太多自己的畫，這五十張繡樣就當投石問路，先看看繡坊的反應再說。

晚飯時，劉秀聽聞母親要進城，極為心動。她一個女孩子整日在家裡悶著，只在小時候隨爹爹進過一次城，長大後還沒進過城呢。可劉秀自知闖了大禍，一直蔫蔫的，不敢要求這個那個，就連吃飯睡覺都規規矩矩、老老實實，哪還敢去求母親帶她進城。

張蘭蘭心裡一直想著賺錢的事，直到晚上睡覺時才察覺劉秀的不對勁。此時劉秀已經脫了外衣鑽進被窩裡，老老實實地靠牆躺得筆直。

張蘭蘭湊過去瞧，見秀秀已經緊緊閉上眼，可秀秀顫動的睫毛出賣了她。張蘭蘭知道秀秀沒睡著，脫了外衣也鑽進被子裡，一把將劉秀小小的身子撈進懷裡，指尖點了點她的小鼻頭，笑道：「妳個小妮子，一整天不說話，想什麼呢？跟娘說說。」

劉秀這才睜開眼，大眼睛忽閃忽閃地看著母親，搖搖頭，道：「娘，我沒想什麼呀。」

「再瞞娘。」張蘭蘭捏了捏她的小臉蛋，真是水嫩啊！「今兒晚飯時，我說明天要進城，瞧妳的眼睛亮的，還非憋著不跟娘說。」

劉秀被戳破心思，小臉蛋騰地一下紅成了小蘋果，嚶的一聲把頭埋進被子裡，嘟囔道：「才……才沒有呢！」

張蘭蘭故意逗她，道：「啊呀，原來我家秀秀不想進城逛逛啊。本來我還打算帶裕娃和秀秀一起去呢，秀秀不想去，那就在家照看小娃娃吧，娘帶著妳二叔去。」

「娘，我想去！」秀秀一聽，忙把小腦袋探出來，急急忙忙道。

「哈哈！」張蘭蘭不禁莞爾，這小妮子真是可愛得緊，讓人忍不住想逗她。

劉秀一看母親神態，方才回過神來知道母親這是故意逗她呢，羞得滿臉通紅，直往張蘭蘭懷裡鑽。

「好秀秀，以後妳要是想做什麼，都跟娘說。」張蘭蘭拍拍劉秀的後背。「只要是合理要求，只要娘能做到，娘都會滿足咱們秀秀的小要求，好不好？」

「嗯！」劉秀伸出軟軟的小手抱著母親，揚起臉，甜甜地笑，忽地在張蘭蘭臉上親了一口，又迅速把頭埋進被窩裡。

啊啊啊啊！被這麼軟萌可愛的小蘿莉主動親了一口！張蘭蘭感覺整個人都幸福得要飄了起來！

河西劉家村距離城裡有單程一個時辰的路程，所以天不亮就得起床趕路。

張蘭蘭叫孩子們幫忙，張羅了簡單的早飯，吃過飯，張蘭蘭挎著裝繡品的包袱，又取了三兩銀子裝在貼身的小布兜裡，帶著劉秀、劉裕一起往村口去。村口有專門往返村裡和城裡的牛車，一人一個銅板的車費。

很多農家人為了省錢，起得更早步行進城，張蘭蘭並不想為了省三個銅板帶著孩子們遭罪，所以選擇坐車。

原身很少進城，對城裡不熟，而劉裕從小在城裡的私塾唸書，張蘭蘭帶著他一方面是為了有人帶路，一方面是想去劉裕的私塾看看。

劉裕自家中失火之後，就絕口不提回去唸書的事，看樣子是打算跟他大哥學手藝當個木匠，或者去做帳房先生什麼的。

原身是個大字不識的農婦，對劉裕的唸書情況不甚瞭解，只知道他考童生落榜兩次。所以張蘭蘭決定親自去私塾打探，如果私塾先生說劉裕朽木不可雕也，不是學習的材料，那麼劉裕回家種田做工也就由他去了；若劉裕是塊讀書的好材料，張蘭蘭說什麼也要供劉裕讀書，不能埋沒了這孩子。

村人進城一般都是為了買賣，所以牛車停在西市的市口，張蘭蘭懷中抱著包袱，帶著兩個孩子下了車。

西市與其說是一條街，不如說是個自由市場或者大集市來得貼切。滿目望去，兩旁的二層房子到處都是各種鋪子、茶樓、飯館。沿街擺滿了各種小攤，小販們的叫賣聲此起彼伏。

張蘭蘭還是頭一次見到古代的集市，覺得新鮮得很。劉秀也是頭一次來，好奇地到處張望。劉裕唸書的時候來過，倒是三人裡最沈穩的一個。

張蘭蘭拉緊劉秀的手，道：「秀秀，妳拉著娘的手別鬆，這裡人多，萬一把妳擠丟了，可就找不著了。」

劉秀一聽，點點頭，乖乖地牽著張蘭蘭的手，一邊跟著母親走，一邊好奇地打量周圍的一切。

繡坊就位於西市的最東邊，劉裕帶路，走了一會兒漸漸走出集市的中心，商販行人少了許多。又拐了個彎，便瞧見一塊古色古香的招牌，上面寫著三個大字：錦繡坊。

「大嫂，就是這兒了。」劉裕指著錦繡坊的招牌道。

張蘭蘭三人進門，見錦繡坊店面寬敞，裡頭有三三兩兩幾個大姑娘、小媳婦來買東西。掌櫃一見劉裕，認出他來，道：「這不是婉娘的小叔子裕哥兒嗎？」

劉裕對掌櫃的作揖，道：「掌櫃的好，這是我家大嫂。」

掌櫃姓王，四十出頭的年紀，頭戴瓜皮帽，神態和氣中透著精明。

「原來是劉景家的。」王掌櫃笑道：「我認得妳家掌櫃的，前些年我家小子娶媳婦，還是妳家劉景給我做了套家具。」

「掌櫃的好。」張蘭蘭笑道。「小婉做了些繡品，託我拿來寄賣。」

王掌櫃估算了一下，羅婉該是在坐月子，所以叫她婆婆來寄賣。

「好說好說，裡頭請。」王掌櫃招呼三人往後院裡屋去。

進了裡屋，張蘭蘭放下包袱，將羅婉做的繡品拿出來。王掌櫃一一瞧過，點點頭道：「婉娘的手藝我一向信得過，這些繡品一共是一千四百錢。」

王掌櫃叫手底下的小二哥點了銅錢送過來，道：「這是一千四百錢，是繡品的工錢。婉娘做工不容易，這額外的一百錢算是辛苦錢。」

張蘭蘭笑著道謝，替羅婉收下，看樣子這王掌櫃雖然精明，卻是個實在人，知道羅婉懷孕做工辛苦，還多給了一百錢。

「掌櫃的，我這裡還有些繡花樣子想找您寄賣。」張蘭蘭拿出裝繡樣的小布包來。

「哦，繡花樣子。」王掌櫃有些好笑地看著眼前的農婦，繡樣子一般都是由繡坊最好的繡娘繪製，最精品的部分都留在繡坊自用，只有質量不那麼好的才會流傳出去，給鄉間的繡娘見到。從來只有繡娘來向他王掌櫃求繡花樣子的，沒見過鄉下繡娘寄賣什麼繡花樣子的。

張蘭蘭看出王掌櫃眼中的不信任，她默不作聲地解開布包，取出一朵牡丹繡樣遞給王掌櫃，道：「東西好不好，您瞧了才知道。」

王掌櫃看著張蘭蘭搖頭輕笑，接過繡樣，低頭一瞧，一個激靈，倒吸了一口冷氣。

「劉景家的，借一步說話，裡面請。」王掌櫃將繡樣揣進懷裡，生怕一個眨眼布就沒了。

王掌櫃的反應在張蘭蘭意料之中，張蘭蘭輕輕笑著跟王掌櫃往內間去。

「娘！」劉秀忽地伸手，抓住張蘭蘭的手，一臉防備地瞅著王掌櫃，生怕這掌櫃的是壞人。

「秀秀，娘跟掌櫃的談些事情，妳跟妳二叔在這兒等著，娘一會兒就出來了。」張蘭蘭溫柔笑著摸了摸劉秀的腦袋，這小妮子，還挺關心自己。

王掌櫃見小姑娘竟然不放心自己，哈哈一笑，道：「妳這小姑娘倒是有趣，怕王伯伯把妳娘賣了啊哈哈！妳問問妳二叔，他可是跟王伯伯相熟的呢，王伯伯不是壞人。」

劉秀果然真的看向劉裕求證。

劉裕眼底的笑意憋不住了，噗哧笑出聲來，道：「秀秀，王伯伯是好人，往日妳大嫂的繡品都託王伯伯寄賣的。這會子王伯伯要和妳娘談事情，咱們小孩子家家的就在外面等著。」

劉秀這才真的放下心來，鬆開拉著張蘭蘭的手，而後嚴肅地對王掌櫃做了個福身，道：「王伯伯，是秀秀見識少，誤會了伯伯。」

「哈哈，這孩子！」王掌櫃見劉秀可愛又懂禮，不禁對這小姑娘喜歡起來，招呼小二哥道：「你在這兒招呼客人，給孩子們拿果子茶點吃。」

安頓好孩子們，王掌櫃引著張蘭蘭進了內室。

內室佈置得很雅致，王掌櫃招呼張蘭蘭坐下，直接開門見山，道：「劉娘子，這繡樣是從哪兒得來的？」

張蘭蘭知道自己畫的繡樣並非凡品，王掌櫃若是個識貨的，定會懷疑繡樣的來歷，所以她早有準備。

原身一家是前朝動亂時從江南逃難來的，三十多年前在河西劉家村安家。原身嫁給劉景後沒幾年，她的雙親就在一次瘟疫中過世了。人已經過世多年，又是逃難來的，自然不可考證。

所以張蘭蘭就編造了一個說法：說張蘭蘭的娘是江南的繡娘，師從一個江南極為有名的繡娘。那繡娘乃是從前朝宮裡出來的御用繡娘，繡工了得。張蘭蘭小時候跟著母親學過一些刺繡，但是因為天分不高，所以繡工並不出色，但張蘭蘭卻將母親畫繡樣子的本事學了個十足。張蘭蘭編造說，自己母親的師傅當年逃出宮時，從宮裡帶來很多繡樣，傳給了張蘭蘭的娘，張蘭蘭從小學習描繡樣，故而學會很多種繡樣的畫法。

後來張蘭蘭嫁給劉木匠，忙於生計，加上新王朝伊始，時不時有前朝餘孽作祟，張蘭蘭怕自己的繡樣惹出是非，一直沒敢拿出來。直到這幾年，前朝之事平息，家裡人口多又需要錢，才敢拿出來販賣。

張蘭蘭吹得唾沫星子亂飛，終是將王掌櫃唬住了。

「原來如此。」王掌櫃摸了摸下巴。「竟然是從前朝宮裡流出來的繡樣，怪不得這般精緻。我就說這繡樣絕非凡品，肯定不是普通繡娘能畫得出來的，沒想到劉娘子竟然有這般淵源。只是不知，那些從宮中帶出的繡樣，現在還有多少？」

「這麼多年了，又是逃難又是瘟疫的，早就沒了。」張蘭蘭道。

王掌櫃滿臉惋惜，要知道前朝的末代君主驕奢淫逸，後宮佳麗三千，刺繡工藝極為鼎盛。前朝宮裡的繡樣，說句實話，要比現今宮裡的還要精美。

「不過我從小描摹，還能記個七七八八。」張蘭蘭道。

王掌櫃臉色瞬間一喜，道：「當真？」

「自然當真。」張蘭蘭正色，把裝繡樣的布包打開，對王掌櫃道：「您來瞧瞧，我一共畫了五十幅。不瞞您說，我家如今急缺銀子，您開個價吧。」

王掌櫃急急拿起繡樣一個一個看著，只見每一朵花都栩栩如生，花樣新穎漂亮，他當了這麼多年錦繡坊掌櫃，還沒見過這樣漂亮的繡樣。若是買下這批繡樣，交給繡坊裡最頂尖的繡娘刺繡，做出的衣裳運進京城……京城裡那些整日關注新衣裳新花樣的官家婦人，定會不惜重金買下。

王掌櫃在腦海裡憧憬了一番，彷彿看見無數金子銀子向自己砸過來，美得嘴角都快咧到耳根了。

「王掌櫃。」張蘭蘭見他發愣，故意說道：「莫非您看不上這繡樣，那我換家問問吧。」

說著，就做出要收拾布包的樣子。

「別別！」王掌櫃忙攔著她，恨不得撲到那繡樣上護著，生怕張蘭蘭把東西拿走。「價錢什麼的都好說。」

張蘭蘭瞧見王掌櫃這猴急的樣，心裡有了底，看來自己畫的這繡樣子應該挺稀罕，估計能賣個好價錢。

「那就請掌櫃的給個公道價。」張蘭蘭看著王掌櫃，道：「若是價格開得合適，以後我描了樣子，就都賣給您。」

王掌櫃心裡盤算了下，張蘭蘭這繡樣金貴就金貴在樣子稀罕，唯妙唯肖，花朵中透著股靈氣。錦繡坊開遍全國，王掌櫃不是沒有見識的人，他知道同樣一件衣裳，好的繡樣能讓價格相差幾倍以上。

錦繡坊並非一家獨大，還有大大小小好幾家競爭對手，這幾年幾家明裡暗裡使勁比拚，高價招攬繡娘，四處搜羅新奇繡樣，為的就是擊垮競爭對手，好讓自己一家獨大。若是真如張蘭蘭所說，她會很多前朝宮中的繡樣，靠著她的這些繡樣，定是能在同行競爭的絲繡坊裡脫穎而出。

王掌櫃是個精明的生意人，正因為精明，所以他明白，該厚道的時候就要厚道，可不能讓張蘭蘭的繡樣落到對手的手裡。

「我給劉娘子說句實話，您這繡樣每個都不是凡品，我想和娘子長期合作。以後娘子有了繡樣子都拿來賣給我。」王掌櫃道。「這五十個繡樣，每個我開價二兩銀子，五十個一共是一百兩，您看如何？」

張蘭蘭微微一笑，這掌櫃的還算識貨，會做生意，沒看她是個農婦就糊弄她。

「掌櫃的爽快，開價公道。」張蘭蘭笑著點頭，不過她認為她的畫不止值二兩銀子。

張蘭蘭想了想，道：「一百兩不是個小數目，其實這樣賣您也就賣了，不過看掌櫃的是個痛快人，我也就明人不說暗話，不瞞您說，這繡樣是半成品，若是掌櫃的痛快，能給我分成，我便將這繡樣子描完，您看如何？」

「半成品？分成？」王掌櫃不明就裡地看著張蘭蘭。

「我這花樣只有描邊，並無配色。」張蘭蘭解釋道。「同樣一朵花，若是配色不同，則成品的效果也不同。若是由我親自為花樣配色，則可以讓繡樣配出最好的效果。」

王掌櫃見張蘭蘭如是說，趕忙叫人拿來筆墨和專門染線用的各色染料。

這個時代的染料顏色跟現代的自然不能比，張蘭蘭用各種顏色配色，勉強配出需要的幾種顏色，而後攤開一朵花樣子，開始為花朵上色。

王掌櫃在旁邊一言不發地看著張蘭蘭，沒一會兒工夫，一朵上好色的牡丹花躍然映入眼中。

「您看如何？」張蘭蘭放下筆，端詳著牡丹花。

王掌櫃憋了半晌，低聲說道：「常言道，高手在民間，我算是信了，今兒真是開了眼界！劉娘子，只要妳給每個花樣子都上好色，分成的事好商量。」

「王掌櫃，分成的事我是這麼想的，以後每一件用我這配色的繡樣製成的衣裳賣出去，我要千分之一的提成。」張蘭蘭自認為這價格很公道。

王掌櫃連想都不想，一口答應下來。雙方約定王掌櫃先付給張蘭蘭一百兩銀子，張蘭蘭需要在半個月內來錦繡坊為繡樣上完色，等到繡樣做成繡品賣出去，再按照千分之一的提成把銀子提給張蘭蘭。

王掌櫃現場寫了契書，自己率先簽字畫押，而後遞給張蘭蘭。

王掌櫃笑道：「請劉娘子在此處簽字畫押。若是娘子信不過上頭的內容，不妨叫妳家裕哥兒進來，唸給妳聽。」

原身是個農婦不識字，王掌櫃倒是替她想得周全。張蘭蘭笑了，低頭看了看那契書，她可是識字的，上頭雖是繁體字，但看前後文也能懂個七七八八。張蘭蘭暫時不想讓家人知道她賣繡樣的真正收入，不方便叫劉裕看契書，反正她自己看過了，知道上頭內容並無問題，索性做出一副信任狀，笑道：「哪裡會不信王掌櫃，你們鋪子家大業大，怎會誆騙我個農婦。」說罷，豪爽地簽字畫押。

王掌櫃哈哈大笑。「好好，劉娘子是個爽快人，我就喜歡同爽快人做生意！」

契書一式兩份，每人存留一份。王掌櫃叫小二的送來銀票，張蘭蘭將銀票仔細收好，貼身保存。

成了這筆賺錢買賣，王掌櫃心情大好，堅持留他們三人用飯，張蘭蘭推辭不過，便帶著孩子們留下吃了頓午飯。午飯四菜一湯，紅燒蹄膀、腐竹青筍、清蒸鱸魚、香酥鴨、銀耳蓮子羹。

劉秀在屋裡待不住，跑錦繡坊後院和王掌櫃八歲的小兒子一起玩去了，張蘭蘭叫她進屋，劉秀看見一桌子菜，眼睛都直了。

「娘，這是給咱們吃的？」劉秀手裡拿著個草編的蚱蜢，吸了吸口水，不可思議地看著母親。

張蘭蘭笑著摸摸劉秀的腦袋，道：「是啊，秀秀多吃些，裕娃也多吃些。」

菜的味道極好，張蘭蘭穿越來這麼久，第一次吃上這麼豐盛的飯菜。兩個孩子就更別提了，平日吃糠喝稀的，好不容易有頓肉吃，個個大吃特吃起來。

張蘭蘭看著劉秀吧唧吧唧吃得香，笑著戳戳劉秀的臉頰，道：「秀秀慢些吃，菜多著呢，沒人跟妳搶。女孩子吃飯要有吃相，不能吧唧嘴，多難聽。裕娃，你也是。」

「秀秀、裕娃，以後嚼東西的時候要閉上嘴，不要把牙齒露出來，更不要發出吧唧吧唧的聲音，很不雅。」張蘭蘭挾了一塊筍片到嘴裡，閉著嘴巴咀嚼做示範。

劉秀哦了一聲，果然學著張蘭蘭的樣子閉嘴吃飯，由於吃得急，滿嘴都是菜，兩個腮幫子鼓鼓的。

劉裕也點點頭，不再吧唧嘴。劉裕在私塾唸書的時候，見過那些城裡大戶人家的公子用飯，他們吃飯都很安靜，不像鄉下人吧唧吧唧，發出很大的聲音，確實看起來文雅得多。

用過午飯，謝過王掌櫃，張蘭蘭領著兩個孩子高高興興地出了錦繡坊。如今有了第一桶金，還找到了賺錢的門路，張蘭蘭心裡就有了底氣，即便是在古代，她憑著自己的雙手和頭腦，也能過得風生水起。

這次描繡樣把羅婉繡花用的布用光了，張蘭蘭便在錦繡坊裡採買了些白絹布疋和絲線。看著劉秀、劉裕身上衣服破舊，便又買了幾疋細棉布，打算回去給家人做幾身新衣裳。一番採購，算下來共花了一千一百錢，她沒有動用王掌櫃給羅婉的工錢，而是用自己從家裡帶來的銀子付帳。

張蘭蘭將買下的東西暫時寄放在繡坊，約好等下午回村之前過來取走。而後帶著孩子們去西市採買四樣糕餅點心，用油布包著，細繩紮好，提著禮物，去私塾拜訪劉裕的老師。

劉裕就讀的私塾離西市約莫半個時辰的路程，張蘭蘭一手拉著一個孩子匆匆趕路，路過路邊一個麵攤時，張蘭蘭瞥了一眼，看見一個穿著淺灰色褂子的漢子面對路邊坐著，低著頭將自己碗裡的一塊肉挾到身旁的小男孩碗裡。

那漢子三十出頭的模樣，身形健壯頎長，膚色是健康的小麥色，鼻梁挺直，眼睛微眯，對著小男孩溫柔說話。

喲，有個型男大叔。

張蘭蘭咂吧咂吧嘴，不由多看了兩眼。忽地覺得眼皮跳了跳，這帥大叔怎麼瞧著這麼眼熟？

張蘭蘭突然發現，不光是那帥大叔眼熟，他旁邊的小男孩也眼熟得很！

明明是豔陽高照的正午，張蘭蘭看著那父子倆卻冒出一身冷汗，腦內無限迴盪著兩個字：我靠！

哇靠這麼帥的型男肌肉大叔是原身她老公劉木匠劉景，也就是張蘭蘭現在的老公！旁邊坐著的那個漂亮男娃娃是原身的么兒，現在是她張蘭蘭的便宜兒子。為什麼原身又潑辣又極品卻有又帥又能賺錢的老公、漂亮可愛聽話孝順的兒女、溫柔善良的兒媳婦、可愛的小孫女，而她張蘭蘭這種勤奮努力、善良正直的大好青年卻人生坎坷，只能遇見極品鳳凰男、極品公婆?!

蒼天那個不公啊！

劉景正和兒子吃麵，感受到詭異的視線，冷不防地朝張蘭蘭這邊轉頭，嚇得張蘭蘭一個激靈，趕忙拉著劉裕、劉秀快步往前走。

她前世只談過一場戀愛就結婚，在男女關係上經驗極少，更別提對劉景這個名為丈夫、實為陌生人的男子，實在是不知道怎麼面對，索性三十六計走為上策！

「爹爹！」劉秀看見父親和弟弟，驚喜地叫了一聲。

糟……糟了……她還沒準備好去見這個便宜丈夫呢！張蘭蘭全身僵住，站在原地，走也不是，留也不是。

「秀秀！」劉景應聲抬頭，看見女兒興奮地朝自己跑過來，忙起身將衝過來的女兒抱起來，笑道：「我們秀秀又長高了。」

劉景不似張蘭蘭那般重男輕女，兒子女兒他都疼，只是他長年在外做工掙錢養家，與孩子們相處的時間不多，家裡都交給妻子打理。對於妻子重男輕女，苛待女兒，劉景雖然不贊成，但大多數時候都顧不上許多，只是單獨與女兒相處時，會對劉秀格外疼愛，以彌補女兒一些。

所以劉秀自小就最喜歡父親，最盼望的事是父親多在家待幾天，這樣母親才會有幾天好臉色給她看。

「爹爹什麼時候回家呀？」劉秀雙臂環著劉景，軟糯糯地撒嬌道。

「過兩日，等這份工結了，爹爹就回家陪你們。」劉景笑著捏了捏女兒的臉蛋。

張蘭蘭遠遠瞧著父女倆膩歪，心裡忽然吃味起來，自己寵著疼著那麼多天的小妮子，一見她爹就把她這個便宜娘拋到腦後了。

「娘！」張蘭蘭正想著，就聽見劉秀張著手臂喚自己。

「蘭妹，妳怎麼會帶孩子們進城？可是家裡出了什麼事？」劉景放下女兒，對張蘭蘭微微一笑，好看的眼睛彎成月牙，看起來暖暖的。

張蘭蘭心跳頓時漏了半拍，強自鎮定道：「沒什麼事，就是家裡廚房糧食柴火燒了，我出來採買。」

劉景倒吸一口冷氣。什麼？家中竟然失火了，怎麼沒個人來通知自己？

張蘭蘭撓了撓頭，十分耿直地補充道：「喔，還有小婉生了，你當爺爺了。」

劉景不禁撫額，往日他在城裡做工，家裡大大小小的事妻子總會託村人給他帶個口信，如今兒媳生子和家中失火的事，妻子竟然沒通知他，想必定是忙到焦頭爛額。

一想到妻子一個人獨自扛起整個家的辛勞，劉景心裡充滿愧疚，心道以後定要少接城裡的活計，多在家做活，一家人在一起其樂融融才好。

張蘭蘭其實並不是故意不通知劉景，只是她穿越來之後雖然繼承了原身的記憶，但是這種芝麻綠豆大的小事總有遺漏的地方。況且她帶著孩子們過得挺好，不自覺地就忽略了她還有個便宜丈夫這回事。

張蘭蘭此時見劉景神色不對，猜測劉景定是要責怪自己沒把家裡的事通知他。

「娘！」張蘭蘭正愣神呢，忽地有個小團子撞進她懷裡，麻溜地順著張蘭蘭的腿爬上去，肉乎乎的小手臂攬住張蘭蘭的脖子，小腦袋使勁往張蘭蘭懷裡鑽，撒嬌道：「娘，我好想您，您想清娃了沒有？」

小兒子劉清鼓起嘟嘟的小嘴，在張蘭蘭臉蛋上吧唧吧唧親了幾口。

張蘭蘭定睛一瞧，一個粉團一樣的小男娃掛在自己身上，笑得眉眼彎彎。

劉清是原身的么兒，在家裡最受寵，劉景這次進城做工，將小兒子劉清帶在身旁，有意教兒子木匠的手藝。

張蘭蘭看著小兒子，又看了眼劉景。不得不說，這父子兩個長得真像，劉清活脫脫就是小號的劉景。

「娘當然也想清娃了。」張蘭蘭摸了摸劉清的腦袋，這麼可愛乖巧的粉團子小正太，真教人愛不釋手。

一家人在麵攤坐下，張蘭蘭、劉秀、劉裕三人都吃過午飯了，只瞧著劉景和劉清吃麵。

劉景問了家中情況，張蘭蘭一一答了，待劉景得知妻子提著禮品要去劉裕的私塾拜訪時，眼中露出驚訝之色。「蘭妹，妳肯讓裕娃繼續唸書了？」

張蘭蘭撩了撩耳後的碎髮，道：「我得先聽聽先生說，裕娃是不是唸書的好材料。若是塊木頭疙瘩，趁早回家種田，省得成了百無一用的書生；若是能唸出個一二，光宗耀祖，我也跟著沾光。我仔細想了想，就憑咱們種田做木工，一輩子就是這樣了，混個吃飽穿暖而已。若是裕娃能謀個一官半職，咱就跟著裕娃享福。」

「對對，就是這個理！只要裕娃一個有了出息，全家都能翻身了。」劉景猛的點頭，原先自己怎麼勸都沒用，難得她自己想通了。

劉裕在一旁低頭不語，雖然一直反對他唸書的大嫂都想通鬆口了，可是家中狀況頻出，劉裕實在不好意思再讓大哥一家繼續供他唸書。

張蘭蘭曉得劉裕的心思，道：「一切待問過私塾先生再決定，若是往後我們送你唸書，你可得記著家裡供你不容易，萬萬不可分心想那些亂七八糟的事，白費了大哥大嫂的銀子。」

劉裕眼裡含著淚，重重點頭。

第四章

劉家父子吃完麵，劉景說早上已經將活兒都做完了，這兩天在城裡是等東家結算工錢，並不需要去做活，便與張蘭蘭他們一起去劉裕的私塾。

劉景接過張蘭蘭手裡的東西，一家人往私塾去。

正午街上人不多，張蘭蘭低頭，跟在劉景後面慢慢走著。劉景一手牽著劉秀，一手牽著劉裕，小兒子劉清拉著張蘭蘭的手，纏著母親眉飛色舞地說起他在城裡這幾個月的事。

私塾並不遠，走過兩條街，拐個彎就能瞧見。私塾門前種著兩棵大槐樹，整個院落一眼望去透著清幽雅致。

劉景顯然來過私塾很多次，熟門熟路，帶著家人進去。這會兒書院的學生們都用過午飯，在各自的房間休息，私塾裡靜悄悄的。劉景叫劉裕帶著兒子女兒去後院的小花園玩，自己和張蘭蘭去拜訪劉裕的恩師，章槐先生。

原身並沒有來過私塾，從前劉裕上學的事都是劉景一個人張羅的。

章先生年約六旬，是個風雅和氣的老人。這會兒在後院的小竹林旁喝茶，面前攤了本書，透著點仙風道骨的味道。

劉景夫婦恭恭敬敬地跟先生行禮後，劉景仔細詢問了劉裕在私塾的情況，章先生極有耐心的一一回答。

「先生的意思，是說我家裕娃是個可造之材？」張蘭蘭問道。

章先生點頭，道：「確實如此。劉裕天資聰穎，勤奮好學。他若是再讀上三、四年書，別說童生了，我看就是秀才也考得上。只是這讀書麼，一看天賦，二看品性，劉裕天資雖高，但太急功近利，我一而再、再而三地攔著他不要去考童生，他執意要考，落榜早在我意料之中。」

張蘭蘭道：「先生有所不知，這並非裕娃的錯，而是我這個當嫂子的錯。裕娃幼年沒了雙親，是我們哥嫂將他拉拔長大，我們農家貧寒，我一個婦道人家見識淺薄，總覺得讀書花的銀子多，催著裕娃早早考個功名，裕娃懂事孝順，體諒家中苦難，故而那般心急。如今先生親口說裕娃是讀書的材料，那我這個當嫂子的也就放心了，往後都依著先生的意思，我不會再擅作主張催促裕娃了。」

章槐對劉裕家中情況也略有耳聞，不過章先生也能理解劉裕嫂子的做法。畢竟供養一個讀書人要花費許多銀錢，章先生見過太多太多人家，為了省銀子埋沒了有才華的孩子。劉裕這種普通農家，能供小叔子來唸書已是相當難得，就算不想出銀子，旁人也無法指責什麼。

劉景與章先生攀談一會兒，對張蘭蘭道：「蘭妹，我不放心孩子們，妳去瞧瞧，別教孩子們淘氣，擾了私塾其他學生們的清靜。」

張蘭蘭喔了一聲，知道劉景這是找個藉口要支開她，便往花園走去。

張蘭蘭出了章先生的小院，心裡奇怪劉景為什麼要支開她，又折了回去，躲在一旁偷看。

只見劉景從懷中掏出幾塊碎銀子，估計有五、六兩，遞給章先生，道：「先生，這是裕娃一年的束脩五兩銀子和一年的伙食一兩銀子，總共六兩。」

章槐先生並不矯情，坦然收下銀子。張蘭蘭瞧見這一幕，撇了撇嘴，心道原來劉景是背著自己給弟弟交學費啊。

在原身的記憶裡，劉景說劉裕的束脩是每年三兩銀子，進城做工前他從家裡支取三兩說是要給弟弟交束脩。不過想想原身那個脾氣，若是知道劉裕的學費生活費是一年六兩銀子，那豈不是要翻天了。

總歸這便宜丈夫沒背著自己做什麼壞事，只是……劉景在銀子上瞞著張蘭蘭，雖然說是因為原身極品的緣故，但是看來這對夫妻之間並不是那麼開誠布公。張蘭蘭決定，既然劉景瞞她銀子的事，她也沒必要把自己賺銀子的事和盤托出。她有些銀子傍身是好的，錢總比人可靠，男人麼……張蘭蘭冷哼一聲，前世的她又不是沒見過男人渣起來能成什麼噁心樣。

張蘭蘭打定了主意，轉身往花園去尋孩子們，沿途經過書院的食堂，瞅見廚房門口蹲著個擇菜的大嬸。

張蘭蘭想起劉裕伙食費的事，便問那大嬸道：「嬸子，我家小叔在咱們私塾唸書，請問咱們私塾的伙食如何，平日都吃些什麼？」

大嬸抬頭上下打量了張蘭蘭，見她一身粗布舊衣，一看就是鄉下貧寒人家的農婦，便撇嘴道：「伙食如何要看銀子給多少啊，銀子交得多，大魚大肉什麼都有，沒錢就只能吃糠喝稀了。」

張蘭蘭道：「每年一兩銀子的伙食費，能吃些啥？」

大嬸白了她一眼，道：「一兩銀子一年能買點啥，每頓能啃個粗麵窩窩頭，配幾顆醃黃豆。妳不上街問問菜價肉價是多少，當我們這是你們鄉下，想吃菜了野地裡拔一把？這兒的菜都是小販挑進城賣的，貴著呢。」

每頓啃粗麵窩窩頭！張蘭蘭倒吸一口冷氣，劉裕正是長身體的時候，天天吃這些怎麼行！怪不得瞧他一股子文弱書生的樣兒，原來是營養不良害的！

張蘭蘭知道以前家中條件有限，劉景能湊出一年六兩銀子已經很不容易，實在拿不出更多的錢讓劉裕吃得好一點了。可現在她張蘭蘭來了，她喜歡那幾個孩子，怎麼能教他們連吃都吃不好？

此時張蘭蘭懷裡正揣著熱呼呼的一百兩銀票，正愁沒地方花呢！

「大嬸，請問如果要每天大魚大肉地吃著，一年得花多少銀子？」張蘭蘭問道。

大嬸繼續翻了個白眼，道：「一年五兩能吃個差不多，十五兩那就想吃魚吃魚，想吃肉吃肉。哎我說，妳問這個做什麼，反正妳也出不起。」

張蘭蘭冷哼一聲，心道妳就知道老娘出不起？

張蘭蘭不欲與個廚娘置氣，轉身往花園去找孩子們。

私塾的花園並不多大，卻很雅致，梅蘭竹菊四君子俱全，看來章先生是個風雅的人。

遠遠的，張蘭蘭瞧見劉裕帶著劉清在草地上捉蚱蜢玩，劉秀和一個半大男孩在一旁的亭子並肩蹲著，那男孩約莫比劉秀大三歲，手裡拿著根木棍，在地上寫寫畫畫。

張蘭蘭輕手輕腳地到劉秀背後，見那男孩在地上寫了「劉秀」兩個字，道：「妳瞧，這就是妳的名字，劉秀。」

劉秀雙手托著下巴，盯著地上的字，道：「原來我的名字這樣寫，凌哥哥真厲害！」

章凌嘿嘿一笑，小臉脹得通紅，撓頭道：「這……沒什麼的，妳若是唸書，也會寫的。」

劉秀垂著頭，聲音有些失落，道：「我家裡只有二叔唸過書，爹爹認識點字，我不識字，也不會寫。」

章凌偷偷瞄了眼劉秀的側臉，見小姑娘噘著小嘴，睫毛忽閃忽閃的，臉委屈，便拍著胸脯道：「秀秀妹妹別擔心，我可以教妳識字呀！來，妳來寫寫試試。」

章凌將手裡的木棍遞給劉秀，劉秀照著章凌寫的字，在地上歪歪扭扭地畫了起來。

「對，秀秀妹妹，就是這樣！」章凌拍手叫好。「秀秀真聰慧，第一次寫就寫這麼好。當年我學寫名字的時候，爺爺教了我兩天，我才會寫！」

「真的嗎？」劉秀得了誇獎，小臉紅撲撲的，眼睛亮晶晶地望著章凌，道：「凌哥哥，你的名字怎麼寫？秀秀也想學。」

章凌接過木棍，在地上整整齊齊寫下自己的名字，一個字一個字唸道：「章凌……秀秀，妳寫寫看。」

劉秀拿著木棍，一筆一畫的慢慢寫。「凌哥哥，你看秀秀寫的對嗎？」

章凌點點頭，鼓勵道：「秀秀寫得對，寫得真好！」

張蘭蘭在一旁看得樂呵，忍不住輕輕咳嗽一聲。

「娘！」劉秀聽見身後的動靜，轉過頭一看，臉霎時通紅，像做了壞事被抓個正著似的，忙丟下木棍，跑到張蘭蘭身後。

「嬸嬸好。」章凌起身，對張蘭蘭作揖道：「我是劉裕的同窗好友，姓章名凌。」

章凌眉目清秀，眉眼裡依稀有章槐先生的樣兒，再加上他剛才提到他爺爺，張蘭蘭猜測章凌應該是章槐的孫子。

張蘭蘭見章凌明明還是個孩子，卻強要做出一副大人姿態，加上章凌生得儒雅俊秀，此時紅了臉更顯得好玩，便一時玩心大起，故意道：「咦，你既是劉裕的同窗好友，自然是與劉裕同輩。我是劉裕的大嫂，你為何稱呼我嬸嬸？」

章凌的小臉脹得更紅了，又深深作揖道：「嬸……劉家嫂子說得是，是章凌叫錯了。」

張蘭蘭不禁莞爾，這孩子知錯能改挺懂禮貌，又道：「你既然叫我一聲劉家嫂子，又為何稱呼我的女兒『秀秀妹妹』，你這麼一喊，豈不是讓我和秀秀差了輩分？」

「這……」章凌被張蘭蘭問得啞口無言，結結巴巴說不出話來，真真可愛得緊。

「娘……」劉秀躲在張蘭蘭身後，輕輕拉著張蘭蘭袖子，奶聲奶氣道：「爹爹呢，怎麼不見爹爹？」

「妳爹在跟先生說話，一會兒就來。」張蘭蘭拍了拍劉秀的小臉蛋，暗道這小妮子竟學會轉移話題幫章凌解圍了。

這會子說話的工夫，劉裕已經帶著劉清在旁邊的草叢上滾了好幾番，叔姪兩人身上沾滿了草梗，笑嘻嘻地跑到張蘭蘭身邊。

張蘭蘭瞧著兩個小娃娃，笑著蹲下把他們頭上身上的草梗清理掉。劉清獻寶似的把自己捉的蛐蛐兒拿給張蘭蘭看，小嘴能說會道，竹筒倒豆子一般拉著張蘭蘭絮絮叨叨，眉飛色舞地講他方才怎麼捉蛐蛐兒的壯舉。

章凌在一旁默不作聲地看著張蘭蘭慈愛地為兩個孩子整理衣裳，眼神黯然。劉秀心思細膩，瞧出章凌的不對勁，小聲問道：「凌哥哥，你怎麼了，是哪裡不舒服嗎？」

章凌輕輕抿著嘴唇，眼底帶了一絲水氣，輕輕別過頭去，小聲道：「妳娘真慈祥……我想我娘了。」

劉秀哦了一聲，問道：「你娘呢？」

章凌搖搖頭。「我沒見過我娘，爺爺說我一出生，我娘就去世了。我娘若是活著，也會這樣給我整理衣裳的。」

劉秀同情地看向章淩，不知說什麼好。她娘雖然從小就不喜歡她，可好歹還是將她養這麼大，而且最近娘越來越慈愛，劉秀越發覺得有母親真好了。

幾個人在花園裡說了會兒話，劉景和章先生說完話也來了。

劉裕遠遠瞧見大哥劉景朝這邊走來，心中一緊，緊張程度堪比放榜前等名單的時刻。也不知大哥和恩師談的結果如何，能不能讓他繼續在私塾唸下去。

劉裕一緊張，臉就脹紅了，張蘭蘭知道劉裕的心思，安撫地拍拍他的肩膀。

「大哥！」劉裕上前幾步迎上去。

劉景爽朗一笑，道：「裕娃，章先生說你天資聰穎，勤奮好學，是塊讀書的好材料。我跟你大嫂商量過了，供你繼續唸下去。你要知咱們農家供你個讀書人不容易，定要好好努力，不要辜負哥哥嫂子的期望。」

劉裕的眼淚一下子湧出來，激動得手足無措，一會兒看看哥哥，一會兒望向嫂子。

「裕娃，哭什麼。」張蘭蘭掏出帕子給劉裕抹眼淚，道：「往後你莫要再擔心能不能讀書的事，嫂子給你句準話，肯定讓你唸。你只管收了胡思亂想的心思，好好聽先生的話。方才章先生給嫂子講了科舉考試的事，嫂子明白啦，考功名不能急於求成，以後再不會逼你去考試了。以前是嫂子無知，非逼你考童生，往後考功名的事你自己看著考，嫂子再不逼你啦。」

劉裕感動得不知說什麼好，哇的一聲哭出來，跪在地上，對著哥哥嫂子磕了三個響頭，哭道：「哥嫂的恩情，裕娃一輩子記著，裕娃一定加倍用功考取功名，讓哥嫂和全家人過上好日子，為咱們劉家光耀門楣！」

張蘭蘭一時激動，也抹起了眼淚，將劉裕扶起來，道：「一家人不說兩家話，嫂子知道裕娃是個懂事的，不是那白眼狼。嫂子就等著裕娃將來出息了，跟著裕娃享福呢。」

「嗯！」劉裕重重地抹了把眼淚，攥緊拳頭，暗道自己一定要出人頭地，報答哥嫂的養育之恩。

辦妥了劉裕唸書的事，劉景夫婦帶著孩子們離開私塾。

張蘭蘭讓劉裕不用跟著他們回村了，直接留在書院，反正過幾日張蘭蘭也是要進城描繡樣的，到時候將劉裕放在家裡的幾本書和換洗衣裳送過來便是。

劉裕送哥嫂一家人到街口，章凌素日與劉裕交好，也陪著劉裕一道送別。

「裕娃，回去吧，好好唸書，家裡的事有你大哥和嫂子在，不用你操心。」張蘭蘭摸摸劉裕的腦袋，笑咪咪道。

張蘭蘭雖然是劉裕的嫂子，可她與劉裕年歲相差大，況且原身一把屎一把尿的把劉裕拉拔大，說句粗糙的話，劉裕這小子哪兒她還沒見過啊，這可真真是長嫂如母。所以雖然他們是叔嫂，關係親暱卻不怕什麼閒話。

「嗯。大哥，大嫂，秀秀，清娃，你們慢走。」劉裕使勁朝大夥兒揮揮手。

劉景牽著女兒的手，劉清則纏著母親。秀秀一步一回頭，章凌對劉秀喊道：「秀秀，沒事常來玩。」

章凌同村裡那些整日在泥巴裡滾來滾去的小男娃很不同，他衣著乾淨，彬彬有禮，不但識字還很耐心地教自己寫字，在劉秀眼中章凌可愛極了。

「好！」劉秀答應著。

「姊，我也要來，帶著我！」劉清嘟囔地拉著劉秀的手撒嬌道：「我也想來私塾玩。」

劉景輕輕敲了敲兒子的腦袋，道：「人家邀你姊姊玩呢，你個臭小子湊什麼熱鬧。」

劉清小臉脹得通紅，不好意思地撓撓頭，道：「二叔說來私塾能識字，清娃也想像二叔一樣識字。」

劉景看著兒子，心裡五味雜陳。兒子劉清自小聰明伶俐，不比弟弟差，也是塊讀書的好材料，可自己只供得起一個人讀書……劉景內心自責萬分，只怪自己沒本事，不能讓家裡的孩子們都有條件唸書。

「清娃乖，等清娃長大了，爹就送清娃來唸書。」劉景不忍傷兒子的心，半騙半哄道。

「真的嗎！」劉清興奮地拍著小手，嚷嚷著。「太好了，以後清娃也能識字啦！清娃一定會好好唸書，考個狀元！」

「好好，我清娃有志氣！」劉景將兒子抱起來，笑得苦澀，心中下定決心，往後就是再辛苦，也要多做工，努力供兒子讀書。

只是……劉景歉疚地看向和自己並肩走著的妻子，只怕自己又要長期在城裡做工，無法照應家中，又得辛苦妻子一人扛著整個家了。

張蘭蘭將劉清的話聽了一耳朵，心裡也有了盤算。她當然不希望自己家的幾個兒子女兒當文盲，大字不識一個的，那不跟睜眼瞎子沒什麼區別？只是這事不能急在一時，需得盤算一陣子。

劉景一家朝西市方向走去，走到一處僻靜小街時，劉景停下腳步，從懷中掏出一個布包來，塞到張蘭蘭手裡，道：「蘭妹，這是我這幾個月賺的工錢，昨兒東家付了一大半，過兩天再把剩下的結清，妳先拿去給家裡用吧。我這吃的穿的住的都在東家，不用花什麼錢，留幾十個銅板就夠了。」

張蘭蘭還很不適應跟劉景的接觸，「啊」了一聲，愣了一下。

劉景將布包掀開一角，給張蘭蘭瞅一眼，道：「這次做工一共賺了十兩，這裡是六兩，另外四兩過兩天我回家帶回去交給妳。東家說我做的活兒好，又另外給了兩百個銅錢的賞錢。我自己沒捨得花，給清娃買了點吃食啥的，共花了五十個銅板。我留了二十銅板在身上，這裡一共是六兩碎銀子和一百三十個銅錢，都交給妳了。」

張蘭蘭看著劉景，有些說不出話來。

前世，張蘭蘭前夫是個在金錢上極為計較的人，甜言蜜語哄得張蘭蘭交出財政大權，張蘭蘭賺得雖然多，但是都被前夫拿走了，她自己要買個什麼都得伸手問前夫要錢，少不得看前夫臉色。

而如今劉景就這麼自然而然地把自己賺的全部錢都交給張蘭蘭，賺了多少、花了多少、自己留了多少，都說得清清楚楚，就連本可以私藏的賞錢都一點不瞞，張蘭蘭突然有點受寵若驚。

「快把銀子收好。」劉景提醒道。

張蘭蘭恍恍惚惚地將銀子揣進懷裡，眼前忽地浮現出劉景給章槐先生六兩銀子的事，腦子一下子清醒過來，心裡一冷，心想：這會子說得釘是釘鉚是鉚，可給章先生那多的三兩銀子是哪兒來的？瞧劉景這誠懇樣兒，若不是張蘭蘭親眼看見劉景給章槐先生錢，她還真都信了劉景沒藏私房錢。

裝得倒是挺像，哼哼……張蘭蘭心中冷哼兩聲，劉景到底是在有些地方防著她瞞著她。雖說張蘭蘭能理解，但是突然就心裡不爽，煩躁了起來。

張蘭蘭一行人走到西市市場，由於要採買過冬的糧食柴禾，所以劉景雇了一輛車來裝貨。先去糧食鋪子買了糧食，又去集市買了柴火，接下來就是零零碎碎的柴米油鹽、鍋碗瓢勺這些東西，銀子花得跟流水似的。

張蘭蘭暫時不想動羅婉賺的一千五百錢和自己賺的一百兩銀票。她來時從家裡帶了三兩銀子，在錦繡坊採買的時候花掉了一千一百錢，加上劉景給的，如今身上能動用的銀子還剩四兩銀子八百個銅板。

「還要買點啥？」劉景背上揹著一大堆東西，兩隻手都占滿了，哼哼哧哧的跟在張蘭蘭屁股後面。

張蘭蘭一手拉著兒子，一手拉著女兒，在前頭逛著，東瞧瞧西看看，她惦記著家中的小孫女沒奶吃，正四處物色母羊。

瞧了好幾個賣羊的，要麼就是價錢談不攏，要麼就是羊不好，張蘭蘭看不上。逛了好一陣子，張蘭蘭終於相中一隻通體雪白的母羊，跟攤主討價還價了半天，最終以二兩銀子成交。

張蘭蘭問了一些養羊的注意事項，將韁繩牽在手中，小母羊十分溫順，彷彿知道張蘭蘭是牠的新主人，咩咩叫了兩聲就走到張蘭蘭身邊。

張蘭蘭對小母羊十分滿意，心滿意足地轉身，忽然瞧見劉景汗流浹背地站在自己身後，大包小包地扛著。

哎呀，自己砍價砍得興起，竟然把他給忘了！張蘭蘭忽然有些心虛，自己逛街逛得高興，難為劉景不僅掏錢還來當苦力，也不知他會不會惱了自己。

誰知道劉景這位帥氣肌肉大叔憨厚一笑，竟是一點責怪催促她的意思都沒有。

這反倒教張蘭蘭不好意思起來，忙牽著小羊離開集市。

牛車進不了西市口，在外頭等了許久。一家人走到牛車旁，劉景將東西放在車上，抱著兒子女兒上車，張蘭蘭提起裙角正要上車，忽地手被劉景捉住了。

劉景的手大而溫暖，布滿了長年幹活留下的老繭。張蘭蘭冷不防被抓住手，還沒反應過來呢，就被劉景扶到車上。

「哎……」張蘭蘭忙抽出手來，覺得臉頰燥熱起來。

劉景並未察覺出異樣，坐在張蘭蘭身邊，吩咐車夫將車駛向錦繡坊。

張蘭蘭垂著頭，盯著自己方才被劉景拉過的手，耳邊全是劉景男性的呼吸聲，只覺得心跳越來越快。

幸虧錦繡坊並不遠，走了一小會兒便到了。張蘭蘭定了定心神下車，劉景跟她進到店裡，幫她把先前寄放在這裡的東西搬到車上。

「蘭妹，我就不跟你們回去了，過兩天我把工錢結清了就回去。清娃，你就跟著娘回家，秀秀，在家要聽娘的話。」劉景站在車邊囑咐道。

劉清離家好些日子，一聽要回家，興奮得手舞足蹈。

張蘭蘭胡亂應了一聲，趕忙自己爬上車，免得劉景再來伸手扶她。

劉景見妻子兒女三人都在車上坐好了，似是想到什麼，走了過來，從懷裡掏出個紅布包來，快速塞進張蘭蘭手裡，而後迅速轉過身去走到車夫旁邊，裝作若無其事地對車夫囑咐了幾句。

這是啥？張蘭蘭摸了摸那布包，摸見裡頭有木棍一樣的東西。她疑惑地看著劉景，見劉景的臉上劃過一絲可疑的紅暈。

「那我們走了。」張蘭蘭朝劉景揮揮手，一行人啟程回家。

牛車駛出了城，一路搖搖晃晃，劉清靠在張蘭蘭身邊，已有睏意，一下就睡得迷迷糊糊。劉秀坐在角落低著頭，身子擋著，看不清在做什麼。

張蘭蘭趁著這會兒沒人注意自己，打開臨走時劉景給她的布包。裡頭是根木簪子，雕刻得很精緻，打磨光滑，很有質感，能看出是精心製作雕刻打磨而成的。

這是他親手做的嗎？張蘭蘭握著髮簪想得出神，心裡竟有一絲絲的甜。

「劉秀……章凌……」張蘭蘭忽然聽見劉秀嘴裡輕輕地念叨，探頭一看，劉秀手裡拿著根小木棍，在車廂地板上畫著筆畫，眉頭皺成了一團，努力回憶著章凌教她的字怎麼寫。

劉秀寫了一會兒，發現怎麼寫都不對，急得眼眶都紅了，又怕母親瞧見，壓著聲音不敢出聲。

劉秀心裡很清楚，自己是個女娃，她從來沒見過誰讓女娃娃學認字的。她只想學會寫自己的名字，可是她太笨了，竟然記不住。

劉秀抹了一把眼淚，偷偷哭了起來。

傍晚時分，馬車緩緩駛入河西劉家村，劉清早就陷入沈沈的夢鄉，軟軟地靠在張蘭蘭懷裡。劉秀蜷縮成小小的一團，坐在馬車的角落裡，手裡捏著寫字的木棍。張蘭蘭看了一眼劉秀寫的字，雖然歪歪扭扭筆畫不全，卻寫得很認真。

張蘭蘭看了一眼懷中的小兒子，又看了看女兒。

小兒子想讀書，送去私塾便可，橫豎只是銀子的事。可女兒想讀書，那就難了。這個時代，他們這樣的農家，根本就沒有人會讓女娃讀書，私塾只收男娃不收女娃，就算張蘭蘭想送劉秀去私塾唸書，人家也不收。

大戶人家倒是能請先生到家裡來教導家中女兒識字唸書，可劉家並沒有富裕到能專門請得起一位教書先生到他們這窮鄉僻壞來。

張蘭蘭雖然讀過大學，可她只能認識繁體字，寫是寫不來的，更別說親自教女兒了。所以劉秀唸書的事，還是得從長計議。

不知不覺，車已經停在家門口。張蘭蘭叫醒兒子女兒，扶著兩個小傢伙從車上跳下去。

「嘿！終於到家了，清娃好想家！」劉清蹦躂著推開院子門衝進去。

「秀秀，去叫妳大哥出來搬東西。」張蘭蘭對劉秀道。

劉秀應了一聲，忙往劉俊、羅婉屋裡跑。張蘭蘭在後頭招呼車夫幫忙把東西搬進院子。

「娘！」劉秀剛進屋瞧了一眼，就慌慌張張跑出來，面色煞白地拉著張蘭蘭的衣角。

「秀秀，這是咋了？」張蘭蘭奇道。

劉秀指了指她大哥大嫂的屋子。「家裡來人了，娘快去看看吧。」

見女兒反常的樣子，張蘭蘭更是奇怪，大步朝劉俊屋裡走去。

屋門開著，張蘭蘭一進屋就瞧見羅婉抱著孩子坐在床上，臉色很不好。劉俊立在床邊，一張俊臉脹得通紅，瞧著有些手足無措。
劉富家的翠姑坐在床邊，正說得唾沫星子亂飛，瞧見張蘭蘭進來，大驚失色，立刻住了嘴，訕訕笑著從床上站起來，對著張蘭蘭道：「蘭嫂子，不是進城了嗎，咋這麼快就回來啦？」
張蘭蘭的臉立刻就黑了，這翠姑是個黑心的主兒，今兒趁自己不在家跑來，肯定是黃鼠狼給雞拜年，沒安好心。
張蘭蘭注意到角落的木椅上坐著個妙齡少女，少女十五、六歲的年紀，穿著一身顏色粉嫩的裙子，粉面桃腮，很有幾分姿色。
這不是翠姑的姪女嗎？張蘭蘭本來還疑惑翠姑沒事吃飽了撐著跑自己家幹啥，現在心裡跟明鏡似的，這廝定是趁自己不在家，死皮賴臉地帶著自己姪女貼俊娃來了。只可惜翠姑算錯了時間，沒料到張蘭蘭坐牛車所以回家得早，這才叫張蘭蘭撞個正著。
「喲，我才出去一會兒工夫，怎麼家裡就來了這麼些人。」張蘭蘭挑眉看著翠姑。「妳有啥事？」
翠姑見張蘭蘭臉色不善，不敢惹這瘟神，忙嘿嘿陪著笑。倒是翠姑那姪女海棠站了起來，走過來對張蘭蘭福身，道：「海棠見過蘭嬸子。是海棠聽聞劉俊哥的女兒出世了，便想過來賀喜，才求我嬸嬸帶我過來的。蘭嬸子要怪罪，就怪海棠吧，海棠給蘭嬸子賠個不是。」

海棠身量高大，體態勻稱，瞧著就比羅婉大上一號，這會兒做出溫婉賢淑的樣子，伏低做小地弓著身子，感覺實在違和。

海棠家境不好，母親死得早，父親是個賭鬼，家裡幾個兄弟沒一個成器的，日子過得很艱難。海棠如今身上這半新不舊的衣裳，是她唯一幾套能穿得出來的衣裳，今兒為了見劉俊，特意梳妝打扮才捨得穿出來。

聽見海棠說「劉俊哥」時，劉俊的臉脹得更紅了，而羅婉眼中神色更是冰冷幾分。劉俊瞧見妻子神色，急得不知如何是好。他總共就見過這什麼海棠兩、三次，怎就莫名其妙成了她「劉俊哥」了！

張蘭蘭撇撇嘴，喲，這狐狸精都跑上門來了。

羅婉還坐著月子呢，翠姑就帶著海棠上門，人都欺負到羅婉頭上了，張蘭蘭覺得不需要跟她們客氣。

「我兒媳婦坐月子呢，這房子是你們這些外人隨隨便便能進的？」張蘭蘭雙手扠腰，完全不吃海棠那一套，一手扯著海棠一手扯著翠姑，將那兩人往外拖拽，口裡說著：「走走，孩子也看了，趕緊給我走人，我兒媳婦、孫女吹了風有個什麼不好，妳們擔待不起！」

海棠一下子傻了眼，她本以為好聲好氣地先賠個不是，好歹伸手不打笑臉人，誰知道這張蘭蘭完全不按常理出牌，竟然直接拽著她們趕人！怪不得嬸嬸說她是個難相處的潑辣悍婦。

眼前凶悍的張蘭蘭，讓海棠嚇得不輕，一時有些動搖。不過再一想家裡艱難的景況，大哥最近娶了嫂子進門，嫂子看她這小姑橫豎不順眼，總處處為難她。海棠又窮怕了，一定要嫁個好人家，哪怕是做填房或做小也好。正好嬸嬸說他們村劉景家的老大劉俊相貌人品一流，家境也不算差，讓海棠打定主意一定要嫁給劉俊。

張蘭蘭拽著那兩人，直接拖到院子，劉俊怕母親吃虧，忙跟著跑出來。

海棠一見劉俊，嚶嚀一聲，裝著站不穩的樣子，身子就往劉俊身上倒。劉俊避開不及，被海棠撞了一下，兩人一起滾到了地上。

這海棠在自己眼皮子底下就敢往劉俊懷裡鑽，真是不要臉！張蘭蘭一把拉起劉俊，將他推到自己身後，免得海棠再像沒骨頭似的往劉俊身上黏。

海棠自己從地上爬起來，做出一副楚楚可憐的樣子，抹著眼淚對劉俊道：「劉俊哥，對不起，方才我沒站穩……」

張蘭蘭呸了一聲，高聲道：「海棠，別以為我不知道妳打什麼主意！妳不就看我家過得去，一心想嫁到我家嗎！妳也不瞧瞧妳這騷浪的樣子，這頭是新梳的吧，臉上還搽了粉畫了眉，瞧這嘴塗得紅得跟猴屁股似的，衣裳也是挑最好的穿來的吧？打扮成這樣，不就是想勾引有婦之夫嗎！我兒媳婦還好好在屋裡坐著呢，妳就上杆子自己巴巴地往我兒子跟前貼，一口一個『劉俊哥』，當著我的面就敢往我兒子懷裡鑽。我呸，我啥時多了這麼不知廉恥的女兒？真是不要臉！就妳那操行，誰要是把妳娶進門，就等著戴綠帽子吧！」

張蘭蘭一下子揭了海棠的底，海棠羞得無地自容，捂著臉哭。

翠姑急得眼都紅了，大罵道：「張蘭妳個潑婦！好歹是當人長輩的，有妳這麼尖酸刻薄的嗎！小心老天剁了妳的舌頭！」

張蘭蘭笑罵道：「妳和妳那姪女，一個老不要臉，一個小不要臉，敢上門要逼死我兒媳婦，還怕我說？要臉妳別幹這事啊！海棠我告訴妳，妳要再敢打我劉家人什麼歪主意，我就去妳家門口守著，把妳今天幹的好事給妳宣揚出去，看以後誰還敢娶妳！」

海棠哭得更厲害了，頭也不回，一陣風般地跑開，好似身後就是龍潭虎穴般嚇人。

翠姑見狀，追著海棠也跑了。

門口幫忙卸貨的車夫小哥傻了眼，目瞪口呆得連東西都忘了搬。張蘭蘭收拾了那不安好心的姑姪，拍拍手招呼劉俊幫忙搬東西，叫劉秀、劉清把母羊拉到後院以前養牛的棚子裡。

東西都弄妥了，張蘭蘭洗了把臉，拎著劉俊進了羅婉屋裡。

方才婆婆罵海棠的話，羅婉聽得一清二楚。沒想到婆婆竟然這樣維護自己，羅婉捂著臉嗚嗚地哭。

「小婉，哭啥，有娘給妳撐腰，誰也欺負不了妳。」張蘭蘭拎著劉俊過來，叫劉俊坐在床邊，自己一手拉著劉俊的手，一手拉著羅婉的手，將二人的手覆在一起，道：「你們小倆口就好好過日子。不是我當娘的偏袒兒子，俊娃這孩子是個老實的，絕不會拈花惹草。若是外頭有些個不安好心的狐狸精非要貼過來，俊娃你就自己打發了她們，別再像今天一樣等著娘回來給你解決。自己媳婦自己疼，該硬氣就硬氣，對狐狸精心軟，那可就是傷了自己媳婦的心。往後若是再有這種情況發生，俊娃你就拿掃把將她們打出去就是。」

劉俊重重點頭。「是，娘的話兒子記住了。」

羅婉哭得淚如雨下，張蘭蘭看著心疼，戳了下劉俊的肩膀，使了個眼色，小聲道：「還不快去哄著？」

劉俊一臉呆傻，似被點醒一般，嗯嗯答應著。

張蘭蘭悄悄出了屋，臨關門時瞧見劉俊將羅婉摟在懷裡。張蘭蘭一臉揶揄的笑，小聲對劉俊喊：「俊娃，你媳婦還坐著月子呢。」

劉俊老實巴交，沒聽出母親話裡有話。羅婉聽出來了，母親是擔心劉俊憋了一個孕期，會情不自禁……

羅婉抬頭看著丈夫英俊的側臉，臉紅得跟天邊的雲霞似的。

吃過晚飯，天矇矇黑了，張蘭蘭忙碌了一天很是睏倦，一家人早早洗漱上床休息。

劉秀這幾日一直同母親睡，今兒弟弟回家，劉秀顯得很高興，兩個小娃娃並排躺著說話。張蘭蘭聽著一雙便宜兒女嘰嘰咕咕的說些有趣童言，笑著把劉清往床裡頭推了推，自己靠床邊睡著。

農家的床都很寬敞，母子三人睡下並不顯得擁擠。張蘭蘭一鑽進被窩，劉清就膩歪歪地貼過來，熱呼呼的小手拉著張蘭蘭的手搓著，道：「娘手真冷，清娃給娘暖暖。」

張蘭蘭笑著把兒子摟進懷裡，又幫女兒掖好被角。

「娘，城裡可好玩了。」劉清光跟姊姊講這幾個月他在城裡的見聞還不夠，這會拉著母親滔滔不絕起來。「娘，您見過城裡的大房子嗎？那院子可真大，到處都是花兒可漂亮了。院子裡還有小溪，娘，您說他們是怎麼把小溪弄到院子裡的啊？」

張蘭蘭嗯嗯啊啊地應聲，聽得津津有味。

「城裡還有好多漂亮的大姊姊。」劉清小腦袋縮進母親懷裡，深深吸一口氣，道：「娘，為啥那些大姊姊身上聞著那麼香，娘和姊姊身上沒那麼香？」

張蘭蘭摸了摸劉清茸茸的頭髮，道：「因為大姊姊們身上搽了香粉，所以香呀。」

劉清哦了一句，認真地說：「以後清娃中了狀元，也要給娘和姊姊還有大嫂買香粉，讓妳們也香香的。」

張蘭蘭樂開了花，連聲說好。

一直聽著不出聲的劉秀問道：「清娃，城裡的大姊姊們是不是都很漂亮呀？你說，她們認不認得字？聽說她們吃飯走路都跟咱們鄉下人不一樣，叫什麼來著……喔對，叫大家閨秀。」

劉清歪著腦袋，認真地想了想，道：「我也不知道她們認不認得字，不過她們走起路來真好看，跟咱們村的大姊姊們不一樣。她們說話也好聽，像這樣——」

劉清從床上坐起來，拿了床頭張蘭蘭的手帕，捏了個蘭花指用帕子遮著臉，奶聲奶氣學女子說話道：「哎呀這位爺，進來坐坐，喝杯酒啊。」

這啥玩意兒？張蘭蘭驚呆了，城裡的大家閨秀有這樣說話的？

「清娃，別亂學女人說話，這樣不好。」張蘭蘭拿過帕子放在一旁，摟著劉清躺下，盤問道：「你是在哪兒見過這些香噴噴、捏著帕子的大姊姊的？誰帶你去的？」

劉清眨巴眨巴眼，道：「有天爹帶我上街，說要找個什麼人，然後爹帶著我進了間很大、很漂亮的樓，裡頭到處都是香香的大姊姊。還有個姊姊會唱曲兒，唱得真好聽。」

張蘭蘭一個激靈從床上坐起來，劉景這王八羔子竟然去逛青樓，還帶著兒子去！

張蘭蘭內心把劉景問候了一萬遍。

看著挺老實，說的也是人話，沒想到背地裡骯髒又齷齪，竟然去逛青樓！還帶著兒子去，就不怕把兒子帶壞了！

張蘭蘭原本還對劉景有點好感，這下子蕩然無存，只剩下深深的厭惡。

「早些睡吧。」張蘭蘭懨懨地躺下，無心再閒扯。

劉秀、劉清折騰了一整天，小娃娃瞌睡多，沾著枕頭就睡著了。夜色中，張蘭蘭翻來覆去的睡不著，本以為遇見了個老實能幹本分的帥老公，誰知道是個敗絮其中的東西。

古代又沒套套，醫療落後，張蘭蘭可不想被染了一身髒病，那就毀了一生。張蘭蘭越想越覺得劉景髒，打定主意要自己多多賺錢傍身，找個機會踹了這便宜丈夫自立門戶，反正她對劉景又沒多少感情，跟個陌生人沒兩樣。

翻來覆去折騰到天亮，張蘭蘭頂著個大大的黑眼圈起床。

張蘭蘭把照顧母羊的工作分配給了劉秀、劉清姊弟，讓劉俊負責擠羊奶，給他閨女煮奶餵奶。

一大清早，劉俊就擠了新鮮的羊奶燒開，端進屋。

羅婉剛給閨女換過尿布，瞧見劉俊端了碗羊奶進來，驚訝道：「俊哥，這羊奶是哪兒弄的？」

劉俊嘿嘿一笑，道：「昨兒忘了跟妳說了，娘從城裡買了頭母羊回來，專門給咱閨女餵奶用的。羊現在養在後院的牛棚，妳掀了後窗就能瞧見。這是我剛擠好燒開的奶，妳吹涼了給閨女餵奶。」

羅婉驚訝極了，推開後窗，遠遠瞧見一隻通體雪白的母羊，劉秀、劉清姊弟正在給羊餵草料。

「這麼好的母羊，得花不少銀子吧？」羅婉喃喃道。

「我也不知道多少錢，娘沒提錢的事，娘說我只管好好照顧妳們母女倆，我就沒問。」劉俊道。

羅婉估算了下，自己的繡品能賣一千四百文錢，可這母羊至少要二兩銀子，定是婆婆貼補了些銀子才買回來的。

婆婆為了孫女補貼自己，讓羅婉很感激，就是有些發愁自己手上沒料子了，以後再要繡花，恐怕要去王掌櫃那兒賒帳買料子針線了。等往後掙了錢，再把婆婆貼補的還回去。

羅婉是個很明事理的人，婆婆既然對她們母女好，她更不能死皮賴臉地占婆婆的便宜，白得好處不出聲。

先不想這些雜七雜八的事，羅婉接過碗，一股濃郁的奶香撲鼻而來，懷中的小嬰兒鼻子皺了皺，似是聞到了香味，小嘴嘟嘟的到處拱來拱去找奶吃。羅婉溫柔地看著孩子笑，道：「妳倒是個貪吃的，聞到好吃的了吧，這可是妳奶奶給妳弄的羊奶，等妳長大了，要好好孝敬奶奶，知道不？」

劉俊湊過來，幫羅婉扶著孩子。羅婉吹了吹小勺子裡的羊奶，餵給小娃娃。小娃娃頭一次吃這麼溫熱好吃的羊奶，咂吧咂吧吃得可香了。

「娘對我們可真好，我花了咱家多少銀子喝鯽魚湯還是不下奶，娘非但沒嫌棄我，一句重話沒說過我，還買了羊給咱閨女。我記得去年村口賴皮張家的媳婦也不下奶，被她婆婆罵得差點跳河。」羅婉感慨道。

劉俊撓撓頭，幫著給嬰兒拍嗝，點頭道：「自妳生了咱閨女，娘就越發對咱們好了。人說隔代親，我原先還不信，可妳瞧娘現在喜歡咱閨女喜歡得跟什麼似的。」

羅婉點點頭，道：「是啊，娘就跟變了個人似的。」

小倆口餵了孩子吃奶，小娃娃心滿意足地睡著了，劉俊拿了一大堆待洗的尿布去院子裡洗。

農閒時節不忙，張蘭蘭囑咐劉俊要多照顧妻女，劉俊很自覺地把諸如洗尿布、煮嬰兒粥、煮奶、給媳婦熬藥之類的事情包攬下來，做完活就去幫羅婉照顧孩子，踏踏實實地做個奶爸，每天雖然忙忙碌碌，卻也更能體會妻子的艱辛，對自己一把屎一把尿養育的女兒感情更深。

張蘭蘭蹲在門口想賺錢的事，瞧見劉俊賣力地洗尿布，突然心裡甚是安慰。雖然她又遇見了渣男老公，但是不妨礙她把便宜兒子培養成好老公啊，好歹能造福一家是一家。

吃過早飯，孩子們幫著分擔家務去洗碗，張蘭蘭扛著裝針線布疋的簍子進了羅婉屋，支走劉俊。

「來來來，快讓我抱抱。」張蘭蘭抱起小娃娃，小娃娃剛睡醒，對她露出甜甜的笑，小手握成拳頭揮舞幾下，張蘭蘭立刻被萌到了，抱著小娃娃樂了起來。

「娘，謝謝您給孩子買了奶羊。」羅婉很真摯地說。

「那有什麼，一家人不說兩家話，我孫女我能不心疼嗎？」羅婉抱著孩子哄了一會兒，小嬰兒瞌睡多，醒了一陣子又睡了。張蘭蘭把孩子放下，從懷裡掏出個布包，塞到羅婉手裡，道：「這是妳那些繡品賣的錢，總共是一千五百文。多的一百文是王掌櫃給妳的辛苦錢。」

羅婉呆呆地看著手裡的銀子，她本以為婆婆花了她的工錢去買羊，誰知婆婆竟然一分不少的把自己的工錢還給自己。以往都是婆婆收繳她的工錢，一個子兒都不會給她留的呀！

隨後羅婉目瞪口呆地看著張蘭蘭從簍子裡搬出幾疋布和白絹、針線等物件。

「上回我描繡樣，把妳這兒的白絹用完了，我尋思著妳肯定繡花要用，就又買了些。」張蘭蘭羅列道：「這幾疋布回頭咱給家裡人做幾身新衣裳，妳自過門就沒添過新衣，秀秀也好幾年沒做衣裳了，我瞧秀秀的衣裳之前都燒了，只能將就穿著俊娃從前的衣服，這回咱不改舊衣，給秀秀重新做，我也做一身新衣，省得進城穿得土裡土氣，教人笑話。剩下的布就給俊娃、清娃、裕娃他們做衣裳。不過娘的針線沒妳好，妳可得幫著娘做。」

見羅婉感動得又要哭，張蘭蘭怕她真哭了，與她閒聊起來。

提到繡樣，張蘭蘭只說王掌櫃買走了，沒提實際的錢數，也暫時不想提，畢竟一百兩不是個小數目，她不想告訴任何人，免得給自己招惹來不必要的麻煩。

第五章

劉景家買了頭奶羊的事，第二天就在村裡傳開了。

芳姑挎著籃子進了翠姑家院子門，對翠姑道：「妳知道劉景家的買了隻奶羊的事沒？聽我西市賣菜的外甥說，張蘭特地去西市買奶羊，說是專門給她小孫女吃奶的。」

翠姑正掰玉米呢，沒好氣地瞪了芳姑一眼。昨兒她在張蘭家弄了個沒臉，現在聽見劉景家的事就頭疼，壓根兒不想接芳姑的話茬兒。

芳姑沒注意翠姑臉色，咋舌道：「光是那隻奶羊，起碼要二兩銀子。妳說劉景家咋那麼有錢呢？房子糧食柴火都燒光了，還有餘錢買奶羊？」

海棠正好從屋裡出來，瞧見家裡來人，低著頭趕緊往屋裡縮。她一個大姑娘，教張蘭弄個沒臉，這會見到誰都以為人家是來看她笑話，見到路邊的孩童竊竊私語，都以為人家在說自己。正所謂作賊心虛，海棠這會巴不得有個地縫鑽進去躲起來，誰也不想見。

翠姑黑著臉，道：「我哪知道？妳想知道，妳問劉景去。」

芳姑摸了摸臉，道：「妳說這劉木匠，手藝好能掙錢，模樣俊俏，怎麼就娶了張蘭那潑婦呢？真是糟蹋了劉木匠這麼好的男人。妳說咱們村裡，不管是後生還是咱這一輩的，哪個能比得上人家劉家大哥？」

芳姑低頭看了看自己籃子裡新挖的野菜，不禁暗恨起來。憑什麼張蘭那潑婦就能跟著劉景吃白米細麵，吃魚吃肉，她嫁了個廢物丈夫，只能挖野菜啃窩頭！只恨自己比劉景小五、六歲，若是同歲的話，指不定當年劉景娶的是誰呢！

翠姑本就惱了劉景一家，誰知道芳姑這個不識相的，一直唧唧歪歪，更沒個好臉色，將手裡的玉米棒子重重往地上一摔。「妳眼熱人家張蘭，咋不嫁給劉景當小的去？在我面前說個啥？」

平日裡芳姑與翠姑最喜歡嚼舌根，怎麼今兒翠姑跟吃了嗆藥似的？芳姑也急了，高聲道：「妳衝我抖什麼威風，有本事妳讓妳姪女海棠嫁給劉景兒子去啊！」

海棠躲在屋裡，聽見芳姑這話，臉臊得通紅。

「說什麼呢！」翠姑瞪著眼睛。「我姪女黃花大閨女，才不稀罕劉俊那娶過媳婦有孩子的男人！倒是妳，一口一個劉家大哥，也不怕妳家那口子聽見，打折妳的腿！」

翠姑、芳姑兩個人妳一言我一語，針尖對麥芒，誰也不讓誰。海棠忙去勸架，生怕兩個人打起來，鬧大了把她在劉景家的事抖出去，那她就真要臊得跳河了。

好不容易將兩人勸下來，海棠好聲好氣地將芳姑送出院子。

芳姑好好地來尋翠姑說話，沒想到觸了霉頭，染了一身晦氣，這會子對翠姑憋了一肚子氣，瞧見海棠，眼珠子一轉，生出一計。

出了院子門，芳姑將海棠拉到一邊，小聲道：「海棠，咋樣，劉俊看上妳了沒？」

海棠的臉脹得通紅，搖頭道：「嬸子妳別亂說，沒有的事。」

芳姑也不是那種蠢笨不開竅的，心裡也明白了個八、九分，勸慰海棠道：「劉俊雖是個好的，但是有妻有女，上頭還有個夜叉似的凶悍老娘，並不是個良配。當初妳嬸嬸想給妳牽這線的時候，我就一萬個覺得不妥。可妳嬸嬸偏偏是倔脾氣，聽不進勸，也不想想妳要是有張蘭那樣的惡婆婆，這日子可怎麼過！」

一提到張蘭，海棠就覺得腿肚子發軟，頭上冒虛汗，道：「是啊，那姓張的嬸子，可凶悍得很，我長這麼大就沒見過那麼凶悍的潑婦。」

芳姑看海棠這樣子，心知她必然是見過張蘭，且在張蘭手上吃了虧。

「海棠，妳家裡的事我聽妳嬸子提過，妳在家過得甚是艱難，也是難為妳了，這麼水靈的姑娘，命怎這麼苦呢？」芳姑拉著海棠的手道。

海棠眼眶一下子紅了，咬著嘴唇道：「嬸子，海棠命苦，怨不得誰。」

芳姑道：「好孩子，嬸子給妳指條明路，妳若是聽了嬸子的話，以後保妳吃香的喝辣的，有人伺候著，後半輩子衣食無憂。」

海棠愣了一下，湊過來道：「還請嬸子幫我。」

芳姑道：「劉俊那孩子雖模樣好，卻是個不頂事的，上頭有父母，下頭有妻女，就算妳能想法子擠走小婉嫁進去，那日子能好？依我看啊，妳嬸子就是把妳往火坑裡推。」

海棠神色黯然，道：「我家中那般光景，嫂子恨不得將我趕緊賣了換點銀子，父兄都指望不上。我孀子能幫我操心終身大事，我還能強求什麼？」
芳姑眼珠子一轉，道：「劉景有個弟弟，在城裡的私塾唸書，叫劉裕。他長得那叫一個俊，村裡的小姑娘瞧了他都移不開眼。劉裕在城裡唸書有學問，以後若是能考個功名，就是官老爺了。劉裕現在才十二歲，還沒訂親，妳比他正好大上三歲，俗話說，女大三抱金磚，我瞧你們兩人，郎才女貌，不知道多般配。」
劉裕是劉景的親弟弟，樣貌不差，還會讀書，將來能考功名。海棠一聽，立刻憧憬自己當官太太的威風起來。
又想到自己在劉家出過醜，想必以後想進劉家的門，難如登天。海棠臉色立刻黯淡了，心道都怪孀子亂拉線，將她大好姻緣給毀了。
芳姑又將劉裕吹噓了一番，海棠越聽越不甘心，時不時回頭遠望院子裡的翠姑，目光露出恨意。
芳姑見海棠神色，知她上鈎，心中暗爽：翠姑妳教我沒臉，我就挑撥妳姪女跟妳鬧騰，看誰不好過！
送走了芳姑，海棠果然跟翠姑鬧騰起來，指責翠姑不該亂給她拉線，壞了她姻緣。兩人吵翻了臉，海棠氣鼓鼓地收拾包袱，發誓再不理她那鄉下沒見識的孀子。
那邊翠姑家鬧翻了天，這邊張蘭蘭家一派融融和氣。
那母羊果然不愧是二兩銀子買回來的，奶量極大，餵飽了小娃娃，還有很多剩餘。張蘭蘭把剩下的羊奶重新分配，一部分給羅婉坐月子喝補身體，一部分給劉清、劉秀，讓兩個娃娃長身體，最後剩下的，自己和劉俊一人一半分了喝。

劉家人頭一次喝羊奶這麼高級的東西，都有些不習慣。大人們知道羊奶的珍貴，雖然喝不慣，也都一滴不剩地喝了。劉秀雖然才九歲，不過她聰慧懂事，知道羊奶是個好東西，娘讓她喝，她就乖乖喝。

六歲的劉清蹲在院子裡端著裝羊奶的碗，聞著奶味，皺著眉頭癟著嘴。

「喲。」一個穿著破舊的瘦小女人，懷裡抱著個一歲左右的男娃，神色有些瘋瘋癲癲，靠在院門上，正是村口賴皮張家的媳婦江氏。「清娃，你娘呢？」

劉清呆頭呆腦地眨眨眼。「娘到後院拔菜去了。」

江氏賊頭賊腦偷偷摸摸走進院子，看著前院這會兒只有劉清一人，又見那碗裡如凝脂般的羊奶，吞了吞口水，兩眼冒光。

「清娃，你不愛喝，就讓給虎娃喝唄。」江氏伸出手搶走劉清手裡的碗，湊到自己懷中的孩子嘴前。

江氏懷中的男娃彷彿餓極了，就著碗咕嚕咕嚕，沒一會兒就把一小碗羊奶喝得精光。

劉清還沒反應過來呢，江氏就將空碗塞進劉清手裡，虎著臉道：「不許告訴你娘，你要是敢說出去，我就把你抱走賣給拐子，讓你回不了家！」

劉清年幼單純，被江氏唬住了，愣愣的不敢吭聲，眼睜睜看著江氏抱著兒子跑了。

「清娃。」張蘭蘭拔了半籃子菜，又摸了兩個雞蛋，提著籃子從後院走出來，瞧見兒子蹲在地上發愣，走過去摸摸劉清的小臉，道：「羊奶都喝完了？」

劉清看看母親，想跟母親說剛才江氏搶羊奶的事，又怕江氏真的把他賣給拐子，低著頭不敢吭聲。

「清娃，把這兩個雞蛋給你隔壁王茹嬸子送去。」張蘭蘭從籃子裡掏出兩個雞蛋塞進劉清手裡。「這次多虧他們家幫咱們砌廚房，要不咱連口熱飯都吃不上。」

劉清低頭看看手裡的雞蛋，王茹嬸子家就住他們家隔壁，村裡空曠，兩家的院子雖然不挨著，但是離得不遠。若是平時，劉清定會蹦蹦跳跳的去送雞蛋，可方才他被江氏嚇了一下，這會子心裡害怕，可又不得不去送雞蛋，便揣著雞蛋，硬著頭皮出門去。

劉清剛出院門，就看見江氏抱著娃娃遠遠盯著自己，劉清嚇得小跑起來，江氏竟也跟著劉清跑。劉清年幼，跑不過江氏，被江氏一把抓住。

江氏身上臭烘烘的，頭髮似片油氈一樣蓋在頭頂上，不知道多久沒洗過。江氏瞧見劉清手裡的雞蛋，一把奪過來揣進自己懷裡，對劉清恐嚇道：「別告訴別人，不然小心賣了你！」說罷，江氏推了劉清一把，抱著孩子撒腿就跑。

劉清被江氏推倒在地，摔了個狗啃泥，忍不住哇地哭起來。

不遠處，海棠揹著個包袱遠遠地徘徊，她在劉景家院子外頭已經徘徊許久，越看越覺得劉景家什麼都好，院子比旁人的大，屋子比旁人的整齊。

海棠認出了劉清，眼珠子一轉，忙小跑過去，做出和藹可親的模樣，把劉清扶起來，用帕子擦乾淨他的臉和手。

劉清這會兒委屈得直哭，沒認出眼前這個溫柔的大姊姊就是先前來過家裡一次，被母親趕走的那位。

海棠好聲好氣地哄著劉清，最後七彎八拐地問到劉裕身上。劉清畢竟只是個六歲的娃娃，哪有海棠心眼多，兩三句就被海棠問出劉裕就讀的私塾在哪兒。

海棠得了有用的消息，哄走劉清，獨自踏上回城的路。既然沒人替她作主，她就自己掙！橫豎劉裕是個十二歲的小娃，她一個千嬌百媚的俏嬌娘還擄獲不了他？到時候劉裕被她迷住了，兩人生米煮成熟飯，看誰還能攔著她不讓她進劉家門！

天色未亮，張蘭蘭喝完一碗熱騰騰的新鮮羊奶，就著自家的醃蘿蔔吃了兩個野菜盒子，美美地打了個飽嗝。

新擠的羊奶沒有任何添加物，奶香四溢。農家的野菜採摘自鄉野地頭，真正的純天然無污染，做成盒子咬一口，唇齒間都是清香的甘甜味。醃蘿蔔脆脆的十分爽口，配上菜盒子一併吃，簡直完美！

吃過早飯，張蘭蘭收拾劉裕留在家裡的東西，貼身帶上十兩銀票，又數了五百文錢帶上，準備進城去。

這趟進城有很多事要辦，最主要的是去錦繡坊把繡樣的填色給描完，好了卻一樁事；還得去一趟劉裕的私塾送東西給他，順便偷偷給劉裕多交點伙食費，讓孩子吃得好些。

「清娃，在家乖乖聽哥哥嫂子的話，這次娘進城帶你姊姊就不帶你了，你姊還沒怎麼進過城呢。」張蘭蘭蹲在劉清面前，戳戳他的小臉蛋。

劉清嘟著嘴巴，很不情不願，他想待在娘身邊，因為有娘在，那個姓江的瘋婆子就不敢上他們家來了。可是劉清也知道，自己經常跟著爹爹進城，姊姊好不容易能有機會進城玩，自己不能跟姊姊搶。

劉清噘著小嘴點頭，嘟嘟囔囔道：「那娘要快點回家喔，清娃會想娘的。」

張蘭蘭在劉清小臉蛋親了一口，笑道：「娘也會想清娃的，清娃好好在家，娘就去一天，明日就回來了。」

劉清一聽說母親要明日才回，小嘴噘得更高了，劉俊忙在旁幫腔哄著：「清娃，今兒午後爹就要回家了，肯定給清娃帶好吃好玩的回來。」

一聽爹爹要回來了，劉清眼睛亮了亮，若是爹爹在家，他就更不怕那瘋婆子了。

可是……劉清看看母親，癟了癟嘴，他也好想娘在身邊，好捨不得娘，真矛盾。

張蘭蘭看了看天色，再不出發就趕不上牛車了。今兒劉景就要回家，她藉口進城為了給劉裕送東西和去錦繡坊替羅婉取新繡樣，實則半是為了描完繡樣，半是為了躲劉景。她可不想跟劉景共處一室，玩什麼小別勝新婚，還是腳底抹油溜之大吉的好，先躲個一天再說。

劉秀早就很乖地收拾好自己的換洗衣服，挎著小包袱在屋裡候著。

張蘭蘭囑咐劉俊一些家裡的事後，帶著劉秀往村口坐車去。

坐著牛車一路晃悠進城，張蘭蘭帶著劉秀徑直去了錦繡坊。王掌櫃正坐在內間喝茶呢，一聽小二說張蘭來了，茶也不喝了，急忙親自接待。

「劉娘子，妳的繡樣我叫我們大老闆瞧過了，老闆喜歡得緊！說妳畫的繡樣不是凡品，果然是從宮裡流出的東西，跟民間的天壤之別！」王掌櫃說得眉開眼笑。

得了大老闆青眼，張蘭蘭的分量自然不一樣。王掌櫃心道自己定要籠住這劉娘子，教她以後描的繡樣都賣給自家。

錦繡坊後院的小院被王掌櫃買下了，住著王掌櫃一家，王掌櫃的妻子胡氏是個俐落人，家裡收拾得乾淨雅致。王掌櫃共有兩兒一女，大女兒早就出嫁，大兒子在鄉下老家已經娶妻，小兒子是老來子，被王家夫婦帶在身邊。如今家中住著王掌櫃一家三口，並一個小丫鬟和粗使婆子。

將張蘭蘭母女領至待客的雅間後，王掌櫃親自捧了繡樣過來，又拿來筆墨各色染料若干。張蘭蘭將女兒劉秀託付給胡氏，自己在房中專心作起畫來。

上次在錦繡坊中原料不全，不過草草上色而已。張蘭蘭作畫一向認真，這會兒工具齊備，便投入十二分精力，待畫完十八張，已是正午。

張蘭蘭放下筆，伸了個懶腰，端詳著自己的作品，顯得很滿意。

「秀秀。」張蘭蘭習慣性地喊了喊女兒，卻沒聽見劉秀答話，這才想起來秀秀應該在胡氏那邊。

張蘭蘭出門，瞧見院子邊的大棗樹下蹲著兩個年齡相仿的小娃娃，一個是劉秀，另一個是胖乎乎的小男孩，生得唇紅齒白，瞧著跟年畫裡的胖娃娃似的。

只聽劉秀絮絮叨叨地說：「每到夏天，我就跟弟弟去地裡捉知了，你見過知了嗎？」

那小男孩點點頭，又搖搖頭。「夏天的時候，我只聽見知了在棗樹上叫，我想抓，我娘不讓，說怕我從樹上摔下來。」

劉秀哈哈大笑。「原來你不會爬樹啊，我小時候就會爬樹了呢。」

小男孩不服氣地鼓起腮幫子。「誰說我不會了，爬樹有什麼難的，我就爬給妳瞧瞧！」說著，竟要挽起袖子爬樹。

張蘭蘭怕他真的爬樹給摔著，忙出聲道：「秀秀，原來妳在這兒啊？」

劉秀一見母親，眼睛亮亮地跑過來，拉著母親的手。張蘭蘭摸摸劉秀的腦袋，說：「又淘氣啦？」

劉秀跺跺腳。「才沒有淘氣，胡伯母叫我領著弟弟玩，我跟弟弟說捉知了來著。」

劉秀口中的弟弟，便是王掌櫃的小兒子王樂。

王樂拍掉手裡的灰，過來衝張蘭蘭擠擠眼，一點也不認生，笑嘻嘻道：「嬸嬸好！」

張蘭蘭瞧兩個娃娃玩得一頭是汗，又沾了灰，弄得臉上髒兮兮的，便領著兩個孩子回房，拿帕子給孩子們擦乾淨，才又放他們出去玩。

王樂雖不是獨生子，可哥哥姊姊們都比他大太多，從前住在鄉下時，還有鄰居的孩子一起玩。可自從王掌櫃夫婦搬進城裡，連個同齡的玩伴都沒有，每日只和大他幾歲的小丫鬟玩。這會兒見了個與他同齡的小姊姊劉秀，黏得不行，只一早上的工夫，兩個小娃娃就好得形影不離。

午飯是胡氏親自下廚，做了一桌好菜招待張蘭蘭母女，王掌櫃和胡氏親自作陪，兩人都是生意人，慣會做事說話，賓主盡歡。

「嬸嬸，等一下還讓秀秀姊跟我玩好不好？」

用過午飯，張蘭蘭領著劉秀回屋小睡。王樂像個小尾巴似的跟在劉秀屁股後面，扒著門框，眼巴巴地瞅著張蘭蘭，黑葡萄似的眼珠濕漉漉的，像隻可愛的小狗。

「好好，晚些嬸嬸就讓秀秀姊去找樂樂玩。」張蘭蘭捏了捏王樂的小胖臉，那水滑的手感真是棒！

王樂絲毫不介意張蘭蘭捏自己的小臉蛋，只要嬸嬸能讓小姊姊和他玩。

「嗯嗯，謝謝嬸嬸！」王樂小腦袋點得跟搗蒜似的，伸出肉乎乎的小手，對劉秀道：「秀秀姊，那我們等等再一起玩，樂樂乖乖的，姊姊要陪樂樂，咱們來打勾勾。」

劉秀笑嘻嘻地湊過來，與王樂打勾勾，王樂得了許諾，這才戀戀不捨地拉著丫鬟的手，一步三回頭地走了。

張蘭蘭哄著劉秀睡了，又聚精會神開始畫繡樣。不知過了多久，聽見門外王樂的聲音。

「嬸嬸，秀秀姊起來了沒有？我拿了爹買給我的娃娃，跟姊姊一起玩。」

劉秀正睡得迷糊，聽見王樂的聲音，一下子醒了。

張蘭蘭忙著上色，只隨意道：「秀秀自個兒出去玩，娘還得忙呢。」

得了母親允許，劉秀歡快地穿衣洗漱，一開門，就看見王樂跟小狗似的守在門口，手裡舉著個木頭做的娃娃，眼巴巴地瞧著自己。

張蘭蘭忙活了一早上，手熟了，下午畫起來格外順暢。兩個時辰不到，已畫完了四十個，總共還差十三個。張蘭蘭計算了下，今晚借宿王家，明天白天半天時間應該足夠了，眼下她得先去一趟私塾，把劉裕的事辦了。

張蘭蘭收拾妥當，出門瞧見劉秀正在和王樂玩娃娃。

「秀秀，娘去私塾給妳二叔送東西，妳去不？」張蘭蘭問。

劉秀正玩得興起，隨口道：「我不……」而後突然想起那個溫文爾雅少年的身影，還有他臨走那句——「秀秀，沒事常來玩。」

劉秀頓了頓，低下頭思考著，語氣遲疑起來。

王樂覺出不對來，眼巴巴地瞧著劉秀，一萬個不願意劉秀走。

「唔，娘，我去。」劉秀站起來，許是玩得興起，雙頰有些發紅。

王樂一下子急了，眼眶紅紅地咬著嘴唇。「秀秀姊不和我玩了嗎？」

劉秀把手裡的娃娃放在王樂手裡，耐心地拍拍王樂的小腦瓜。「姊姊跟我娘出去一下，去看看我二叔，晚上就回來，樂樂在家乖乖的。」

劉秀哄慣了自家弟弟，這會兒拿王樂當小弟弟一般哄著。

王樂嘟著嘴，一臉不捨地點點頭。「姊姊早點回來，我等妳玩。」

張蘭蘭牽著劉秀的手往外走，王樂眼巴巴地跟在後頭，胡氏站在屋簷下捂嘴看著兒子笑。

「秀秀姊，妳一定要回來啊！」王樂扒在門邊，看著劉秀越走越遠的身影，喃喃唸道。

張蘭蘭先將十兩銀票兌成銀子，而後領著劉秀往劉裕就讀的私塾走。城裡頗大，張蘭蘭走得口乾舌燥，劉秀更是累得氣喘吁吁。張蘭蘭瞧見街邊有個茶攤，便領著劉秀要碗茶喝，坐下歇歇腳。

咕嚕咕嚕一氣兒喝了半碗茶，張蘭蘭才覺得好受些，心道這古代沒個公車，光靠走路簡直吃不消。劉秀累得蔫，靠在母親身旁。

這是條古樸的小街道，街邊擺著各色小攤，雖然不若西市那般繁華，但是勝在整齊乾淨，放在現代，可以說是一條小商店街。

張蘭蘭對逛街一向有興趣，這會子邊喝茶邊四處張望，忽地瞧見茶攤不遠處，街角的大樹下擺著張桌子，桌子旁邊立著面小旗，寫著「寫信讀信」幾個字，桌子內側坐了個少年，手裡執筆，正在寫什麼。桌子外側坐了個小販打扮的中年男子，正對那少年一邊說一邊比劃。

那少年怎地那樣面熟，張蘭蘭定睛一瞧，竟然是劉裕？

劉秀順著母親的目光看去，顯然也瞧見她二叔。

「咦，二叔怎麼在這兒？」劉秀站起來就要往劉裕那兒跑。

「秀秀，回來。」張蘭蘭一把將劉秀拉回來，做出一個噤聲的手勢。

劉裕面皮薄，讀書人大多有自己的清高。劉裕從未跟家人提過他在路邊擺攤的事，張蘭蘭猜想他未必想讓自己和孩子們知道。

「妳們是想寫信還是讀信？」茶攤老闆抽著旱煙，這會子生意不多，索性坐下和張蘭蘭母女閒聊。

張蘭蘭見老闆一副與劉裕熟識的樣子，問道：「老闆認識他？」

茶攤老闆點頭，道：「那小哥是城東私塾的學生，閒時就來這街上擺攤，幫人寫信讀信，偶爾幫人擬個契書啥的。咱們這邊都是粗人，大字不識一個，附近人都知道他，誰家要寫家書，或是家裡寄了家書，就都來找他，寫信兩文錢，唸信一文錢。」

張蘭蘭眼中露出欣慰之色，劉裕並非那明明窮得要死卻還死要面子活受罪的窮酸讀書人。這年頭筆墨紙硯價格不菲，劉裕能想到靠自己賺錢減輕家裡的負擔，很是難得。只是讀書本就清苦，劉裕還得出來擺攤賺錢，真是難為他了。

這時從街角走出一個人來，那人比劉裕小一些，氣質溫和，竟是章凌。章凌領著個老婆婆過來，扶她坐下，老人從懷裡掏出一封信給章凌，章凌拆開信慢慢讀給老人聽。

張蘭蘭真真吃了一驚，章凌是章槐先生的獨生孫子，書香門第，家境殷實，怎麼竟也跟著劉裕出來擺攤？

張蘭蘭不想被那兩個孩子發現，付了茶錢，帶著劉秀從另一條小街繞路走。此處離私塾不遠，張蘭蘭領著女兒走了一炷香的工夫，便瞧見私塾的大門了。

「秀秀，方才咱們瞧見妳二叔擺攤的事可別說出去，妳二叔臉皮薄。」張蘭蘭囑咐女兒。

劉秀點點頭，道：「行，娘不讓我說，我一定不說！」

兩人進了私塾，由於不是第一次來，張蘭蘭認得些路，叫院子裡的小童去通報章先生後，就自己在院子外頭等著。還沒等到夫子，倒是劉裕拉著章凌氣喘吁吁地跑進花園，見著嫂子姪女，臉上又驚又喜。

「嫂子好，我一聽說妳和秀秀來了，就忙趕過來了。」劉裕道。

「裕娃，嫂子把你在家裡落下的東西送來了。」張蘭蘭指了指包袱。

劉秀瞧見劉裕身旁的章凌，眼睛一亮，道：「凌哥哥。」

章凌笑咪咪地對劉秀作揖，道：「秀秀妹妹好。」

此時小童來花園尋張蘭蘭，道章槐先生可以見客。張蘭蘭便將劉秀託付給劉裕、章凌二人，自己去見章槐先生。

章槐對劉裕大嫂的到來頗為意外，見張蘭蘭從懷中掏出五兩銀子時，更是吃了一驚。

張蘭蘭本想將十兩銀子全給做劉裕的伙食費、生活費，反正她有錢，再多也給得起，但是細細一想，劉裕本是農家孩子，生活貧寒，私塾裡的先生、學生都知道。若是突然一下子從最差的伙食提升到最好的伙食，反差太大，容易引人眼紅，平白生出事端。五兩銀子已經是中等水平，足夠劉裕的營養發育。

「先生，還有件事要拜託您。」張蘭蘭道。「裕娃是個懂事的，我不想教他太操心家裡的事，反而分了唸書的心思。這五兩銀子是我的私房錢，請先生不要告訴裕娃，我給他多加伙食費的事。」

章槐摸了摸鬍子，伙食不一樣，劉裕自然會知道的呀，若是他問起來……章槐看著眼前一臉誠懇的婦人，心道看在她誠心誠意為孩子好的分上，自己就幫她圓個謊吧。

「好。最近我正好需要抄寫一批書稿，劉裕的字是學生們裡最好的，我就叫他閒暇時幫我抄書，他若問起伙食的事，我便說是抄書的酬勞。」章槐想了想道，又怕張蘭蘭一個鄉下婦人不理解，進一步解釋道：「讓劉裕抄書，對他可是大有好處。一方面鞏固學識，一方面我那書稿中有很多名家批注，他抄上一遍，對他學問極有幫助。」

張蘭蘭千恩萬謝地辭別了章槐先生，帶著劉秀回錦繡坊。

劉裕、章凌將張蘭蘭母女送出院門，劉秀依依不捨地和她章凌哥哥道別。

「小妮子，別看了，再回頭當心扭了脖子。」張蘭蘭打趣道。

劉秀一下子脹紅了臉。

回程的路上，劉秀顯得有些低落，張蘭蘭沿途買了劉秀最喜歡的桂花糕，這才哄得小妮子重綻笑顏。

剛進錦繡坊的大門，就見一個小娃娃一陣風似的衝出來。

「秀秀姊，妳可回來了！」王樂星星眼圍著劉秀轉圈，將張蘭蘭母女二人迎進後院。劉秀笑嘻嘻地分了一塊桂花糕給王樂，王樂簡直要樂開了花，將桂花糕捧著捨不得吃。

胡氏正在院子裡繡花，瞧著兒子沒出息的樣兒，笑得眼淚都快出來了。

趁胡氏張羅著晚飯的空檔，張蘭蘭帶著劉秀去前院的繡坊，想給劉秀買身衣服，家裡新買的布還沒來得及做成衣裳呢。

錦繡坊裡各色成衣齊全，從錦緞到細布的都有，張蘭蘭尋思著劉秀在鄉下穿錦緞顯得太突兀，就挑了身細布的裙子。劉秀從小到大根本就沒穿過新衣，這下子幸福來得太突然，呆呆地被張蘭蘭領著進了內室換衣裳。

藕荷色的短襖子上繡著朵朵荷花，裙襬繡著大大的荷葉，綴著零星的小荷花，將劉秀襯得跟出水芙蓉一般。

「看我們秀秀多漂亮。」張蘭蘭看著女兒，眼前一亮。劉秀不愧底子好，稍微換件漂亮的裙子便美得不像話。

「蘭妹子給秀秀挑裙子嗎？」胡氏聽聞張蘭蘭在自家店中挑裙子，也來湊熱鬧，剛掀了簾子進來，瞧見穿新衣的劉秀，眼中閃過一抹驚豔。這哪像是鄉下的丫頭，簡直比大戶人家的嬌小姐還美！

「呀，我們秀秀真是人比花嬌！」胡氏由衷讚嘆。

劉秀羞得雙頰緋紅，躲在張蘭蘭身後捂著臉。胡氏樂呵呵道：「蘭妹子，妳和秀秀在這兒等著，我去去就來。」

胡氏一陣風似的走了，過了一會兒又一陣風似的回來，手裡捧著個小盒子。

「這是我年輕時候的首飾，如今年紀大了用不著了。」胡氏打開盒子，裡頭是幾支小巧可愛的髮簪。胡氏瞧了瞧，挑了一支鍍銀的簪子，那簪子頂端有朵鏤空的蘭花，很是雅致。

「秀秀，妳坐下，嬸子給妳梳頭。」胡氏硬按著劉秀坐下，張蘭蘭含笑默許，在旁瞧著胡氏跟打扮洋娃娃似的給劉秀梳頭。

換個簡單的少女髮髻，再插上一根蘭花銀簪，劉秀亭亭玉立，彷彿清晨綻開的荷花。

「蘭妹子，我可真羨慕妳，有這麼標致的女兒。」胡氏端詳著劉秀，越看越喜歡。

「娘，妳們都在這兒做什麼？」門口王樂探出個小腦袋進來。

「娘在給你秀秀姊打扮。」胡氏笑道。

王樂哇了一聲竄進來，瞧見出水芙蓉一般的劉秀，頓時驚呆了。他從沒見過這麼好看的小姊姊，就算是以前來他們店裡買衣裳的縣令家的女兒，也沒有秀秀姊十分之一好看。

王樂看到呆住了，胖乎乎的小臉越脹越紅，滿臉通紅得簡直能滴出血來。

胡氏瞧兒子越發沒出息的樣子，笑彎了腰，打趣道：「樂樂，快伸手接著，眼珠子要瞪出來了。」

王樂這才反應過來，小屁股一扭，一陣風似的，跑得比兔子還快。

胡氏將劉秀摟在懷裡，左看右看，真是愛到心坎裡。這麼乖巧漂亮懂事的孩子，能不教人喜歡嗎？

胡氏眼珠子一轉，想著劉秀這般出色懂事，自己兒子又很喜歡這小姊姊，便起了給王樂、劉秀訂娃娃親的心思。

胡氏是個性子急的人，有了這心思，便立刻起了話頭，對張蘭蘭道：「蘭妹子，妳瞧我喜歡秀秀得緊，我家樂兒與秀秀甚為投緣，我看不如……」沒等胡氏把那句「結娃娃親」說出口，王掌櫃咳嗽一聲進來，一個眼神便喝止胡氏的話。

胡氏和王樂喜歡劉秀，王掌櫃只要不是瞎子，都看得出來。才半天工夫，胡氏一直念叨劉秀多好多好，王掌櫃與胡氏夫妻幾十年，自然猜得到妻子心思，因而在外間大堂的王掌櫃，聽見裡頭胡氏說話的動靜，立刻就進來了。

胡氏被丈夫盯了一眼，發熱的頭腦頓時冷靜下來，改口道：「不如我認秀秀當乾女兒可好？」

張蘭蘭並不曉得胡氏心裡的千迴百轉，只覺得既然胡氏真心喜歡她家秀秀，多個乾娘多個人疼也是好的。

「當然好了。」張蘭蘭笑拉著劉秀的手道：「我家秀兒能入得了姊姊的眼，是她的福氣。」

王掌櫃對妻子認劉秀當乾女兒的事，自然也是樂見其成。有了這層關係，錦繡坊和張蘭蘭的關係就會變得非比尋常，以後都是自家人，張蘭蘭自然會跟錦繡坊繼續合作下去。

胡氏見張蘭蘭應允，喜得合不攏嘴，抱著劉秀又摸又瞧，捨不得鬆手。

小地方的人沒那些講究，劉秀給王掌櫃夫婦磕頭見禮敬茶，王掌櫃給劉秀包了一兩銀子的大紅包，這事就算成了。胡氏剛得愛女，歡喜無比，將劉秀試穿的衣裳當見面禮送給劉秀，又取了好幾件適合劉秀的精緻首飾送她。

劉秀哪裡收過這樣大的厚禮，拘謹得不知該說什麼好，張蘭蘭笑著幫女兒把東西都收著，以後劉秀出嫁，這些都添到她的嫁妝裡。

王樂新得了乾姊姊，興奮地在院子裡轉圈。一家人索性不在家吃飯，由王掌櫃作東，一大家子去城裡最好的館子美美吃了一頓。

原本張蘭蘭這趟進城是該早去早回的，可胡氏新認了乾女兒，想多留劉秀幾天，便同張蘭蘭商量，要她多住些日子。張蘭蘭本就發愁這下回去得面對劉景了，胡氏的提議正中她下懷，便順水推舟地應承下來，答應再多住兩日。胡氏歡歡喜喜地摟著劉秀，叫人往張蘭蘭家捎了個口信，省得她家人擔心。

胡氏爽朗，又是真心喜歡劉秀，劉秀對她這乾娘很喜歡。吃了晚飯回王掌櫃家，胡氏又將劉秀拘在房裡陪自己，王樂纏著劉秀，非要跟過來。

這會子胡氏身旁陪著一兒一女，兒子伶俐活潑，女兒聰慧秀美，一對金童玉女似的。胡氏笑看一對小兒女在自己膝下玩耍嬉笑，其樂融融。直到夜深了，胡氏才戀戀不捨地放了劉秀回去。

張蘭蘭已經又上了四、五幅花樣的顏色，正打哈欠呢，就瞧見女兒推門進來。

劉秀顯得很幸福，她長這麼大，頭一次被這麼多人如此愛護重視，簡直跟飄到天空，踩到雲彩裡一樣。

張蘭蘭瞧女兒一副洋溢在幸福中的陶醉樣子，忽地有些吃味，這小妮子以後不會最喜歡她乾娘吧？

張蘭蘭使勁搖搖頭，不行不行，這可是自家的寶貝閨女，必須要最喜歡自己才行！

趕緊洗漱完畢上床睡覺。張蘭蘭哼哼唧唧地將劉秀摟進懷裡，劉秀這些日子同母親一起睡習慣了，習慣性地翻了個身，往張蘭蘭懷裡一鑽，感受到女兒的小動作，張蘭蘭心裡跟吃了蜜似的甜。

哼哼，我家秀秀還是最愛我的，想跟我搶女兒，門兒都沒有！

次日上午，張蘭蘭便將剩下的花樣全部描完，也算是了了一樁事。

張蘭蘭的活計已經做完，剩下的日子只剩悠閒，每日捧著杯茶和胡氏坐在廊下喝茶吃小點心曬太陽，瞧著王樂、劉秀在院中玩鬧，好不愜意。錦繡坊就在西市，張蘭蘭閒來無事便同胡氏去逛街。胡氏對西市極為熟悉，哪裡有什麼好東西都一清二楚，張蘭蘭便由胡氏領著，去給家裡一人買了一份搽臉的香脂和潔牙的牙粉，一大袋洗頭的皂角，還給買了兩份眉黛和胭脂水粉，自己一份，羅婉一份。

雖然穿越過來已經三十多歲了，可張蘭蘭並不覺得自己三十多了就該邋裡邋遢，隨便混日子。

買了東西梳洗打扮一番，張蘭蘭照著鏡子很滿意。原身雖是農婦出身，可這皮囊長得確實不錯，加上平日幹活，身材修長結實，一點贅肉都沒有，雖沒有傳統東方女性的柔弱之美，卻露出一些西方女性的健碩美感。擱在現代，原身這皮囊就是個成熟美豔的少婦，風韻更足。

反正都洗乾淨了，也搽了香脂胭脂描了眉，張蘭蘭看著身上舊舊的衣裳，越看越不順眼。橫豎錦繡坊裡最不缺布疋衣裳，張蘭蘭徑直去錦繡坊裡，給自己挑了身成衣買下。新衣素色淡雅，遠遠瞧著像青花瓷，張蘭蘭換上衣裳往那兒一站，簡直就是江南煙雨濛濛中的曼妙婦人。

胡氏笑著打趣。「果然人靠衣裝，蘭妹子這麼一打扮，簡直跟那富貴人家的夫人一樣。」

張蘭蘭與劉秀均是煥然一新，母女兩個站在一起，真真跟大宅門裡的夫人小姐一般。

不知不覺兩日過去了，到了該回家的時候。張蘭蘭起了個大早，穿上洗乾淨的舊衣，將新衣仔仔細細疊好裝進包袱裡。劉秀磨磨蹭蹭地洗漱，將她的新衣穿了又脫，脫了又穿，來來去去就是捨不得。

愛美之心人皆有之，劉秀從小都是穿別人舊衣改成的衣裳，頭一回穿這麼漂亮的新衣，還沒穿夠呢，母親就讓她穿回來時的舊衣裳。劉秀皺著小臉，不情不願地把新衣脫下，小心翼翼地疊好包起來。

母女倆收拾妥當，辭別了王掌櫃一家。王樂哭得眼睛都腫了，胡氏跟著抹起淚，劉秀淚汪汪地拉著胡氏的手，一句句乾娘叫得胡氏心都化了，真恨不得將劉秀留下別走。

依依不捨地分別，張蘭蘭承諾胡氏，下次自己進城的時候定會將劉秀帶上再來看胡氏母子。

送走劉秀母女，家裡頓時冷清下來，胡氏覺得心裡空落落的，看著院子都有些空蕩蕩，不是滋味，王樂更跟霜打的茄子一般，蔫了吧唧地坐在院子裡發呆。

「這才一會兒不見，就怪想那小妮子的。」胡氏撫著胸口嘆氣。

王掌櫃瞥了胡氏一眼，道：「等下次劉娘子帶她進城，不就能瞧見了。」

胡氏又嘆氣。「蘭妹子鮮少進城，下次還不知是什麼時候呢。咱們樂兒也喜歡她，要是能把秀秀留在身邊就好了。」

王掌櫃心知妻子還不死心，一副恨鐵不成鋼的眼神瞅著胡氏。「我瞧妳平日持家挺精明的，怎麼在這關鍵事上總犯糊塗呢？樂兒的婚事又不是兒戲，怎能由著妳胡來？」

胡氏心裡本就不舒服，被丈夫一頂，火氣也上來了。「我怎麼就胡來？你不也瞧著秀秀那孩子好嗎？咱們樂兒多喜歡他秀秀姊，要是秀秀嫁給樂兒，那豈不是皆大歡喜？」

王掌櫃拍了拍大腿。「妳個頭髮長見識短的婦人，我好不容易在城裡站穩腳跟，攢了些家財，指望著送樂兒去讀個功名，將來光宗耀祖。那劉秀是什麼出身？不就是個農家女娃，她的身分哪能配得上咱們樂兒？將來咱們樂兒可要娶官家小姐的。劉秀家門不當戶不對的，妳就收了結親的心思吧，我看認成乾女兒就挺好。」

王掌櫃家本是農家出身，因著王掌櫃很有些本事，在城裡折騰出些名堂，成了錦繡坊的掌櫃。可商人地位低下，對外他們還是自稱是農家，手頭有錢，回老家買了千畝良田租賃給貧農耕種，每年的收入很可觀，已經成了老家村裡的首富。王掌櫃帶著小兒子進城，還有一層意思，便是讓小兒子在城裡讀書，將來考個功名，光耀門楣。

王掌櫃的打算，是等兒子身上有了功名，自己砸銀子也要攀上官家的姻親，自然是看不上劉秀家這等普通農家。

胡氏撇了撇嘴，很不以為然。考功名豈是想考就能考上的，殊不知多少人考到頭髮白了，還考不上個秀才。胡氏這個當娘的最瞭解自己兒子，王樂生性頑皮，不喜讀書，也不是讀書的料子，多半是考不出什麼名堂的。

再說就憑劉景的手藝和張蘭蘭一手描繡樣的絕活，劉家的家底將來絕對差不到哪裡去，怎麼就配不上自己家了？

這會子劉秀窩在牛車的角落裡，靠在母親身邊迷迷糊糊的，手裡還不忘緊緊抱著裝她新衣裳、新首飾的包袱，一點也不知道自己的身價已經被乾爹乾娘掂量過一番。

張蘭蘭瞧著女兒十分寶貝她的東西，一陣辛酸，只恨原身對劉秀太差勁，讓孩子什麼好東西都沒享用過，這才如此寶貝一件新衣裳幾件首飾。

牛車慢悠悠地走在田間的小路上，秋天的風有些涼，吹得張蘭蘭臉上有些微疼，幸虧新買了搽臉的香脂，要不過個冬，臉都要皴得發紅了。

一車人晃悠了許久，牛車徐徐停在劉家村的村口，張蘭蘭一抬頭，就瞧見劉景從村口的樹下朝自己跑過來。

「蘭妹、秀秀，可算回來了。」劉景對張蘭蘭笑笑，一臉期盼的樣子。

「爹爹！」劉秀瞧見她爹，興奮地從牛車上站起來朝劉景撲過去。劉景接住女兒，抱著她轉了好幾個圈才放下。

「蘭妹，下車吧，咱回家去。」劉景微笑著朝張蘭蘭伸出一隻手。

夕陽有些晃眼，張蘭蘭瞧了眼劉景，他的笑容很暖，整個人被夕陽籠了一層金色，張蘭蘭忽地想起前世渣夫第一次將年輕小三領回家挑釁她的時候，也是一個殘陽如血的深秋。

張蘭蘭心頭忽地一冷，避過劉景的手，提著裙襬跳下車，頭也不回地朝家裡走。

嫖娼的男人，沒有讓她在意的價值。張蘭蘭默默對自己說。

一進院門，張蘭蘭就瞧見小兒子劉清蹲在院子裡玩木雕。

「娘！」劉清一見母親，扔了手裡的木雕，撲進母親懷裡使勁蹭，用力吸了吸鼻子，道：「娘身上也香香的。」

張蘭蘭又想起劉清說劉景帶他去青樓的事，回頭狠狠瞪了劉景一眼，揉著劉清腦袋道：「娘臉上搽了香膏，所以香。一會兒清娃洗淨臉，娘也給清娃搽香香。」

劉景一手拎著張蘭蘭她們帶回來的包袱，一手牽著女兒，冷不防被妻子瞪了一眼，心裡咯噔一聲，心道：難不成是妻子去私塾送東西的時候，章槐先生不小心把劉裕束脩伙食的事說漏嘴了？

劉景頓時一陣心虛，雖說他隱瞞妻子也是迫不得已，可畢竟隱瞞就是隱瞞，妻子若是因此而生氣，那他也認了。如今只盼他多多顧家，分擔家務事，好讓妻子不那麼生氣就行。

「蘭妹，妳一路奔波定是累了，妳去屋裡洗把臉歇著，我這就燒火做飯去。」劉景憨憨一笑，摸了摸劉秀的腦袋，對女兒道：「秀秀也累了，不用幫爹燒火，也歇著去吧。」

劉秀應了一聲，抱著她的包袱鑽進屋裡，找個箱子好生收著她的寶貝。

張蘭蘭悶不吭聲地跟進屋，一想到方才劉景那近乎討好的笑，心裡就更不舒服。定是劉景去逛青樓心虛，所以才刻意討好自己來著！本就是個渣男，何必裝成好丈夫來騙人？

「娘！我洗白白了，我也要搽香香！」劉清跟個小鋼炮似的衝進來，撲進張蘭蘭懷裡。

張蘭蘭瞧著兒子眼巴巴的小樣，方才那點因為劉景而不快的心情頓時煙消雲散。不就一個渣男嘛，不理他就是，自己還有這麼可愛的孩子們。

張蘭蘭從包袱裡掏出自己那盒開封的香膏，用指頭剜了一小塊，用手掌勻開，在劉清的小臉上一陣亂揉。劉清本就長得細皮嫩肉，此時小臉蛋被張蘭蘭揉成了小包子，十分可愛。

張蘭蘭蹂躪了他一會兒，劉清哼哼唧唧地嘟囔。「好了沒有啊？」

張蘭蘭這才住手，湊過去在劉清小臉蛋上親了一口，笑道：「好啦，咱們清娃現在又嫩又香！」

「娘，秀秀也要搽香香！」劉秀也湊過去，雖然她早上出門的時候搽過了香脂，可她也想讓母親像給弟弟搽臉一樣給她搽。

「好好好，給我家秀秀也搽。」張蘭蘭笑著絞了張帕子，給劉秀擦了把臉，也一樣給她搽了面脂香膏。

姊弟倆都白嫩嫩香噴噴，繞著張蘭蘭身邊嬉笑玩耍。

「娘回來啦。」門口，羅婉抱著孩子笑盈盈地走進來。

張蘭蘭忙拉著羅婉坐下，道：「這剛出月子，還是要多休息，沒事別到處走。」

羅婉月子裡養得面色紅潤，這會子容光煥發，將懷中的奶娃娃遞給張蘭蘭，道：「娘，我哪有那麼嬌氣，都養了足足一個月，再不起來幹活，骨頭都懶了。」

張蘭蘭幾日不見小孫女，想得很，抱著孩子逗弄一番。小娃娃從小吃羊奶，養得白白胖胖，很是漂亮。

「對了，娘給妳買的東西。」張蘭蘭從包袱裡掏出給羅婉買的胭脂水粉。「我聽王掌櫃媳婦說，城裡的大姑娘小媳婦都用這個，娘就買了兩份，咱娘兒倆一人一份。」

羅婉紅著臉擺擺手，道：「讓娘破費了，我哪用得著這個。」

「怎麼用不著了？」張蘭蘭打斷她，道：「咱們小婉生得這麼好，再描個妝，那叫一個漂亮。」

說罷，不由分說地摁著羅婉坐下，要給她上妝。羅婉長這麼大，從來沒上過妝，更不知道這些東西怎麼用。張蘭蘭在現代時每日化妝，算是半個化妝高手，上粉，描眉，掃胭脂，最後畫唇。羅婉皮膚白嫩五官清秀，底子極好，只化了淡妝，就讓張蘭蘭驚豔不已。

「我家小婉生得真好。」張蘭蘭對著羅婉左右端詳，讚嘆不已。不愧是十五、六歲的小姑娘，雖說已為人母，可依舊嫩得能掐出水來。

女人哪有不愛美的，羅婉摸著自己的臉蛋，對著鏡子，臉紅得像天邊的雲彩。

張蘭蘭給羅婉上了妝，又給自己搽臉上了個淡妝。她雖然不如羅婉年輕水嫩，可五官臉型很精緻，稍微一上妝，整張臉就明媚起來。

婆媳兩個站在一起宛如姊妹，一個風韻明豔，一個溫婉動人，樸素的房間也彷彿變得光芒四射起來。

「爹，張屠夫說不賣肉給咱們家。」劉俊垂頭喪氣地進了院子。原本爹爹叫他去買二斤肉給娘接風，可誰知道他到了肉鋪子，那張屠夫竟然不賣肉給他，說什麼張屠夫的媳婦桂姑生了個閨女，全是因為張蘭蘭去買魚買肉時帶了晦氣去，才害得他張家沒得男丁。

劉俊面皮薄，吵不過張屠夫，沒買到肉，灰溜溜地回來。

劉景一聽，眉頭皺起來，這張屠夫媳婦生男還是生女，關自己媳婦什麼事？難不成以後劉景家想吃肉都沒地方買了？這可怎麼成！

張蘭蘭在屋裡聽見劉俊的話，眉毛一橫。以後沒肉吃了？那不行，絕對不行，人生沒有肉吃還有什麼樂趣！

「這是什麼歪理，我找他說道說道去。」張蘭蘭起身走出屋。

羅婉怕婆婆生氣，忙將孩子放在床上跟出來，打算勸婆婆消氣。

「啊！」劉俊一眼就瞧見跟在母親身後的媳婦，一下子就跟被打了一棍子似的，眼睛直勾勾盯著羅婉，眼珠子都快掉地上了。

劉景是過來人，瞧見兒子的眼神不禁笑出聲來。「臭小子，瞧你那沒出息的樣子，跟沒見過媳婦似的。」說著，劉景轉過頭，瞧見自己媳婦。「啊！」

劉景眼珠子瞪得比劉俊還大。

父子倆同時呆住了，各自看著各自的媳婦移不開眼。明明媳婦還是原先的媳婦，面上覺不出有什麼變化，可不知為何突然間就覺得人美了許多，兩人簡直看呆了。

羅婉被劉俊瞧得雙頰緋紅，忙躲在婆婆身後。

別說古代的男人了，就是現代的宅男也分不清素顏和裸妝。劉景父子倆壓根兒就不知道為啥自己媳婦明明沒什麼變化，卻變得讓人移不開眼。

張蘭蘭瞧劉景盯著自己看那沒出息的樣子，不禁冷哼：渣男，讓你眼饞去吧！

「咳咳。」劉景意識到自己失態，咳嗽了一聲，用力拽了拽兒子的胳膊。

「啊？爹？」劉俊這才如夢初醒一般回過神來，一時也跟著懊惱起來，臉紅得跟猴子屁股似的。

「那個，爹去買肉，俊娃你看著家裡。」劉景鬧了個大紅臉，忙急急往外頭跑，劉俊也滿臉尷尬，追著劉景跑出去，邊跑邊喊：「爹，你沒帶錢……」

婆媳兩個瞧著那沒出息的父子倆，噗哧一聲笑作一團，劉秀、劉清扒著門邊好奇地朝外張望。

「姊，爹爹、哥哥他們是怎麼了？」劉清好奇地小聲問。

「我也不知道，誰知道爹爹和哥哥臉咋紅得跟猴屁股似的。」劉秀呆呆地搖搖頭。

過了半晌，劉景帶了肉回來，劉俊屁顛屁顛跟著他爹一同回家。父子倆一回家就一頭紮進廚房忙活，張蘭蘭壓根兒就無視劉景，瞧劉俊面皮薄，忍住沒揶揄他。

父子倆忙活了約莫半個時辰，竟然做出了一桌子菜。

以前劉景在外的時候，張蘭蘭和幾個孩子都在屋裡吃，這會子家裡人多，便在堂屋擺了飯桌開飯。張蘭蘭到飯桌前一看，喲嗬，一桌菜有葷有素，瞧著賣相都不錯，沒想到劉景做起菜來有模有樣。

劉景摸摸後腦，沒忍住想看妻子，卻又不好意思，拚命挪回目光，解釋道：「前幾個月在城裡做活，給我們做飯的老嬸子病了，我時不時幫廚，做多了也學了點手藝。」

一家人圍著桌子坐下，劉景巴巴湊過去，想挨著張蘭蘭坐。張蘭蘭一把將劉秀拉到自己和劉景中間，道：「秀秀想她爹了，來挨著爹坐。」

劉秀高高興興坐在父母中間，以前她只能坐在最末的位置，只有弟弟有這個優待可以坐在爹娘中間。劉景本就疼女兒，見妻子讓女兒坐兩人中間，很替劉秀高興。

劉俊挨著羅婉坐，鼻尖飄來一陣陣若有若無的幽香。羅婉剛出月子，夫妻兩人好久沒親近，這會子劉俊心神蕩漾，傻乎乎盯著媳婦看，只覺熱血沸騰。

平心而論，劉景做菜的手藝還不錯，一家人吃得心滿意足。

吃過飯，孩子們在院子裡玩，張蘭蘭覺得有些困乏，回屋躺著半瞇著打盹，忽地感覺有人在自己身邊坐下。張蘭蘭以為是劉秀或者劉清來尋自己，翻了個身，伸胳膊摟住那人。不對！張蘭蘭感覺到異樣，張開眼睛一看，劉景坐在床邊，自己正摟著他的腰。

張蘭蘭瞬間從床上彈起來，一臉防備地看著劉景。這傢伙想幹麼？進屋不知道敲門嗎！

劉景搓著雙手，心裡想著該怎麼跟妻子開口解釋自己隱瞞劉裕束脩的事。明明是六兩銀子，自己少說了一半，一直跟妻子說的是三兩，妻子就是打他罵他，他也認了。

張蘭蘭不曉得劉景的心思，瞧他一副欲言又止的樣兒，心道這渣男不知道又揣了什麼壞心思。

夫妻兩人各懷心思，氣氛有些僵持。

「蘭妹，坐。」劉景拍拍床邊，示意張蘭蘭坐自己身邊。

張蘭蘭淡淡道：「我不累，站著就好。」

劉景見妻子對自己十分冷淡，心道一萬個不好，妻子肯定是氣極了自己。

「好，那我也陪妳站著。」劉景站起來，低著頭，小聲道：「蘭妹，裕娃束脩的事，我不是有意瞞妳。妳去過私塾，想必妳也知道了束脩是六兩銀子一年，不是三兩。」

「啊？」張蘭蘭正猜測劉景想幹點啥壞事呢，沒想到他突然提起劉裕束脩的事，一時沒反應過來。

「我知道六兩銀子是筆大數目，我以前是怕妳知道了就不讓裕娃上學，才少報了一半。讓裕娃唸書是咱爹娘臨終唯一的遺願，我這個做兒子的在爹娘活著時沒盡多少孝，若是連爹娘這點心願都做不到，那我真是畜生不如了。」劉景皺著眉頭，一臉自責。

張蘭蘭抬頭瞧他，劉景本就輪廓鮮明，眉頭一皺更顯得眉目深邃，有種歐美帥哥的感覺。

「這回多出那三兩銀子，我沒從我工錢裡私藏。平日做完活，晚上我就在房裡做些私活，林林總總掙了二兩多銀子，又向東家借了幾百文湊足三兩，我再多做些私活，沒多少日子就能還上東家的錢。」劉景老老實實地交代那多出的三兩銀子的來源，還從懷裡掏出個布包來佐證。「我平日沒事就做木簪子賣錢，兩文錢一支。」

張蘭蘭打開布包一看，裡頭確實是十幾根木簪子，根根打磨得十分光滑，的確是劉景的手藝。

「上次在城裡見妳的時候，我給過妳一支木簪子。」劉景道。「就是我挑了裡頭最精緻的一支送給妳，要不然我一個大男人，身上帶個女人的木簪子幹啥。」

張蘭蘭細想一下，那次城中與劉景是偶遇，既然是偶然碰見，劉景自然不可能未卜先知地把給自己送的簪子帶在身上。這麼一想，就說得通了，定是他隨身揣著做好的木簪子要去販賣，恰巧遇見了自己。

張蘭蘭拿起一支木簪子仔細瞅瞅，劉景的木工手藝很好，還仔細給簪子上了漆，做出的木簪子不亞於現代那些雕刻家做出的木雕藝術品。兩文錢一根的木簪子，對女人來說確實是實惠又漂亮的選擇。

劉景低著頭，一副做錯事等待責罰的樣兒，又長又密的睫毛輕輕顫動，透出心中的不安。

哼，老老實實來交代私房錢的事，還算有點良心。張蘭蘭輕輕哼了一聲，把簪子放回去。

不過自己可不會因為他交代這點無關痛癢的小事而原諒他的！張蘭蘭堅定地暗暗握拳，

可不能被劉景這副好皮囊和可憐巴巴認錯的模樣給騙了，他可是明明有老婆孩子還去青樓的大！渣！男！

「行了，我知道了。」張蘭蘭哼哼一句。「以後我不再反對裕娃唸書，要是有需要銀子的地方，你就大大方方跟我說，別委屈了孩子。」

劉景眼睛一亮，目光灼灼地盯著張蘭蘭，道：「蘭妹，這麼說妳不怪我藏私房錢給裕娃唸書了？」

一碼事歸一碼事，在這件事上張蘭蘭對劉景是很理解的，而且他現在主動承認錯誤，自己沒必要揪著那幾兩銀子不放。況且自己還有一百兩銀子和分成合同的事，也沒告訴劉景，這就算是扯平了吧。

「嗯，不怪你。」張蘭蘭點頭。「孩子願意唸書是好事，要我看，啥時也該把清娃送去唸書才是。」

劉景一看妻子變得如此通情達理，喜出望外，歡喜得一把將張蘭蘭抱起來轉了個圈。

張蘭蘭嚇了一大跳，劉景三十好幾的大叔，怎麼跟個頑童似的說抱就抱？

「快放我下來！」張蘭蘭一拳捶在劉景肩膀，劉景哎喲一聲鬆了手，張蘭蘭剛落地，身子就趕忙往後趔趄了好幾步，生怕劉景再來抱她。

張蘭蘭手勁大，劉景肩膀上那拳挨得不輕，不過他顯得很高興，絲毫不在意妻子打了自己一拳。

「蘭妹，我都打算好了。」劉景硬拉著張蘭蘭的袖子讓她坐下，兩人坐在床邊，劉景開始扳著指頭盤算。「像上次那種大戶人家好幾個月的木工活不多，幾年也遇不到一次。可這幾個月我賣簪子，倒是讓我發現了個發財的門道。」

一聽賺錢的事，張蘭蘭來了興趣，示意劉景繼續說。

「這批簪子我都是用下腳料做的，自己沒花一文錢買木料。這次東家做的家具全部用紅木，我就做紅木簪子，質地好做出來漂亮，連漆都用刷家具剩下的。這二兩多銀子，等於是純入帳。我忙時一天能抽空做十來根，閒了一天能做二十來根，累計下來，也是筆不小的收入。」劉景粗略算了算。「入冬農閒，做家具的活計少，我若是一天做二十根，一個月就是六百根，每根兩文錢，一個月就有一千二百文錢。多了一兩多收入！木料和漆我就去收做家具的下腳料，花不了多少本錢。」

張蘭蘭回憶了一下，往年秋冬生意最淡的時候，劉景都賦閒在家，若是能做些木簪子，也是一筆不小的額外收入，當下便表示支持。

得了妻子支持，劉景更是放下心。「我再多做些簪子，等開春了就有銀子送清娃去私塾唸書了。就讓他和他二叔在一塊兒，互相有個照應。」

讓劉清唸書，自然是再好不過，張蘭蘭尋思著劉清的束脩讓劉景出了，自己回頭再偷偷貼補些銀子，讓孩子吃的伙食好些便可。

將束脩的事交代清楚，劉景覺得一直壓在心中的大石落地，以後便可坦坦蕩蕩，頓時渾身舒暢。心情好了起來，劉景瞧著妻子，越看越覺得張蘭蘭簡直人比花嬌，心癢癢的往張蘭蘭身邊湊了湊。

張蘭蘭猛的覺得耳畔一陣男性的鼻息，打了個哆嗦，拔腿就跑出屋。

「哎呀，蘭嫂子。」一個胖胖的小媳婦正巧跨進劉景家院門，瞧見匆匆忙忙從屋裡跑出來的張蘭蘭，忙上前搭話。「嫂子，妳家掌櫃的在不？」

劉景在屋裡應聲走出來，瞧見這是村子南邊錢老頭家大兒子的媳婦周氏。

錢老頭是個鰥夫，年輕時積攢了些家財，算是村中富戶，他共有四個兒子，每個都不是省油的燈，前些年鬧得厲害，便分了家，錢老頭如今同大兒子一家住在一塊兒。

「哎喲，劉家大哥，我家想請你幫著做些家具。木料什麼的都準備好了，你只管做活就成，都是一個村的，工錢啥的好商量。」周氏搓著手笑道。

「行，正好這兩日我閒著，明兒個就上妳家去做活。」村中常有村民找劉景做木工活，劉景對此很司空見慣，順口問了句：「妳家要做啥啊？」

那周氏神色有異，含含糊糊地不肯說，只說家具要得急，請劉景現在就過去開工。

劉景雖覺得有些奇怪，不過都是鄉里鄉親的，既然人家東西都準備好了，又要得急，他便答應下來，收拾好做木工用的工具箱子，跟著周氏走了。

第六章

劉景出門後一直到太陽落山，還沒見回來。

劉俊有些急了，這大晚上的連光線都沒有，爹爹沒法做工，怎麼還不回來。

張蘭蘭倒是淡定得很，劉景那麼大個男人，又在村裡鄰居家，會發生什麼事？

「娘，我去找爹。」劉俊坐不住，打著燈籠要出門。

「唉，算了算了，我也跟著去吧，要真有什麼事還有個照應。」張蘭蘭無奈，好歹劉景也是孩子們的親爹，她不看僧面看佛面，為了孩子們，還是去瞅一眼這渣男死出去幹麼了。

母子倆打著燈籠出門，天已經黑得嚴嚴實實。村民為了省錢，大多不點燈，整個村裡黑烏烏的一片，唯一的亮光就是劉俊手裡的燈籠，四周環繞著黑漆漆的屋子和大叔，影影綽綽，很有些恐怖的味道。

兩人走了一會兒，劉俊說了聲「到了」，在一處宅子前停下。

這宅子便是錢老頭家的祖宅，比村裡普通的宅子要大些。劉俊上前咚咚地拍門，拍了好一陣子，裡頭一點響動都沒有。張蘭蘭就著門縫往裡看，瞧見屋子裡透出一丁點亮光。

「劉景！開門，快開門！」張蘭蘭知道宅子裡有人，可他們兩個敲了半天門，裡頭的人竟然沒有反應，事出反常必有妖，張蘭蘭也開始擔心劉景出什麼事了。

張蘭蘭大嗓門，喊了好半天，裡頭才有人應聲。

「誰呀？」一個男人隔著門問。

「我是劉景家的，我家劉景下午跟你們家的過來做活，這會兒人還沒回家，我來叫他回家。」張蘭蘭道。

那男人含含糊糊地咕噥了幾句，很不情願地開了門。

張蘭蘭進門一看，這男人正是錢老頭的大兒子錢大。

錢大身材肥胖，領著張蘭蘭母子進門，嘴裡開始不停抱怨。「蘭嫂子，不是我說，妳家掌櫃的真是個死腦筋，怎麼說都轉不過那個彎來，倔得跟頭牛似的。我就不明白了，怎麼就有人會跟銀子過不去呢？」

張蘭蘭不明白錢大說的什麼意思，可錢大來來回回就反覆那麼幾句話，無非是說劉景脾氣倔，跟錢過不去云云。

錢大領著張蘭蘭母子走到後院，錢家後院很大，在靠後牆的地方搭了個棚子，劉景一言不發地坐在棚子下，屁股下頭坐著他的工具箱，旁邊堆放著好些木料。周氏手裡端著個碗，正絮絮叨叨地不知在嘮叨什麼。

周氏一見張蘭蘭來了，哎喲喂一聲，迎上來拉著張蘭蘭的手，將手裡的碗捧到張蘭蘭跟前，苦著臉抱怨道：「蘭嫂子，妳瞧瞧，我給劉大哥做的都是好飯，妳瞧這碗裡，都是肉，可他就是不領情，一筷子不肯動，嫂子妳幫我勸勸他唄。」

劉景冷冷地瞥了周氏一眼，不屑地哼了一聲，道：「妳家的飯我哪敢吃，我要是敢吃了一口，不得把我一家老小的生計賠進去！我看妳是個女人才不跟妳動手，妳要是再攔著我不讓我走，我就不客氣了！」

劉景很厭惡地看著周氏，他早就想走了，可這周氏跟個流氓似的非要他留下，劉景一邁步子，周氏就用她胖胖身軀去擋，劉景礙於男女大防，不想推周氏身子，周氏看準劉景不敢動自己，一直用身子攔住劉景不讓他走。

「我跟妳說，妳家這活兒我做不了，妳把我扣著不讓走也沒用，這活兒我是堅決不做！給多少銀子都不做！」劉景是真的動了怒氣，這會兒媳婦兒子都來了，周氏要是還想耍賴，自己妻子也是女人，女人總能拉女人吧。

周氏一看劉景要走，臉上的肥肉一顫一顫的，作勢要撲上去攔劉景。

張蘭蘭在一旁瞧得一頭霧水，不過劉景是她名義上的丈夫，在外她還是要維護家人，不能教這女人拿住劉景。於是張蘭蘭很從容地伸出手，一把抓住周氏後頸的衣服。

周氏身材肥胖笨拙，冷不防被張蘭蘭這麼一抓，一下失去平衡，一屁股摔坐到地上，立刻嚎啕大哭起來。「打人啦！劉木匠打人啦！」

張蘭蘭咋舌，明明是自己伸手的，這周氏就在她眼皮子底下顛倒黑白，還有沒有天理了？

誰知劉景面上更是冷冰冰。「妳喊啊，把左鄰右舍都喊過來，瞧瞧妳家做的好事！」

一直默不作聲的錢大一聽，忽地上前一步，一巴掌打在周氏臉上，罵道：「鬼嚎個什麼，還不趕緊閉嘴！」

周氏挨了丈夫一巴掌，嚇懵了，住了嘴，麻溜地從地上爬起來。

錢大討好一般對劉景陪笑臉，見劉景不為所動，轉頭對張蘭蘭陪笑道：「嫂子，妳勸勸我劉大哥，什麼活兒不是活兒，我家銀子給得多，足足給一兩工錢，活兒又輕鬆，嫂子妳勸勸劉大哥唄。這可是一兩銀子啊！哪找這麼好的活兒去。」

張蘭蘭不明所以，剛要問問到底是怎麼回事，劉景怕張蘭蘭不知情被錢大欺瞞了，忙先出聲解釋，指著地上的一堆木料道：「我劉木匠做的是陽宅裡的家具木工，你這陰宅裡的棺材，不歸我做。你若想做棺材，去找棺材鋪的人便是，找我做甚！我若是今兒貪財，接了你這活兒，往後傳出去讓人家知道我劉景做過陰宅裡的東西，還有誰敢給我活兒做？你這不是要斷了我一家的生計！」

這個時代的人極為迷信，對生死之事尤其畏懼。一般人都不願意沾染陰宅或者喪葬之事，做的人少，所以相關東西的價格就昂貴。按照現在的行情，做一口棺材，若是自備木料，至少要給做棺材的工匠五兩銀子的工錢，若是用棺材鋪的木料，價格更高。

所以窮人死了，大多是一卷草蓆裹屍，草草埋了了事，能用得起棺材的人家少之又少。

張蘭蘭這下是明白了，錢大夫婦定是又想給錢老頭用棺材把身後事辦得體體面面的，又不想多花錢請棺材鋪的工匠，便將歪腦筋動到了劉景身上，認為劉景反正是個木匠，做口棺材的手藝還是有的。

「對，這活兒不能接。」張蘭蘭點頭附和，劉景要真做了口棺材，那他下半輩子估計就只能做棺材了，再沒人會找他做家具木工活了。到時候別說做家具、賣簪子，估計全村人見他們全家人都要繞著走。

「妳這話說的，怎就不能接了？」周氏賴皮地湊上來，指著張蘭蘭道：「我叫妳一聲嫂子，妳咋這麼不幫人呢？都是一個村的，連這點小忙都不幫，又不是不給銀子，矯情個啥。我們家又不往外說劉木匠做棺材的事，誰會知道！」

張蘭蘭冷哼一聲，周氏這廝真是個無賴，這天下哪有不透風的牆！周氏竟然毫不體諒劉家人的難處，自私到了極致。

劉景本就對錢大夫婦窩了一肚子火，尤其對總仗著她是女的，自己不敢碰她而有恃無恐的周氏更窩火，這會兒見周氏竟然敢指著自己媳婦出言不遜，劉景那一肚子火噌噌地就燒了起來，一把將張蘭蘭拉到身後護著。

張蘭蘭也被周氏撩起了火氣，剛想撩起袖子跟周氏理論，就被劉景拉開。

「誰稀罕你那破銀子，自己留著吧！」劉景怒道。「別說一兩銀子了，就是給我一萬兩，我也不幹！蘭妹，傻娃，咱們走，回家去！」

劉景一家三人要往外走，錢大夫婦不知哪根筋不對，瘋了似的撲上來，錢大死命扯著劉景的衣袖，周氏想去抱劉景大腿，張蘭蘭眼疾手快，一腳踹開她。

「發什麼神經病！」張蘭蘭活了兩輩子，還沒見過這麼胡攪蠻纏不講理的人。

「打人啦！打死人啦！」周氏挨了一腳，也不管會不會被鄰居知道，坐在地上兩腿使勁蹬，殺豬似的嚎叫起來。

劉景氣得面色通紅，張蘭蘭也是一愣，劉俊哪見過這陣仗，呆呆看著周氏打滾。

張蘭蘭眼珠子一轉，不對啊，她才是村裡有名的悍婦，哪能教周氏這個後生搶了自己風頭，於是張蘭蘭忽然「啊」一地大叫一聲，身子軟軟朝劉俊方向倒過去。

劉俊眼疾手快地接住母親，一臉茫然。

「啊，誰打我?!打得我頭疼……腰疼……胸口痛……」張蘭蘭口中呻吟著。

劉景一看妻子竟然暈倒了，急忙從兒子懷裡把妻子搶過來抱著，焦急得聲音都顫抖了。

「蘭妹，妳這是怎麼了？」

張蘭蘭本想倒入兒子懷裡的，誰知道竟然被劉景接了過去，這會子渾身都彆扭，可既然已經開始作戲了，總不能半途而廢。張蘭蘭心一橫，劉景抱就抱吧，反正不會少塊肉。

劉俊見母親倒了，也急得不行。父子兩人湊過來，張蘭蘭睜開眼，算準這個角度錢大夫婦看不見她的臉，便飛快地做了個鬼臉，用只有他們三人能聽見的聲音說：「我沒事，嚇嚇他們，你們把戲作足啊。」

父子倆一愣，均心領神會。劉俊嚎啕大哭起來。「娘啊，您可不能有事啊！您要是有個三長兩短，叫我們怎麼活呀！」

劉景一抬頭，對錢大夫婦一聲怒吼。「我媳婦在你家出的事，她要是有個什麼不好，你們也別想好過！」

周氏被張蘭蘭這麼一嚇，連哭鬧都忘了，麻溜地從地上爬起來，擺手道：「不是我不是我，剛我可沒碰到她！不關我的事！」

錢大也嚇得連退幾步。「也不關我的事！是她自己摔倒的！」

「哎呀呀，我被錢大一家打了！可不得了！我要找村長評評理去！」張蘭蘭大聲呼叫。「哪有強迫我家劉景做活，不從就把劉景媳婦往死裡打的呀！沒有天理啊、沒有王法啊，我要上衙門告你們去！」

錢大夫婦一聽張蘭蘭說要去找族長評理，還要上衙門，頓時嚇得不輕。

他們一家本就理虧在先，這會兒張蘭蘭又一口咬死自己被他們打了，河西劉家村的村長是劉家的族長，肯定會偏袒劉家人。他們錢家雖然祖居於此，可相比劉家家族，勢單力薄，要真鬧到了兩個家族那邊，錢大夫婦不但要受家族責罰，更有可能被劉家族長驅逐出村子。

錢大夫婦頓時就蔫了，再也沒有方才那股氣勢。張蘭蘭暗暗發笑，看來有時候碰瓷（注）還挺好用的！

錢大慌了，連忙服軟說好話，周氏也嚇得夠嗆，心中懊悔不該得罪這村中一霸似的潑婦。

注：碰瓷，北京方言，泛指投機取巧，敲詐勒索的行為。

張蘭蘭只是不停呻吟，說自己頭暈，嚇得錢大恨不得跪下給劉景一家賠不是了。

張蘭蘭只是想脫身，順帶治治周氏這沒事就坐地炮的毛病，這會兒見錢家人服軟，恨不得趕緊回家，不想在這兒多待。

劉景對錢大夫婦惡狠狠地撂了幾句狠話，抱著張蘭蘭往家走，劉俊打著燈籠在前面照路。錢大夫婦巴巴地在後面送他們，被劉景驅趕了好幾次才回去。

眼見錢大夫婦看不到人影，張蘭蘭立即恢復，掙扎著想從劉景懷裡跳下去。

劉景死死箍住媳婦，就是不讓她下地，非要抱著她走。

「我沒事，快放我下去！」張蘭蘭不滿地嚷嚷。

「嘿嘿，方才夫人受驚了，我抱夫人回家。」劉景眨巴著眼，嘿嘿一笑，歪著腦袋有些頑皮。

「哪兒學的油嘴滑舌，快放下。」張蘭蘭嗔怒道。

劉景見她是真的急了，才戀戀不捨地鬆手。張蘭蘭蹦下來，三人快步回家。

家裡誰也沒睡，都焦急地等著他們三人回來，這會見人都平安回來，也都放下心來。羅婉踮著腳尖在門口張望劉俊，一見劉俊，露出放心的笑容。

劉俊心裡將錢家人罵了一萬遍，他本想好好跟妻子親近親近，可那天殺的錢家人非要折騰一番，害他這會兒才到家。

劉俊迫不及待地鑽進屋裡，和老婆孩子熱炕頭去了。

劉景孤伶伶一個人站在自己屋門口，看著屋裡張蘭蘭正張羅收拾床鋪。

原本劉秀是單獨住在廚房旁邊小屋的，如今那屋子燒了，劉秀一直跟母親睡。劉清年紀小又是么兒，沒有單獨的房間，一直和父母睡在一張床上。不過劉景瞧張蘭蘭這架勢，似乎她只打算帶著兩個孩子睡，壓根兒就沒準備自己的枕頭和被褥。

「裕娃那屋空著，你睡那屋吧。」張蘭蘭頭也不抬，抱著一雙兒女到床上。「這床睡不下了。」

劉景委屈地立在門口，強行想跟著一起睡。「沒事，我睡覺不占位置，給我留個床沿邊就行了。」

「床沿邊也沒有！」張蘭蘭口氣很強硬，這死渣男，想跟老娘睡呸！自己玩蛋去吧！

劉景很受傷，他在外辛辛苦苦做活掙錢養家，日日夜夜都盼著回家有老婆孩子熱炕頭呢，誰知道一回家，媳婦連床都不讓他上。

劉景大叔表示很委屈很心塞，偏偏劉清這沒眼色的小東西，在床上翻滾著撲進他娘懷裡，還用力抱著他娘，使勁蹭、使勁往懷裡鑽，把劉景羨慕得眼睛都直了。

他雖然不是血氣方剛的二八少年，可也是正值盛年的精壯男人啊，離開媳婦幾個月沒沾葷腥了，偏偏媳婦近在咫尺，那麼好看，他卻只能乾看著，劉景簡直委屈極了。

「去去去。」張蘭蘭不耐煩地驅趕劉景。「出去的時候把門關上，我這睏得不行要睡覺了。」

劉景耷拉著腦袋，「嗯」了一聲，乖乖地關好門，去弟弟裕娃房裡，自己鋪了床，鬱悶地咬著被角，琢磨著媳婦為啥不跟自己睡，自己不是都交代過私房錢的事了嗎？難道還有哪裡做得不好，惹媳婦不高興了？

張蘭蘭這麼一折騰，倒是將錢大夫婦徹底嚇住了。第二天，錢大夫婦就專門提了隻雞上劉景家賠不是來了。

劉景這位被「非法囚禁」的正主兒倒是很有修養，沒把錢大夫婦趕出門，張蘭蘭本著伸手不打笑臉人的原則，嗯嗯啊啊的聽錢大和周氏說了一番好話，把錢大夫婦帶來的雞收下。

「唔，雞是隻好雞，還挺肥。」張蘭蘭笑咪咪地提著雞瞅了瞅，鄉下養的土雞味道一定很棒。

張蘭蘭當著錢大夫婦的面把雞丟給劉景，囑咐劉景這隻雞今兒個就給全家加餐。

「嫂子，這可是母雞！一天能下一個蛋的，妳不留著生蛋，殺了吃肉多可惜！」周氏目瞪口呆地看著劉景把雞提走。周氏可是忍痛把家裡下蛋的母雞給劉景家送來，好讓劉景夫婦息怒，別真的把昨兒的事給捅到兩家族長那兒。

張蘭蘭扶著額頭又開始呻吟，說頭疼，周氏頓時改了口，忙說殺了吃肉給嫂子補補身體也是好的，錢大忙跟著附和。

劉景家廚房燒了之後，殺雞做飯的事就在院子裡的臨時廚房進行。劉景拿個碗放地上，提著雞脖子，一刀子劃過去，給雞放血。雞血是珍貴的食材，上鍋蒸熟極為美味，自然不能浪費，用碗接了滿滿兩碗，而後劉景開始燒開水拔毛。

周氏眼睜睜看著自己辛辛苦苦養的母雞就這樣被殺了，心都在滴血，後悔早知道劉家立刻要殺雞，就不把家裡會下蛋的母雞送來，隨便找隻不下蛋的雞就行了。

張蘭蘭將周氏那肉疼的模樣看在眼裡，暗暗發笑。在她看來，錢家送來的東西還是儘快處理掉比較好，省得以後每天吃著「錢家母雞」下的蛋，心裡頭膈應。

劉家人壓根兒就不怎麼想搭理錢氏夫婦，更沒有留他們吃飯的意思。

在錢大和周氏看來，他們只不過是求劉木匠辦事沒成，鬧了點不愉快，既然他們都提著珍貴的下蛋母雞上門賠不是了，那麼劉家就應該高高興興收下禮物，然後說都是一個村的不計較那麼多，而後留他們吃頓飯，這才對啊。

誰知道張蘭蘭只收了禮，卻沒別的表示，那劉景還蹲在院子裡一邊磨刀，一邊陰惻惻地盯著錢大夫婦，讓他們兩人背後生出一陣冷汗。

「媳婦，刀磨好了。」劉景舉著菜刀，用手指輕輕摸了摸刀刃。「瞧這刀利的，這一刀下去，別說殺雞了，連人都可以劈成兩半。」

錢大夫婦齊齊打了個哆嗦，連厚著臉皮提出留下吃頓飯的事都沒敢說，連忙找了個理由，頭也不回地跑了，直到跑出老遠，連劉景家院子門都瞧不見的時候，周氏才敢停下來喘著粗氣罵了句：「呸，劉木匠忒小氣！心眼這麼小！芝麻大點小事就恨不得活劈了咱們！」

「就是！以後咱再也不找劉木匠做家具了！有錢讓別人掙，不能便宜了劉木匠！」錢大附和道。

這邊劉景瞧錢大夫婦跑了，臉色終於見了晴天。

斷人財路猶如殺人父母，尤其是在古代這種生產力低下，經濟種類單一的地方，劉景家除了靠田產餬口之外，最主要的收入來源就是劉景做木匠掙的工錢。錢大夫婦幹的是砸劉景飯碗的事，等於是要把劉景一家的財路給斷了，劉景自然是將錢大夫婦記恨上。以後別說給錢大家做其他家具了，就連錢大家門他都不想再進。

此時劉景已經將雞燙水拔毛，開膛破肚洗乾淨了，拔掉的雞毛洗乾淨晾曬，絨毛可以加在棉衣裡，大些的雞毛還能給孩子們做毽子玩。

劉景不想白白糟蹋這麼肥美的母雞，便親自下廚，好好做了一桌子菜，讓家人美美地吃了一頓。下午就麻溜地做了三個雞毛毽子，給劉清、劉秀一人一個，剩下一個給劉裕留著。

兩個孩子得了新玩具，高興得不得了，在院子裡踢毽子玩，跑得滿頭大汗。張蘭蘭抱著小孫女坐在門邊曬太陽，羅婉坐在張蘭蘭身邊，拿著個繡花繃子繡花。

依照這裡的規矩，新生的小娃娃在滿月前是不取名的，滿月後才會取個乳名，要等過了周歲，才正式取個大名，據說這樣娃娃好養活，不會被遊蕩的小鬼叫了名字，勾了魂。

小娃娃剛滿月，家人一致同意給她取名叫甜甜。

小甜甜大多數時候都在睡覺，今兒被祖母抱著曬了會兒太陽就醒了，睜著黑葡萄般的眼睛看著她姑姑、二叔在院子裡嬉鬧。
羅婉出月子之後，張蘭蘭將大夫又請來給她把過一次脈。大夫說由於調養得好，羅婉的身子已經痊癒，不用再吃藥了。
羅婉月子裡整日喝魚湯、吃肉吃蛋吃新鮮蔬菜，還有羊乳喝，不用幹活，每日喝大夫開的珍貴中藥調理。孩子有家人幫忙帶，尿布衣服有丈夫全洗了，婆婆照顧，小姑懂事，丈夫體貼，羅婉真是吃得好心情更好，出了月子，整個人煥然一新。生孩子時落下的毛病，全都養好了。
「娘，您瞧我繡的怎樣？」羅婉親熱地挽著張蘭蘭胳膊，婆媳兩個親得跟親母女似的。
張蘭蘭應羅婉要求，又給羅婉描了兩個新繡樣，都是給小娃娃肚兜上繡的花樣，羅婉迫不及待地繡了起來，這會兒跟獻寶似的捧到婆婆面前。張蘭蘭並不懂繡花針法，說不出好還是不好，只覺得羅婉繡的針腳又密又勻，又繡得準，把張蘭蘭描的樣子分毫不差地繡了出來。「我瞧著繡得真好。」張蘭蘭摸了摸繡樣讚嘆道，反正她是做不來繡花這種活兒。
羅婉得了婆婆誇獎，雙頰緋紅。小甜甜伸出肉肉的小手，一下子拽住那塊繡花布，用力扯了一下，咧著嘴笑呵呵的。
「甜甜別急，娘這就給妳做個肚兜穿。」羅婉笑咪咪地捏了捏女兒的臉。
甜甜出了月子，原本嬰兒皺皺巴巴的樣子全沒了，加上喝羊乳的緣故，長得白白嫩嫩，極為好看，簡直成了全家人的心尖子。

甜甜曬了會兒太陽，小腦袋一歪，又迷迷糊糊靠在祖母懷中睡著了。張蘭蘭將孩子放回屋裡睡覺，自己同羅婉張羅著給全家做新衣的事。

料子是上回進城買好的，只差量體裁衣了。

劉清一聽要做新衣裳，高興得屁顛屁顛過來，有模有樣地伸直胳膊讓母親給他量，羅婉則給劉俊量。劉秀倒是在院子裡玩著沒過來，在劉秀看來，上次她進城已經在乾爹乾娘那兒得了那麼美的新衣裳，這次應該沒她的分吧。

「秀秀，快過來，娘給妳量身子。」張蘭蘭招呼女兒過來。

劉秀吃了一驚，沒想到娘還要給她做衣裳。張蘭蘭看穿她心思，邊給她量尺寸邊說：「上次那衣裳是妳乾爹乾娘給妳的，這次是娘給妳的，不一樣。再說妳那新衣在鄉下穿了不合適，只能進城穿，娘不能讓秀秀在鄉下沒件體面衣裳。」

劉秀心裡美滋滋的，跟吃了蜜一樣，等母親給她量好尺寸，冷不防地突然抱著母親親了一口，而後逃也似的抓著毽子跟弟弟去院子裡玩。

「這小妮子！」張蘭蘭摸著臉頰，心甜得都要化了。

給劉俊、劉清、劉秀量完尺寸，婆媳兩個互相量了對方的尺寸，張蘭蘭長吁一口氣，總算量完了。

「娘……」羅婉弱弱地喊了張蘭蘭一聲，眼神有些奇怪。

「啊？」張蘭蘭不明所以，順著羅婉的眼神看過去，只見劉景一個人孤伶伶地立在門口，進屋也不是、不進屋也不是，正眼巴巴地瞧著張蘭蘭。

這幾日張蘭蘭帶著一雙兒女睡在主屋，將劉景趕去劉裕屋裡睡。

羅婉不是傻子，自然能感覺到婆婆對家裡人都更好了，但唯獨對公爹愛答不理的，很是冷淡。公公婆婆夫妻兩人的事，羅婉一個兒媳婦自然插不上話，只是瞧著這幾日公爹都默不作聲地將家裡的活兒包攬下來，討婆婆歡心，可婆婆似乎不領公爹的情，依舊沒給公爹好臉色。也虧得公爹好脾氣，十里八鄉有名的疼媳婦、怕媳婦，也竟默默受著婆婆給他的冷臉。

「娘，不給爹量尺寸嗎？」羅婉鼓起勇氣問了句。

「呃。」張蘭蘭愣了一下，撓撓頭，似乎給所有人做新衣服，唯獨漏了給家裡賺銀子的劉景，實在不恰當。

「媳婦……」劉景甕聲甕氣的小聲喊了張蘭蘭一聲，一臉孩子般的期待。

張蘭蘭皺著眉頭，想了一下，嘆了口氣。「算了算了，你進來，我給你量尺寸。」

劉景眼睛忽地亮了，整個人臉上似乎都放出了光芒。

媳婦要給他量尺寸了！媳婦要給他做新衣裳了！劉景幾乎是連蹦帶跳，一陣風似的捲到張蘭蘭面前，乖乖地伸直胳膊，低頭啞聲道：「蘭妹，我站好了，妳只管量吧。」

羅婉咳嗽一聲，藉口去看甜甜，腳底抹油溜了。張蘭蘭唉了一聲，她這「戰友」關鍵時刻靠不住啊！

量就量吧！劉景身材高大勻稱，目測有一八〇。真浪費布料！張蘭蘭心裡暗暗咕噥了一句，拿起軟尺，目不斜視地給劉景量尺寸。

先從背後量胳膊長度、肩膀寬度等等，劉景背對著張蘭蘭，保持手臂伸直的樣子，瞇著眼，身後妻子身上飄來的幽香若有若無地鑽進劉景鼻端，閉上眼，彷彿就看見妻子人比花嬌的影像，劉景覺得自己臉頰開始發燙。

張蘭蘭瞧見劉景耳根都紅了，皺起眉頭。原身跟劉景都十幾年的老夫老妻了，怎麼量個尺寸還跟個衝動的青少年似的？

「胳膊抬好，別動。」張蘭蘭轉到劉景面前，一手拿軟尺繞過他的腰，給他量腰圍。

劉景低頭，瞧見妻子忙碌的模樣，忽地感覺熱血上湧，一把將妻子抱住了。

靠，什麼情況！

張蘭蘭愣了兩秒鐘，才反應過來，她這便宜丈夫竟然吃她豆腐！更過分的是他貼著她小腹的位置，有什麼可疑的東西蠢蠢欲動。

可疑的僵硬滾燙地頂著張蘭蘭柔軟的小腹，耳邊是劉景嘶啞的呼喚聲。「蘭妹……」

張蘭蘭皺著眉頭，使勁掙脫，劉景死死抱著她，低下頭用下巴抵在張蘭蘭頭頂，聲音透著委屈和不解。「蘭妹，妳怎麼還對我這麼冷淡？是不是還因為我隱瞞裕娃束脩的事，生我氣呢？妳說妳想怎麼罰我，我都認了，只求妳消消氣，別再對我冷冰冰的。」

張蘭蘭深吸一口氣，冷哼一聲。「你自己做了什麼事自己清楚，別跟我這麼假惺惺的裝無辜！」

說罷，張蘭蘭用盡全力把劉景推開，冷冷地看著他，指著門，說：「是你自己出去，還是叫我趕你出去。」

劉景一臉不解。「我做了什麼？」

張蘭蘭眉頭深深皺起，果然渣男都是一個調性，不把證據甩他臉上，他是死都不會認帳。深吸一口氣，張蘭蘭對自己說，劉景不過是她的便宜丈夫，自己何必跟他計較那麼多，還要費那麼多口舌跟他對質他帶兒子逛青樓的事。反正劉景這種渣男肯定是打死不承認，說多了只會讓自己生氣而已。

「沒什麼，你出去吧，我要給孩子們做衣裳了。」張蘭蘭轉過身去，開始整理桌上的布料，做出一副趕人的樣子。

劉景站在原地，深深地看了眼妻子，嘆了口氣。「蘭妹，別人都說妳是潑婦悍婦，蠻不講理，可我知道妳不會無緣無故這樣冷淡我。妳現在既然不願意跟我說，那我等妳想說了再來。」

說完這番話，劉景默默地出了屋子，拿了把斧頭在院子裡劈柴。

張蘭蘭在屋裡坐著，眼角餘光瞟著劉景，只覺得胸口悶得慌。明明瞧著人模人樣像個好丈夫的樣兒，為什麼背地裡非要去逛窯子呢？就不能踏踏實實過日子，非要整出點么蛾子，來鬧得家宅不寧，真不明白男人的腦迴路是怎麼長的。

張蘭蘭前世就沒想明白這個道理，這會兒更是懶得費腦筋深究，叫上羅婉，兩人坐在屋簷下開始做衣服。幸虧有原身的記憶，張蘭蘭做起衣服來還是有模有樣，當然針腳手藝比羅婉差了很多。

劉景就在不遠處默默地劈柴，劈完柴又開始打掃院子，把院子收拾乾淨了，便挑起扁擔去打水。村裡一共有三口水井，都是全村人共用的，打水井十分費錢，村裡沒哪家肯掏那麼大一筆錢打水井，所以全村人吃水全靠這三口井。

「蘭妹，我去挑水。」劉景宛如平常一樣跟張蘭蘭打招呼，彷彿已經忘了剛才張蘭蘭對他冷淡的模樣。

「唔，去吧。」張蘭蘭頭也不抬。

劉景扛著扁擔，一手拎著一個木桶，晃晃悠悠走出門。羅婉見公爹走了，婆婆又一副不太高興的樣子，低著頭不言不語，生怕觸了霉頭，惹婆婆不悅。

才過了一盞茶的工夫，劉景就匆匆回家了，手裡提著空空如也的兩個水桶，身後跟著個十四、五歲的少年，少年眼眶微紅，抹著眼淚。

「蘭妹，我去打水的路上遇見小石頭來找我，說城裡的兄弟出了事，我得馬上進城一趟。」劉景臉色沈痛。

「出了什麼事啊，這麼急著走？」張蘭蘭站起身來，打量著眼前這陌生的少年。只見他衣著破舊，腳上穿著草鞋，已經磨損得很嚴重，草鞋邊上滿是泥和雜草，看樣子定是從城裡走到村裡的。

「嬸子。」小石頭走到張蘭蘭面前，撲通一聲跪在地上，帶著哭腔道：「我爹沒了，奶奶病重，家裡沒別的親戚，連我爹的後事都沒人操辦。小石頭實在不知道該怎辦，奶奶說劉叔是好人，叫我來找劉叔。」

張蘭蘭忙擱下手裡的活計，扶起小石頭，問道：「好孩子，別哭，嬸子不會扣著你劉叔。你餓了吧，嬸子叫你羅嫂子給你準備點吃的，你先吃飽了，讓你劉叔收拾收拾東西，一會兒你們坐牛車去城裡，不會耽誤的。」

小石頭十分懂事，點點頭。「謝謝嬸子，我奶奶果然沒說錯，劉叔是好人，好人的媳婦也是好人。」

羅婉帶著小石頭去廚房張羅吃的，張蘭蘭見孩子走了，問劉景這是怎麼回事。

原來小石頭名叫王石頭，他爹王牛是個泥瓦匠，因曾經在一處做過活的緣故，跟劉景相識多年。王牛好吃懶做，小石頭出生後，王牛媳婦就跟人跑了，小石頭從小被奶奶拉拔大。前幾個月劉景去城裡做工，給工匠們做飯的大嬸正是小石頭的奶奶，孫大嬸。孫大嬸操勞多年，身子骨不好，可奈何兒子不爭氣，自己一大把年紀了還要出來當廚娘掙錢。還好小石頭很懂事，平日經常去給孫大嬸幫忙做飯，一來二去，小石頭祖孫跟劉景熟了起來。後來孫大嬸病了，劉景同情他們祖孫，總到廚房幫廚，他如今做菜的手藝，就是那時候跟小石頭的奶奶學的。

至於王牛為什麼會年紀輕輕的就暴斃，是因為王牛前兩年沈迷逛窯子，跟裡頭一個窯姊兒好上了，掙的那點工錢全花在那窯姊兒身上，後來還被那窯姊兒染了髒病，治不好就一命嗚呼了。孫大嬸曾經一直苦勸兒子不要沈迷青樓，可王牛根本不聽，有幾次王牛十幾天不回家，孫大嬸家一點銀子都沒了，只能叫人去青樓尋他要錢，就連劉景也曾經幫忙去找過王牛。

張蘭蘭聽完事情的緣由，眨巴眨巴眼。那孫大嬸還叫劉景去青樓尋過王牛，難不成是劉清說的那次？

劉景說完王牛的事，嘆了口氣，道：「我知道王牛去窯子，也勸過他不要去那種地方，窯子可不是正經人該去的地方。他若是當初聽我的好好幹活掙錢，再正經娶個媳婦，也不至於……唉，只是苦了他老娘和兒子了。」

劉景說得十二分真摯，張蘭蘭看著他的樣子，幾乎開始懷疑自己是不是誤會了他。

畢竟是認識多年的人，劉景這會兒突然聽見王牛暴斃的消息，心情很不好，自個兒回屋整理東西。小石頭填飽肚子，洗了把臉，蹲在院子裡可憐巴巴地等劉景。張蘭蘭瞧得心酸，又包了幾個雜麵饅頭給小石頭帶上，小石頭眼眶又紅了，直說「謝謝嬸子」。

劉景簡單帶了兩件貼身衣服，領著小石頭要走。張蘭蘭瞧著劉景的背影，嘆了口氣，叫住劉景，塞給劉景一兩銀子，囑咐道：「帶上點銀子，萬一有個什麼事也好應急。剩下的就留給孫大嬸祖孫，她一個老人家帶個小孫子也不容易。我瞧小石頭是個懂事的娃兒，不似他爹那般的渾人，咱就搭把手幫他們祖孫度過難關，小石頭年紀不小，往後自己找活兒幹，總能養活他和他奶奶。」

劉景手裡攥著銀子，沈默了一會兒，看著張蘭蘭的眼神有些複雜，過了良久，道：「多謝蘭妹，妳這份好心腸，我記著，小石頭和他奶奶也記著。」

「行了，去吧。」張蘭蘭揮揮手，她既不是個吝嗇的人，也不是個隨便撒財的聖母，如今一兩銀子對她而言不算什麼大錢，可小石頭祖孫是真的困難，她的一個善舉若能幫一家人度過難關，她是很樂意的。

至於小石頭祖孫是不是知恩圖報的人，張蘭蘭沒想過，也沒打算計較那麼多，她只是單純同情他們，想幫一把而已。

劉景帶著小石頭進城了，張蘭蘭望著空落落的院子有些失神，關於劉景逛窯子的事一直讓她如鯁在喉，今天突然得知，也許劉景去青樓並不是去嫖娼，而是去找人。

張蘭蘭仔仔細細回憶了一下當時劉清的話，當時她只聽了一耳朵劉景去青樓，倒是沒注意劉清說過是去找人。張蘭蘭左思右想，越發焦躁起來，乾脆去後院把正在餵羊的劉清抓過來。劉清正和小母羊玩呢，冷不防被母親叫走，心裡老大不樂意。

「清娃，娘問你件事。」張蘭蘭開始套話。「你說是娘身上的香好聞，還是城裡大姊姊身上的香好聞？」

劉清歪著腦袋奇怪道：「什麼城裡的大姊姊啊？」

張蘭蘭忙道：「你不是跟娘說，有一次你爹帶你去一個很大很漂亮的樓裡，裡頭到處都是香噴噴的大姊姊嗎？」

劉清想了一會兒，抓抓腦袋，搖搖頭說：「清娃記不清了。」

「清娃，你仔細想想，那天你是怎麼見到那些大姊姊的，想好了跟娘說。」張蘭蘭急得要抓狂，可又想讓劉清自己說出當天的事，不想給他任何言語上的影響，以免誤導他。

劉清雙手托著下巴，皺著眉頭，好認真地回憶了一番，開始慢慢說：「香噴噴的大姊姊……好像是爹帶我上街，去了個漂亮的樓裡，裡頭有很多漂亮的大姊姊……想到了，那天我跟爹剛吃完飯，孫奶奶坐在廚房門口哭，我問爹孫奶奶為什麼哭，爹說孫奶奶想他兒子了。然後爹就要去幫孫奶奶找兒子，我纏著爹帶我一起去……」

「後來呢！」劉清口中的「孫奶奶」應該就是小石頭的奶奶孫大嬸，王牛的娘。

「後來，爹在一個香噴噴的屋子裡找到了個叔叔和姊姊。爹拉著那個叔叔走，叔叔不走，跟爹吵起來，後來爹生氣了，就抱著我走了。」劉清說完，攤開小手摟住張蘭蘭的脖子。「娘，我說完了。」

劉景那次果然是被孫大嬸拜託去找王牛的！

入夜，張蘭蘭哄了劉清、劉秀睡下，自己點了盞油燈，坐著發呆，腦子裡反反覆覆琢磨著王牛的事和劉清說的話。

張蘭蘭嘆了口氣，從屋角桌子的抽屜裡拉出個布包，裡頭裝的正是劉景送她的木簪子，瞧這木簪子，張蘭蘭腦子又想起了劉景送她簪子的樣兒。

根據原身的記憶，劉景與原身夫妻十幾年，一直相互扶持。早些年兩人過得很窮苦，那時候劉景還是個木匠學徒，光靠他做活遠遠不能撐起一個家。夫妻兩個整日為了生計奔波，劉景整日跟著師傅在外跑生意，原身則種田下地，操持家務、帶孩子。直到劉景出了師能單獨接生意了，日子才漸漸好過了些，最近兩年，劉景換了個新東家，接了好幾筆大買賣，這才有了點積蓄。只是多年生活磋磨，夫妻兩人聚少離多，劉景一直很愧對妻子。

張蘭蘭放下木簪，趴在桌上胡思亂想。其實劉景如果沒外遇的話，真真算是個不錯的丈夫。雖說原身和劉景當初婚配，屬於父母之命，媒妁之言，婚後兩個人忙著生計，交流不多，沒什麼轟轟烈烈的愛情，不過這麼多年下來，劉景一直待原身不錯，賦閒在家的日子都好好在家裡幹活陪伴妻兒。這十幾年來，除了這次的青樓風波之外，原身的記憶裡，似乎劉景並沒有其他的「風流債」。

如今劉景也算是事業有所成就，要知道以劉景目前的收入，在這個時代的平民裡已經算小富了，加之他身材魁梧，相貌不凡，放在現代，那可是三十多歲事業有成的高富帥大叔了。

張蘭蘭忽然想起她前世的渣前夫，那渣前夫的身材樣貌比起劉景來差得老遠，滿腦子都在盤算怎麼挖妻子賺的錢，還公然養小三。哪像劉景，會賺錢又有上進心，從個小木工學徒做到方圓百里最有名的木匠，從不惦記著剝削妻子讓妻子賺錢。其實說起來劉景隱瞞弟弟束脩的事，也不是什麼多大的事，畢竟家中的錢都是劉景賺來的。

張蘭蘭越想，越發覺得劉景的好，簡直就是天上掉下來的絕世好老公。可是……再好的男人，也不是她張蘭蘭的，是原身張蘭的。張蘭蘭一想到劉景對自己好，讓著自己，不過是他以為自己是他原來的妻子，並不知道裡頭的靈魂已經換了個人。張蘭蘭忽然有些心虛，怎麼感覺自己跟個偷了人家丈夫的賊似的。

她胡思亂想了一通，越想胸中反而越憋悶，甚至比懷疑劉景逛青樓時更憋悶。眼瞅著手裡的木簪子，越看越覺得刺目，這是劉景送給他媳婦張蘭的，不是送給她張蘭蘭的。張蘭蘭索性又把木簪子包起來放回去，眼不見心不煩。

原本給王牛辦喪事只需三、五日的工夫，劉景辦完事便能回來，沒想到孫老太太突然病逝，拋下孫子小石頭走了。

小石頭剛沒了爹，如今連唯一的親人、從小相依為命的奶奶也沒了，小石頭抱著孫大嬸的屍身哭得肝腸寸斷。這下劉景又走不開了，叫人往家裡帶了口信說明情況，便留下來連同孫大嬸的喪事一同辦了。

小石頭家貧，買不起棺木，均是用竹蓆裹著屍首下葬，喪禮上來者寥寥，除了主持喪事的劉景之外，其餘的人都是孫大嬸的老街坊。倒是王牛，生前好吃懶做，死後他迷戀的那青樓女子連面都沒露過。

將孫大嬸的後事料理完，劉景幫著小石頭整理逝者留下的遺物。王家本就一貧如洗，孫大嬸留下的不過是幾件舊衣裳和幾床半新不舊的被子。小石頭在整理父親房間遺物的時候，從床頭的木盒子裡尋見一張紙，瞧著像是什麼契書，上頭還按著紅手印。

「劉叔，您瞧瞧這是什麼？」小石頭將紙遞給劉景。

劉景粗略瞧著看了看，他雖然沒唸過書，可跟著弟弟也學會一些字，依稀能認出這紙是一張借據。可紙上的字劉景認不全，並不知道這借據的真正內容是什麼。

「小石頭，這是張借據。」劉景道。「可惜劉叔認字不多，不曉得上頭說的是什麼。」

「是不是我爹借了別人銀子？」小石頭道。

劉景搖頭表示自己不知道，問小石頭：「小石頭，若這真是你爹向別人借錢的借據，你打算如何是好？」

小石頭嘆了口氣，道：「還能如何是好，父債子還，天經地義。我努力做工賺錢，替我爹還債。奶奶常說，做人要頂天立地，我王家欠別人的錢，不能賴著不還，教人背後戳脊梁骨。」

劉景摸摸小石頭的頭，心裡暗暗讚許。

小石頭的街坊鄰居均是與王家情況差不多的貧窮人家，整條街沒個識字的人，尋了半天，終於在隔壁街找了個老帳房先生，看懂了上頭的字。

這紙確實是張借據，不過出乎劉景和小石頭的意料，這借據不是王牛從別人那兒借錢時打的借據，而是王牛把錢借給別人。那別人不是旁人，正是和王牛相好的青樓窯姊兒，借的也不是筆小數目，竟然足足有五兩。

「哼！」小石頭攥著拳頭，牙齒咬得咯咯響。「可憐奶奶一大把年紀拖著病體還要出去做工賺錢，維持這個家，我爹不給奶奶養老不說，竟然還把那麼多銀子拿出去借給外頭的女人！自己親娘病著餓著不養，反而把銀子給外人，這天下哪有這樣的道理！」

劉景看著小石頭氣得脹紅的臉，嘆了口氣。王牛的確是個渾人，可如今他都入了土，再糾結這些也沒意思，不如想辦法把銀子要回來。畢竟小石頭家窮得連米都買不起了，五兩銀子起碼能維持小石頭的生活，讓他把這個冬天扛過去。

劉景便又帶著小石頭前去青樓要債，豈料那窯姊是個翻臉無情的人，咬死了自己沒跟王牛借過錢。劉景氣得拿出借據，那窯姊兒眼睛一翻，丟下一句：「老娘就是不掏錢，有本事你們去衙門告老娘啊！老娘告訴你們，我們這就是咱們縣太爺的小舅子開的，你們這等刁民，要告就隨便告去！」說罷，便叫五、六個青樓養的打手將劉景兩人轟了出去。

劉景畢竟活了三十多歲的人，心知這錢八成是要不回來了。

這年頭雖然有律法，可在小地方，官老爺的話就是王法。平民老百姓沒錢沒背景，進了衙門也申不了冤，若是遇見清官老爺還好些，可本地的縣太爺卻不是什麼好官，再加上這青樓是縣太爺小舅子開的，那就更別想討什麼公道了。

劉景便勸小石頭想別的法子，鬧上衙門定討不了好處。小石頭年輕氣盛，愣是嚥不下這口氣，隨劉景回家，趁劉景出門辦事的工夫，偷偷拿了借據，自個兒跑到衙門去擊鼓鳴冤。

縣太爺見小石頭穿著破爛，撈不著油水，本就不想搭理他。誰知小石頭竟然是來狀告自己小舅子手底下的人，便將借據搶去撕碎，又把小石頭呵斥一頓，扣他一個藐視官員的罪名，拖下去打了三十大板，叫人扔到衙門外頭。

劉景這邊辦事回來，左右尋不著小石頭，猜想他必定自己跑去衙門，便來尋他，正好看見小石頭被打得血呼啦碴地扔出來。

劉景抱著小石頭，自責得直掉眼淚，他若是早知道小石頭自己跑衙門來，那他就算綁著小石頭，也不會由著他性子亂來。

小石頭滿臉都是汗水，劉景將他揹在背上往家走。

「小石頭，你再堅持一下，劉叔帶你看大夫去。」劉景匆匆趕路。

小石頭虛弱地搖搖頭。「別，看大夫要花銀子，劉叔別破費了。」

劉景心裡一酸。「都什麼時候了，還跟你劉叔客氣這些。若是不看大夫，留下毛病可如何是好。」

小石頭趴在劉景背上，重重咬著嘴唇，喃喃道：「劉叔，你說為什麼明明是我們占理，官老爺不但不幫我們討要銀子，反而打我板子。」

還沒等劉景回答，小石頭又似自言自語一般道：「都怪我自己不好，劉叔不讓我上衙門，我偏不聽話。如今被打板子吃了虧，也是我自己不聽劉叔話，自找的。」

劉景只聽見小石頭在自己背上迷迷糊糊地說著胡話，身子越來越燙，徑直帶他去了藥鋪看大夫，灌了碗藥。小石頭傷得極重，若是將他一人留下，只有死路一條，劉景不是見死不救的人，便雇了輛車，拉著小石頭一同回劉家村。

張蘭蘭剛給孩子們換上剛做好的新衣，就聽見院子門外有響動，走出去一瞧，只見劉景從牛車上跳下來，半身沾著零零星星的血跡，形容有些狼狽。

劉景素來愛乾淨整齊，張蘭蘭一瞧他身上的血跡，心裡咯噔一下，一股焦急混著擔心的不安情緒湧上心頭，胡思亂想了起來。劉景是哪裡受傷流血了？還是打架殺人了？

「蘭妹，我沒事，是小石頭。」劉景轉身，張蘭蘭這才注意到牛車上還有奄奄一息的小石頭。

「先進門再說。」

劉景抱著小石頭進了院子，徑直去了劉裕房裡，將小石頭放在床上。小石頭趴著，已經陷入昏迷狀態，劉秀、劉清躲在母親身後，有些害怕地看著這個滿身是血的少年。

劉景簡單將事情跟家裡人說了說。

張蘭蘭聽完嘆了口氣，面對渾身是血的小石頭，她才第一次真切地感受到這個古代社會的殘忍。三十個板子結結實實打在這個少年的身上，那縣太爺壓根兒就是想要他的命。

第七章

劉景一家心善，不是見死不救的人。張蘭蘭更是可憐這沒爹沒娘的可憐孩子，安排小石頭住下，家裡房間不多，小石頭和劉景一同住劉裕那屋。

起初幾日小石頭每天都發高燒，睡得昏昏沈沈，張蘭蘭很擔心這個孩子熬不住，畢竟是三十個板子，小石頭這瘦弱的身子骨哪受得住。可誰知小石頭像頑強的野草一般挺了過來，三、四日後，燒退了，人也清醒了，瞧著是漸漸好了起來。

對於小石頭的好轉，劉景最高興。這幾日，劉景每晚要起來幾次給小石頭灌藥，若是夜裡他發燒了，劉景立刻爬起來給他用涼水擦身敷額頭。小石頭一天天好起來，劉景倒是熬得兩眼通紅，憔悴了許多，小石頭嘴上不說，心裡已將劉景一家視為救命恩人，暗暗發誓將來定要好好回報恩人一家。

小石頭後背屁股、大腿受傷，不能平臥，只能整日趴在床上。一日三餐都由劉秀盛好送來，劉清很同情這個被打得稀爛的小哥哥，自告奮勇擔任起每日給小石頭餵飯的任務。

劉秀將飯送來，劉清便爬上床，用他那肉乎乎的小手，一手端著碗，一手拿勺子，一邊一勺一勺往小石頭嘴裡餵飯，一邊一臉嚴肅地道：「石頭哥，你要好好吃飯，娘說多吃飯才能好得快。」

劉清畢竟年幼沒照顧過病人，餵得太快，小石頭只顧著一嘴一嘴接著他餵的飯，撐得兩個腮幫子鼓鼓的。

劉秀在旁看得哈哈大笑，提醒道：「清娃，你再這麼塞下去，要把你石頭哥活活噎死啊！」

劉清一下子脹紅了臉，肉肉的小手胡亂在小石頭臉上抹了幾下，擦去小石頭嘴邊的飯渣。

小石頭好不容易將滿滿一口飯嚥下去，為了避免自己被劉清噎死的慘劇發生，表示可以自己吃飯。

「不行！」劉清嚴肅地拒絕。「娘說石頭哥只能平趴著不能動，如果自己吃飯會牽動傷口。」

小石頭對著劉清那胖嘟嘟嚴肅的小臉，簡直欲哭無淚。

「哈哈哈哈哈！」劉秀笑得肚子疼，使勁揉了揉弟弟可愛的小腦袋，為了避免小石頭被劉清噎死，她覺得還是自己來比較好，便對劉清道：「清娃，那姊姊替你餵好不好？你去廚房幫爹洗碗。」

劉清眼睛睜得圓圓的，將碗護在懷裡，頭搖得似撥浪鼓一般。「不好不好！姊姊去幫爹洗碗，清娃給石頭哥餵飯。」

張蘭蘭在屋外瞧著三個孩子，笑得眼底開了花。

小石頭抬頭看著爭相要餵自己飯的姊弟倆，又看向倚靠在門口笑得一臉溫柔的劉嬸，眼眶忽地酸了。他從小沒娘，爹爹又不大管他，唯有奶奶相依為命，小石頭活了十四年，從來不知道原來一個有爹有娘的家竟然是那麼溫暖。

今天是月底，每逢每月的最末兩天，私塾便會放假，也是劉裕回到家中的日子。因劉裕要歸家，今天劉景準備的飯菜比往日要豐盛許多。

快到晌午，劉裕果然準時回家了。

張蘭蘭一瞧劉裕，見他精神極好，臉色紅潤滿面春風的模樣，看來伙食好就是好，沒白花她的銀子。

劉裕此番回來極為興奮，拉著家人滔滔不絕地誇起了他的恩師章槐先生。說先生賞識照顧他，給他份抄書的差事，如今他閒時都去藏書閣裡抄書，不但讀了好多書，學問有所長進，還有額外的伙食補貼。

張蘭蘭心道章槐先生果然不錯，答應替她瞞著，沒把自己賣了。

一家人聽見劉裕抄書的新差事，又能長學問又能改善伙食，都替他高興，只有張蘭蘭知道其中奧妙，笑而不語。

一家人吃了午飯，劉景將小石頭的事跟劉裕說了，劉裕聽了沈默起來。這年頭官府欺壓平民的事並不罕見，可聽說跟親眼看見是兩回事，當劉裕親眼看見被打得慘兮兮的小石頭時，才深深感覺到一陣無力感。

今天是小石頭得罪了官家被打，若是來日，換成家中其他的人受刑，哥哥、嫂子、清娃、秀秀……劉裕不敢再往下想。

這年代，官與民，天地之別。哪怕再有錢的商人，遇見了官家，都要被官老爺牽著鼻子走。劉裕從前只覺得他讀書是為了考取功名，光耀門楣，此時他突然意識到，他要當官！不僅是為了光宗耀祖這樣虛幻的東西，更重要的是，他需要得到權勢，才能保護身邊的親人。

劉裕突然覺得胸中開闊起來，從前他只為了能不能考上童生、考上秀才而糾結，如今他才覺得原來的自己目光太過狹隘了，將自己的新志向暗暗埋在心裡。

不光是劉裕，小石頭的事也讓張蘭蘭有很大的觸動。張蘭蘭終於懂了，為何古代會有「萬般皆下品，唯有讀書高」的說法，為何古代的讀書人擠破頭都要往仕途上走。張蘭蘭本就打算讓小兒子劉清也去讀書，如今更決定儘快將劉清唸書的事辦妥了。

下午，劉景在城裡的朋友送了一車木料過來，這是劉景託關係，低價從各個木匠處買來的下腳料，劉景得了木料，便即刻準備工具，坐在院子裡開始製作木簪。

張蘭蘭抱著甜甜在院子裡坐著曬太陽，羅婉在屋裡做衣裳。張蘭蘭看著劉景，見他認真專注地拿著根半成品的木簪子，仔細地打磨。

人說認真專注工作的男人最帥，張蘭蘭盯著劉景認真的側臉，不由看得入神，直到被小甜甜尿了一身，這才回過神來，一邊笑罵懷裡的小祖宗，一邊張羅著給孩子換尿布。

「這小東西，瞧給我尿的，一身都是。」張蘭蘭一手抓著甜甜的一雙小腳丫，一手接過羅婉遞上來的尿布給甜甜包好。

「娘，我來看著孩子，您去換衣裳吧。」羅婉放下手中的活計，笑盈盈地接過孩子。

一身尿騷確實不妥，張蘭蘭換了身衣裳後，慢慢往劉景身邊走，劉景感覺到有人靠近，抬頭一看，瞧見妻子立在旁邊，一副欲言又止的樣子。

張蘭蘭本就不知道怎樣面對劉景這個便宜丈夫，如今被他盯著看，不由臉紅起來，可又想到自己是為了便宜兒子的將來打算，趕忙平復下心情，說起正事。

劉景一聽妻子是來跟自己商量劉清讀書的事，忙放下手裡的活兒，認真地商討起來。夫妻倆一商量，乾脆別等開春了，就下個月便將劉清送去私塾讀書，叔姪倆在一塊兒，劉裕還能幫助照顧約束年幼的劉清。

至於銀子，劉家的積蓄湊一湊，還是能拿出來付劉清的束脩，反正劉景壓根兒不知道家裡還有多少積蓄，全是張蘭蘭說了算，她偷偷貼補點銀子進去，劉景也不知道。

劉景與張蘭蘭一樣都是行動派，這就將正在和小石頭玩耍的劉清抓來，又把劉裕叫來。

劉清玩得滿頭大汗，笑嘻嘻地撲進母親懷裡，甜甜地直喊娘。張蘭蘭使勁揉了揉他肉嘟嘟的臉，捧著他的小臉親了口，一想到往後劉清去城裡私塾唸書，自己就不能天天見到這個小肉團了，就覺得捨不得。

「清娃不是說想唸書識字嗎，現在還想不想呀？」張蘭蘭拉著劉清的小手，認真道。

劉清點點頭，說道：「當然想了。清娃不但要唸書識字，將來還要考狀元做大官！」

劉景夫婦和劉裕被他逗得哈哈大笑，劉景鼓勵道：「好兒子，有志氣！爹爹下個月就送你去唸書可好？」

劉清愣了一下，往日他只是嘴上念叨讀書讀書，可爹娘突然叫他過來，真說要送他去讀書，他反而有些懵。劉清呆呆地看了看爹爹，又看了看娘親，小聲說：「那清娃是不是就不能天天和娘睡了？」

張蘭蘭點點頭。「去私塾唸書當然就不能跟娘睡了。不過清娃長大了，要獨立，不能總和娘睡。」

劉清忽地抱著張蘭蘭，哇哇大哭起來。「清娃捨不得娘，清娃要和娘睡。」

小娃娃哭得張蘭蘭心疼，忙抱著柔聲哄，道：「娘也捨不得清娃，可清娃如果要讀書識字考狀元，就必須從小去私塾讀書，不然就考不上狀元了，清娃不想考狀元了嗎？」

劉清抹了抹淚，認真地思考到底是和娘睡重要，還是考狀元重要，肉乎乎的臉頰露出難以取捨的神色，而後又心裡掙扎了好久，憋得臉都紅了，終於作出人生中的一個艱難抉擇。

「清娃要先考狀元，然後再和娘睡！」

「哈哈哈哈哈哈！」劉景都快笑岔氣了，戳著兒子通紅的小臉道：「你個臭小子，就知道霸著你娘，到時候給你娶個媳婦，看你睡哪屋，哈哈哈哈哈！」

劉景笑著笑著，忽然覺得有些心酸。自己回家好久，還沒睡上媳婦的床呢……

一記委屈的眼神飄來，張蘭蘭心領神會，卻假裝沒看見，開始詢問劉裕去私塾拜師唸書的相關事宜。劉景眼巴巴地站在旁邊，盤算著趕緊把劉清這臭小子送去私塾，自己好回自己屋摟著媳婦睡覺。

張蘭蘭正和劉裕討論得火熱，忽地瞧見劉秀立在屋簷下，靜悄悄地看向自己這邊，眼裡透著落寞。

秀秀也想唸書識字……張蘭蘭的心忽地顫了顫，突然冒出一個想法，問劉裕：「裕娃，你可願意每個月回家的時候，在家教秀秀識字？」

劉秀的眼神忽然亮了，璀璨得像藏著星光，灼灼地盯著劉裕，眼神中滿是期盼。

劉裕愣了一下，沒想到嫂子會突然提這個。以前嫂子一向信奉「女子無才便是德」，如今怎麼突然改了想法，想讓秀秀識字了？不過劉裕一直從心底贊成女子也要多讀書。章槐先生不似那些老古板，一直提倡讀書方能明理，不分男女，劉裕從小受恩師耳濡目染，也鼓勵女子讀書識字。

「好啊，當然好了。」劉裕一口答應下來。

「真的嗎！」劉秀簡直不敢相信自己的耳朵，她作夢也沒想到自己也能讀書識字。

「當然是真的。」張蘭蘭牽著劉秀的手，溫柔地笑著摸女兒的頭髮。這樣聰慧靈秀的女孩子，埋沒了實在可惜。雖說這個朝代女子不能參加科考，不能為官，可讀書方能明理，張蘭蘭不願意劉秀做那空有美貌的繡花枕頭。

劉秀看了看母親，又看了看劉裕，哇的一聲緊緊抱著母親哭起來，身子微微顫動，口中喃喃道：「謝謝娘，謝謝娘……」

劉景在旁看著，眼眶也濕潤了。沒想到劉秀雖為女兒身，卻如此向學，真真是有志向！「秀秀，爹這就給妳做個寫字用的木框。」劉景拍拍女兒的肩膀。「妳二叔小時剛學字的時候，也是爹給他做了個木框，裡頭裝上細沙，用木棍練習寫字，又省錢又乾淨。」

「謝謝爹，謝謝二叔。」劉秀泣不成聲。

劉裕見姪女哭成淚人兒，哈哈笑著安慰她一通，劉俊正在屋裡哄甜甜睡覺呢，聽見劉秀哭，也跑出來瞧。

劉裕見劉俊出來，對劉俊道：「往後我每月回家，教秀秀讀書識字，俊娃，你想不想學？」

劉俊撓撓頭，道：「秀秀都這般有志氣，我這做大哥的可不能輸給自家妹子，我學！」

劉裕讚許地點頭。「好，教一個也是教，教兩個也是教，往後你們兩個就都跟著我學吧！往後咱們劉家就不光有我一個讀書人，以後俊娃、秀秀，都是讀書人！」

劉俊嘿嘿一笑，道：「我年紀大了，腦子沒二叔好，考功名就別想了。能認幾個字、寫個信啥的就滿足了。」

張蘭蘭看劉裕非常樂意教家人讀書，眼珠子一轉，道：「那裕娃也教教嫂子識字吧。」

雖然張蘭蘭讀了二十多年書，比這裡任何一個人的「學歷」都要高，不過在這個時代，她依舊是別人眼中不識字的文盲，一個文盲出去做生意賺錢，總是有諸多不便。正好這次藉著跟劉裕學習的機會，往後可以順理成章地說自己識字了。再說繁體字和簡體字的差別非常大，她雖然能認得這裡的繁體字，卻不怎麼會寫，現在可以光明正大地學習。

一聽妻子要學，劉景也不甘示弱。劉景早年跟弟弟學一陣子，可因為自己太忙而沒有堅持，只學了半吊子。這次劉景見妻子兒女都加入識字的隊伍，自己也不想落後了。

「我也想學，成不成？」羅婉抱著甜甜，一臉期盼。

「好好好，都學！」劉裕哈哈大笑，沒想到自己居然成了家裡的香餑餑，家人都爭相跟自己學識字。

劉裕從小花家裡銀子讀書，一直認為自己百無一用是書生，沒給家裡做過一點貢獻。如今他突然覺得自己有用了，起碼自己能給家裡人當老師，教他們讀寫識字，內心一下子澎湃起來。

劉家大學堂正式成立，家中每個人都異常興奮，聚在院子裡嘰嘰喳喳地說話。

要知道劉家村識字的人，加上劉裕，不超過五個。在鄉里，每個識字的人都會被人高看一眼，哪怕沒有功名，只要能寫會讀，便有高人一等的感覺。

劉景手邊正好有木料，立刻開始給家裡每人做一個寫字用的木框。劉俊帶著弟弟劉清去村邊的河岸挖沙子，將沙子淘洗乾淨，篩出細密均勻的沙粒，放在院子裡曬乾備用。

劉景做活很快，沒一會工夫，就做出幾個木框來，家中人手一個。劉秀得了木框，抱在懷裡細細摩挲，喜歡得雙頰緋紅。

羅婉同小姑劉秀坐在一處，手裡拿著自己的木框，感慨萬分。她從來沒有想過，自己居然有機會識字，簡直跟作夢一樣！

小石頭趴在床上，朝床邊的窗戶向外張望，一臉羨慕地看著劉家眾人。

劉清抱著自己的木框笑嘻嘻地跑進屋，小石頭笑著說道：「清娃要唸書識字了，真好。」

劉清點點頭，道：「二叔說先讓我跟著大夥兒一起學，等回頭去了私塾，再跟著先生學。石頭哥，你想不想學認字？」

小石頭先是點點頭，而後黯然地低頭。自己是個外人，哪有資格跟著劉家人學識字。

劉裕抱肩站在門口，笑道：「你若是想學，就跟大夥兒一起，反正多一個不多，少一個不少。」

劉清跟著說道：「對對，石頭哥跟著清娃一起學！」

劉景手裡拿著個木框走進屋，放在小石頭床頭，笑道：「這是劉叔給你做的，你想學就跟著聽課，能學多少是多少，往後的事往後再說。」

傍晚時分，劉家大講堂正式開課。

劉裕立在院子裡，手裡拿著根長長的木棍，其他人每人搬著個小板凳，整整齊齊坐成一排。每人面前都擺著裝有細沙的木框和一截木棍，小石頭也掙扎著下床，趴在一張高凳子上。

劉裕由啟蒙讀物《三字經》開始教起，每個人都學得異常認真，一家大小跟著劉裕一句一句的誦讀《三字經》。

當珍妮兒娘鄭悅氣喘吁吁地推開劉景家大門時，看到劉家人端坐成一排，每個人嘴裡都異口同聲地念叨著她聽不懂的話，差點魂都嚇飛了，難不成劉景家的人全都中邪了？

「啊呀我的娘啊！」鄭悅嚇得後退幾步，一屁股坐在地上，心道若不是為了討好劉木匠，她才不來劉家報信呢！

鄭悅的尖叫聲打斷了院子裡的朗朗讀書聲，劉裕看今天的課程差不多了，便下了課。孩子們還處在剛識字的興奮中，嘰嘰喳喳的聚成一團，互相討論剛學習的內容。

張蘭蘭一瞧鄭悅來了，心道定是沒有好事。

鄭悅一臉討好地對劉景笑笑，反應過來剛才劉裕這是給劉家人教書呢，是自己沒見識大驚小怪了。

「喲，劉大哥，蘭嫂子，我是來給你們家報個信兒。」鄭悅搓著手，上次張蘭蘭威脅她說不給她兒子做家具的事，她還記著呢，現在好不容易找到個跑腿的機會，便上杆子地來巴結了。

「啥事啊？」張蘭蘭沒好氣道。

「那個，錢老頭沒了，明兒個辦喪事，我來通知大夥兒一聲。」鄭悅討好地笑道，見張蘭蘭一副要趕人的樣子，硬著頭皮陪笑臉，道：「蘭嫂子，我家大小子前些日子訂了親，還要請妳家掌櫃的給打幾件家具……」

張蘭蘭哼了一聲，這鄭悅怕是報喪只是個由頭，目的是為了來說做家具的事。

張蘭蘭目前還沒想好什麼時候說出那一百兩銀子的事，可劉清唸書又是一筆銀子，她可不想和送上門的銀子過不去。不過鄭悅這麼討人厭，平時總是跟張蘭蘭對上，時不時來冷嘲熱諷落井下石一番，要是就這麼答應鄭悅，鄭悅說不定還以為張蘭蘭稀罕她家的銀子，求著鄭悅給劉景活兒幹呢。

「哦，我家晦氣，怕做了家具衝撞妳家的喜氣。」張蘭蘭眨巴眨巴眼，她可還記得當時她家失火了，鄭悅是怎麼來落井下石、冷嘲熱諷的。

鄭悅被張蘭蘭一句話噎得直想翻白眼，梗著脖子滿臉通紅。見張蘭蘭如此難說話，鄭悅把主意往劉景身上打，討好笑道：「劉大哥，這十里八鄉的誰不知道劉大哥的手藝好，品格好，心腸熱。你瞧咱們鄉里鄉親的，這不，我家有活兒，就頭一個想著劉大哥嗎？你說這銀子給誰賺不是給，不如給咱們村的鄉親，肥水不流外人田，是不？」

劉景雖然不知道妻子和鄭悅之間有什麼過節，不過媳婦說什麼就是什麼，劉景壓根兒不買鄭悅的帳，任憑鄭悅將自己誇得天花亂墜，劉景只一句話：「我聽我媳婦的。」就將鄭悅堵得死死的。

瞧劉景這麼給面子的力挺自己，張蘭蘭心裡不由有點小得意。

劉木匠都發話了，說聽他媳婦的，鄭悅知道到底還是得過張蘭蘭這一關，硬著頭皮腆著臉道：「蘭嫂子，我當時說著玩呢，妳別當真。若是妹子說話沒遮攔，惹得嫂子不高興，妹子給妳賠個不是。」

張蘭蘭哼了一聲，道：「喲，這我可擔待不起。要給妳家做家具可以，不過可要先去去我家的晦氣，省得往後妳家有什麼倒楣事，都賴到我家頭上。」

鄭悅一聽張蘭蘭鬆了口，忙道：「都好說，都聽嫂子的。」

張蘭蘭瞧鄭悅這憋著火，卻還要討好自己的樣子，就覺得好笑，道：「回頭我得去廟裡拜拜，捐個香火錢。這錢妳就加在工錢裡，不多，就五百文。回頭妳把工錢準備好，拿了工錢，我家掌櫃的就上妳家做活去。」

五百文可不是個小數目，鄭悅頓時感到一陣肉疼。可若是不答應，劉景就不給她做家具了，她請城裡的木匠，多花的可不止五百文。鄭悅跟吃了個蒼蠅似的，垂頭喪氣，卻還要陪著笑臉，一一答應下來，這才離開劉景家。

張蘭蘭瞧著鄭悅的背影，一陣神清氣爽，心道這鄭悅真是嘴賤一時爽，掏銀子吧！

一家人吃過晚飯，劉景就抱著兒子劉清去後院餵小母羊，支走了女兒劉秀，一副神神秘秘的樣兒，跟劉清竊竊私語。

張蘭蘭瞧著那鬼鬼祟祟的父子倆，不知劉景葫蘆裡賣什麼藥，不由覺得好笑。

可等到晚上睡覺的時候，張蘭蘭便笑不出來了。

劉裕在家過夜，和小石頭睡自己屋，劉清吵嚷著非要和他二叔睡，美其名曰要多問問二叔私塾裡的事，好為將來入學打算。

劉景搬著個小板凳在張蘭蘭門外正襟危坐，聽見裡頭兒子鬧騰的聲音，趕忙進屋，抱起兒子就往門外走。

「唉，你幹什麼呢？」張蘭蘭扯著劉景袖子，一臉警戒。「你要把清娃抱到哪兒去？」

劉景一臉正經，對清娃道：「娘和姊姊要睡覺，清娃乖乖的，可不能鬧騰。爹帶清娃去你二叔那兒，你和二叔說會兒話，爹再把你抱回來睡覺。」

劉清只穿了中衣，興奮得手舞足蹈，拍著手道：「好好，爹抱我去找二叔！我有好多問題想問二叔呢！」

張蘭蘭一臉不信任地盯著父子倆，劉景點了點兒子的小鼻尖，道：「那你得答應爹，過一會兒二叔要睡覺了，爹就抱你回來，你不許鬧，回來要好好睡覺，知道不？」

劉清使勁點頭，連忙答應。劉景對張蘭蘭道：「蘭妹，清娃想唸書的新鮮勁正濃呢，我抱他去裕娃屋玩會兒，晚些給他送回來，妳跟秀秀先睡。」

張蘭蘭想了想，道：「行，一會兒你記得把孩子送回來。」

劉景應了一聲，抱著劉清出了屋。劉秀已經洗漱完畢，靠著牆睡得迷迷糊糊。張蘭蘭吹了燈，鑽進被窩。

過了不知多久，張蘭蘭睡得正香，忽然感覺一隻手從背後伸過來。

「清娃，乖乖睡了……」張蘭蘭咕噥一聲，止不住的睏意襲來，眼皮沈甸甸的，昏昏欲睡，可不知怎的，忽然覺得那隻伸過來的手有些異樣，直直往自己中衣裡頭鑽。溫暖粗糙的大手冷不防地握住張蘭蘭胸前的柔軟，張蘭蘭一個激靈睜大了眼，剛要翻身，只見黑暗中一個身影敏捷地翻身壓在自己身上。

「蘭妹……」耳邊是劉景略帶喘息的低沈聲音。

張蘭蘭頓時覺得頭皮快炸開了，還沒等她有所動作，一張柔軟帶著男性氣息的嘴唇已經覆蓋在她的唇上，攪得她大腦一片空白。

待到她反應過來時，胸前已毫無遮擋，如成熟蜜桃般的春光乍洩，全映在劉景灼灼的雙眼裡。

「你幹什麼！」張蘭蘭氣急了，沒想到劉景竟然沒按照約定將兒子抱回來，而是自己摸黑上床，還……還做出這般惱人的事！

「蘭妹，我好想妳。」劉景雙手箍著張蘭蘭的胳膊，在那誘人蜜桃上啃了一口，氣息火熱得快要將張蘭蘭燃燒起來。「我都好幾個月沒和妳親近了，蘭妹，妳是要憋死我嗎？」

張蘭蘭惱他，掙扎著要將他從身上推下去，忽地感覺到旁邊熟睡的女兒翻了個身。

「別把秀秀吵醒了。」劉景輕輕在張蘭蘭耳旁說，一隻手輕輕摸索著張蘭蘭的面頰，對著那抹嫣紅，溫柔又霸道地吻了下去。

張蘭蘭只覺得跟飄在雲裡一般，不知怎的，衣裳一件件落地，不知怎的，身子便同劉景絞在了一起。

「蘭妹，給我，好嗎？」劉景箭在弦上，但尚存最後一絲理智，他不想強迫妻子。

張蘭蘭渾身滾燙，腦子也混沌不清，只覺得身子裡似有一團火，唯有眼前這男人，能熄了那火，能平息了那渴望。

張蘭蘭咬著嘴，從齒縫裡逸出銷魂得近乎呻吟的一個字。「好。」

劉景的身子一顫，正要朝著他日思夜想的桃花源之地進攻，卻聽見外頭傳來一陣小兒的大聲啼哭。

「哇！哇！娘！我要娘！」劉清的哭聲響徹屋子，把熟睡的小甜甜也吵醒了，兩個娃娃一起哇哇地哭，這下全家都醒了。

「小兔崽子！」劉景狠狠咬牙，飛快拉上衣褲穿上。

張蘭蘭慌慌張張地拉了衣裳穿上，衝隔壁喊道：「清娃，娘在這兒呢！」

劉秀被吵醒，迷迷糊糊地揉揉眼。張蘭蘭不想女兒看見自己衣著不整的模樣，趕忙拍著劉秀的後背，口裡哄著：「秀秀繼續睡，娘去看看妳弟弟。」

張蘭蘭瞪了劉景一眼，穿好衣裳去隔壁房裡瞧兒子。劉景又是委屈又是心塞，自己好不容易把兒子哄去弟弟房裡睡覺，終於有機會跟妻子親熱了，誰知道那臭小子！

唉！劉景黑著臉，仰天長嘆，趁著夜色披了件衣裳，鑽進茅房，腦子裡想著方才妻子的模樣，開始「安撫」那高高支起的帳篷。

張蘭蘭進了劉裕屋子，見劉清正坐在床上大哭。

「娘在這兒呢。」張蘭蘭忙過去哄兒子。

劉清一見母親來了，嗚嗚哭著鑽進母親懷裡。劉清方才作了個惡夢，醒來本想找娘的，誰知道娘竟然不在身邊。劉清忘了晚上自己睡在二叔房裡的，頓時以為娘不見了，不要他了，便傷心地哭起來。

劉清這次嚇得不輕，張蘭蘭哄了好半天才將劉清哄好。這時劉景已經解決完畢，進來瞧瞧情況，只見劉清這小兔崽子整個人都鑽進張蘭蘭懷裡，那兩隻肉乎乎的小手還抓著他娘胸前的衣裳！

小兔崽子！壞了你老子的好事！那小爪子抓哪兒呢?!那是你爹我摸的地方！

劉景黑著臉，在劉清屁股蛋上輕輕捏了兩下，道：「你個小兔崽子！就這點出息？」

劉清被爹爹一訓，更往娘懷裡鑽，整個人掛在張蘭蘭身上。

張蘭蘭知道劉景好事被打斷，心裡必定甚是不爽。不過誰叫那是他兒子呢？受著吧！

「我抱清娃回屋睡覺，你就跟裕娃、小石頭睡吧。」張蘭蘭抱著兒子走了。

劉景嘆了口氣，認命般乖乖地脫鞋上床，跟弟弟他們擠一張床睡，心裡默默問自己，那明明是自己媳婦，到底啥時媳婦才能讓他吃上口肉啊！

這邊張蘭蘭抱著劉清回來，安撫了好一陣，哄著兒子睡下，自己這才躺下。可一想起方才和劉景發生的事，就覺得身子裡憋了團火般難受。

俗話說「三十如狼，四十如虎」，原身三十出頭的年紀，正是需求最旺盛的時候，雖然張蘭蘭理智尚在，可「嘴上說不想要，身體卻很誠實」這句話正是她現在最好的寫照。

張蘭蘭逼自己閉上眼睡覺，可腦海裡卻不斷浮現出劉景的身影。方才她第一次真切地感受到那個男人的強壯，長年累月做體力活的劉景，擁有一副充滿結實肌肉的修長身軀，健美有力的長腿，結實有力的腰線，還有那胸肌腹肌……再配上那張帥帥的臉……

張蘭蘭越想越覺得簡直睡不著！

翻來覆去折騰了一晚上，張蘭蘭幾乎是睜著眼睛到天亮的。再看看旁邊睡得正香的劉清，張蘭蘭輕輕在那小包子額頭上親了一口。

反正也睡不著，不如早起呼吸新鮮空氣。張蘭蘭頂著兩個黑眼圈，輕手輕腳地穿衣洗漱，走到院子裡活動活動。

朝陽還沒冒頭，東方只有幾絲亮光，微弱地照在大地上。清晨的農家小院平和而安靜，空氣清新得彷彿被洗滌過一樣，帶著微微的涼意。張蘭蘭深深吸一口氣，覺得五臟六腑都被這純淨的空氣浸潤，整個人都精神了起來。

「蘭妹……」身後一聲輕輕的呼喚響起，看來睡不著的不只張蘭蘭一個人。

張蘭蘭回頭，劉景目光灼灼地盯著她，那眼神恨不得將她拆吃入腹般。張蘭蘭受不了那目光，低下頭，目光掃過劉景小腹下，見他上身衣襬遮蓋的地方，有可疑翹起的角度，隱約勾勒出宏偉的粗壯。

張蘭蘭咬著牙，差點忘了男人大早上的會「起立」。

劉景看著妻子，吞了吞口水。他昨晚雖然自行解決了一發，不過實在是憋得難受，今早格外腫脹，好不容易躺著平靜了心情，想來院子裡轉轉，分散一下注意力，誰知道一出門就瞧見妻子立在熹微的晨光裡，格外好看。

於是劉景又不爭氣地「起立」了。

劉景感受到妻子的目光從自己脖子以下不能描寫的部位滑過，只覺得一陣熱血上湧，越發脹得難受。

張蘭蘭輕輕咳嗽兩聲，劉景的臉騰地紅了，匆匆跑去茅房，心裡盤算著要儘快把燒掉的那幾間房蓋起來，省得那幾個小兔崽子成天霸占自己媳婦！

過沒多久，家裡人陸陸續續都起床了，劉清依舊一副沒心沒肺的樣兒，在院子裡快樂地蹦躂撒歡，絲毫不知道昨兒晚上自己哭了一場，壞了他老子的好事。

今兒錢家給錢老頭辦喪事，按照劉家村的規矩，每一戶都要去參加。雖然錢大夫婦曾經跟劉景家有過節，不過畢竟去世的是錢老頭，死者為大，張蘭蘭覺得自己還是得去一趟。

因著要送劉清去唸書，又多了筆開銷，劉景吃過早飯就開始做木簪。按理來說，劉景家去個人隨禮就夠了，張蘭蘭本打算自己一個人去，可臨出門時，忽然見到錢大夫婦兩人上門，兩人手上還都提著東西。

張蘭蘭頓時警覺起來，這兩個人不在家裡辦喪事，跑來她家幹啥？

錢大夫婦滿臉尷尬，顯然很不情願踏進劉景家院門。

劉景放下手裡正在做的活兒，一言不發地盯著錢大和周氏。張蘭蘭瞅著那兩人，猜測他們的來意。

錢大嘿嘿地乾笑著，看了看劉景，又看了看張蘭蘭，顯然知道自己先前得罪這家人，這會子又來求人家，饒是錢大夫婦臉皮那般厚，面對劉景一家的冷臉，面上仍有些掛不住。

錢大嚥了口唾沫，將周氏往前一推，口裡道：「妳去說，快去。」

周氏被錢大推得一個趔趄差點摔倒，又不敢違背丈夫的意思，只好硬著頭皮上前陪笑，將提來的禮堆在劉景腳邊，道：「劉家大哥，這麼早就起來做活啊？」

劉景哼了一聲，低下頭繼續打磨髮簪，懶得搭理周氏。

周氏又對張蘭蘭陪笑臉，卻又受了白眼，退縮著想躲到丈夫身後。錢大見妻子出師不利，小聲罵道：「妳這沒用的東西，平日見妳能說會道，怎麼重要時候倒成了悶葫蘆。」

周氏低著頭，心道你能你去說啊！又不敢明著頂撞錢大，真是進也不是，退也不是。

正在錢大夫婦僵持之際，劉裕出了屋，一臉不解地看著院子裡氣氛有些詭異的四個人。

那錢大一見劉裕，眼睛亮了亮，猛的將周氏往劉裕那兒推了出去。周氏跟個滾地炮似的，幾步衝到劉裕面前，扯著劉裕的袖子嘿嘿笑著。「裕哥兒在家啊，瞧裕哥兒周身這氣度，一瞧將來就是官老爺，讀書人就是跟我們莊稼人不一樣。」

劉裕皺了皺眉頭，抽出袖子，道：「讀書人與莊稼人都是人，有何不一樣？縱然我讀了幾本書，也不能忘本。」

周氏拍馬屁拍到馬蹄子上，很是尷尬。

張蘭蘭看不下去這鬼鬼祟祟的錢大夫婦，一隻手扯著周氏，將她從劉裕身邊拽過來，省得她一會兒又一屁股坐地上，冤枉劉裕打她了。

「說吧，你們今兒不在家給你們爹辦喪事，跑我家來幹什麼？」張蘭蘭盯著錢大道。

錢大搓著手乾笑。「我、我幾個兄弟在家操持呢，我是、是出來想請妳家裕哥兒幫個忙。」

錢家辦喪事，劉裕能幫什麼忙？劉景夫婦面面相覷。

「是這樣的……」錢大將事情原委講出來。

原來無論是紅白喜事，主家都要有能寫會算之人，記下往來親朋的禮單，並結算隨禮的帳目。錢家原先請了個老先生，可那老先生突然得了急病來不了，村子裡識字的人極少，又全都去城裡謀生做活，如今村裡的讀書人，唯有正巧回家的劉裕。

所以錢大雖然知道自己先前得罪劉景家，可事到如今，實在是沒有別的人選，只能厚著臉皮來求劉家。

「這是我們送給裕哥兒的禮物，還有五百文的報酬。」錢大將禮物和銀錢奉上，好聲好氣道：「先前是我們夫婦二人不懂事，惹了劉家大哥不高興，我們在這兒賠個不是。就請劉大哥看在我爹的分上，幫我們這一回。」

周氏也跟著附和，夫妻兩個又是作揖又是認錯，完全不見原先那盛氣凌人的架勢，倒是把張蘭蘭給逗樂了。

劉景聽完，沈默了下。「行，那我就不計較了。不過到底去不去，還要裕娃自己說了算。」

畢竟死者為大，劉景不想在人家喪事上故意給人為難，這事就算是應承了下來。錢大夫婦見劉景鬆了口，千恩萬謝地將禮物和報酬放下。

小石頭趴在窗戶上往外看，不明白裡頭的彎彎繞繞，便問屋裡的劉俊。劉俊瞥了眼錢大夫婦，冷笑一聲，將他們扣留劉景，非讓他做棺材的事跟小石頭講了。

小石頭聽了，沈默了一下，趴回床上躺著，心裡有了盤算。

張蘭蘭本就打算去錢家，這會兒正好與劉裕同去。一路上只見錢大夫婦對劉裕恭恭敬敬，畢竟劉裕是讀書人，村民對讀書人總懷著敬畏。

到了錢家，錢大夫婦先是端出好菜好飯，請張蘭蘭和劉裕美美吃了一頓，這才恭恭敬敬請了劉裕去做事。張蘭蘭隨了禮，按照村裡的規矩，村中婦人是會在紅白事上互相幫襯幹活，可錢家人哪敢勞動劉裕的大嫂啊，周氏好聲好氣地將張蘭蘭請出廚房，不敢煩勞她做一點活兒。

劉裕還在錢家，張蘭蘭不想撇下他獨自回家，反正廚房那些粗活累活用不著她，她索性樂得清閒，去幫劉裕打下手，磨個墨、整理下桌子。

劉裕收隨禮記帳的桌子擺在靈堂外頭，張蘭蘭將來來往往的各色人等盡收眼底。靈棚裡跪著錢老頭的幾個兒媳，幾個兒媳婦一看都不是省油的燈，個個乾嚎地哭，卻沒人流下過一滴眼淚。

張蘭蘭這邊給劉裕打下手，忽地就聽見後面靈堂傳來罵聲，好奇地走進去一瞧。

好傢伙，錢家四兄弟竟然不知為何打成一團，幾個兒媳也幫著各自丈夫打架，幾個錢家孫子輩的看著各自的爹娘打架，幾個半大小子也扭打成一團。靈堂上頓時亂成了一鍋粥，混亂中，連擺著牌位和供品的桌子都被踢翻了，各色瓜果混著灰滾得到處都是，有的被人踩得稀爛。

我的娘喲，這玩的是哪一齣？張蘭蘭撫額，忙大呼叫人來幫忙。

這會子眾人正在後院吃席呢，聽見張蘭蘭呼喊，一大幫人嘩啦啦地湧過來。

這些來客裡頭有錢家幾個媳婦的娘家人，見自家女人姑爺被打了，也都捲起袖子紛紛加入戰局。一時間場面更加混亂，張蘭蘭目瞪口呆地看著一群人從前堂打到後院，圍著裝錢老頭的棺材打得不可開交。

劉裕聽見裡頭響動，也忙過來看。他一個文弱書生，哪見過這般情景，只見每個人都打紅了眼，抓、咬、掏襠這種下流手段都用了。不知是誰被人推了一把，狠狠撞在棺材上，竟然將棺材撞翻了！

錢老頭穿著壽衣，骨碌碌從棺材裡滾了出來，面色鐵青，一雙眼睛瞪得大大的，簡直死不瞑目的樣子！

是啊，這人還在靈堂棺材裡擺著呢，兒孫就打成一團，還把死者從棺材裡撞出來，擱誰身上，誰都死不瞑目！

錢老頭突然掉出來，讓那夥打架的人停頓了一下，而後竟然打得更凶。

錢家老二、老三罵錢老頭偏心，把祖上的宅子留給老大，錢大罵錢四捲了老爺子的家產，自己只得了這破宅子，還要給錢老頭養老，老二、老三不但不養老、不出喪事錢，竟然還想偷偷瓜分喪禮的分子錢。錢二、錢三表示自己一點家產也沒分到，就不該出辦後事的錢，家產全教老大老小占了，自己拿點收的隨禮錢怎麼了？

錢家四兄弟本就有積怨，此時為了禮錢怎麼瓜分爆發起來，幾人打得如火如荼，連錢老頭的屍身都不管，混亂中還有幾個人踩到錢老頭，錢老頭原本平平整整的壽衣，被踩得皺巴巴，滾得一身是灰。

劉裕看得目瞪口呆，他還是頭一次看見為了爭幾個禮錢而如此喪心病狂的一群人。

錢二、錢三打了一會兒，突然想到鄉親們的隨禮錢都在劉裕那兒記錄暫存。錢二忽地朝劉裕那邊衝過去要搶錢，錢三看見他二哥動作，也反應過來。

張蘭蘭眼見錢二要將劉裕掀翻在地，眼疾手快地拉了劉裕就跑，留下錢二、錢三兄弟倆為搶隨禮錢大打出手。

錢家兄弟大鬧靈堂的事很快就在村裡傳開了，有村民去叫來錢家族長，錢族長領了三十多個壯漢，浩浩蕩蕩趕過來，這才將那群打架的人分開，將錢老頭的屍身重新裝棺。

張蘭蘭帶著劉裕回家的時候，劉景正坐在院子裡抱著小孫女曬太陽，一家人聽見張蘭蘭講述在錢家辦喪事的見聞，都覺得匪夷所思。

張蘭蘭覺得這件事除了因為錢家的家教不好之外，還有一個原因，就是錢老頭偏心，沒有一碗水端平。

錢老頭生前最寵愛小兒子，將小兒子寵得無法無天，不知孝順父母。後來分家時，錢老頭將家中最值錢的金銀細軟都分給小兒子，將不值錢的老宅子給了大兒子，只拿了兩畝薄田，就將老二、老三打發了。

然而小兒子養了錢老頭幾天，就嫌老頭子煩人，吃得多要花錢，將錢老頭送到錢大那兒，硬要錢大養。錢大好面子，想博個孝名，無奈只能收留錢老頭，直到錢老頭病死。

劉家眾人對錢老頭的事唏噓不已，古人說「不患寡而患不均」，張蘭蘭更是提醒自己，對家人定要一碗水端平，省得日積月累，小怨積成大恨，親人變成仇人。

第八章

下午，劉裕照例給劉家人講課，囑咐家人平日裡抽空多多練習，若是有不會的，可以互相詢問學習。等他下個月月底回家，再教授新的課程。

劉裕收拾好行李準備回私塾，劉景夫婦送他去村口坐牛車，走到一半，卻被幾人攔住。

來者是錢老頭的孫子錢佳，帶著錢氏幾個後生。

錢佳跑得氣喘吁吁，拉著劉裕的袖子死活不讓走，非要拉著劉裕去錢氏祠堂。劉景一見他們拉扯弟弟，立刻急了，讓錢佳有話好好說，別動手。

錢佳呸了一聲，指著劉裕的鼻子罵道：「我瞧你是個讀書人，怎麼還做起賊子的勾當？忒不要臉！」

劉裕被錢佳劈頭蓋臉一頓痛罵，整個人都懵了，他好端端的怎麼突然就變成賊了？

劉裕急得滿臉通紅，可那錢佳只翻來覆去說劉裕是賊，任憑劉裕怎麼解釋，都聽不進去，真是秀才遇到兵，有理說不清。

「吵吵吵，吵什麼吵？」張蘭蘭見不得自家人受欺負，大著嗓門抄起她悍婦的架勢，挺著胸脯往劉裕面前一擋，扠腰瞪眼盯著錢佳，罵道：「連話都說不清楚，就知道瞎嚷嚷，難不成要比誰嗓門大誰有理？」

一見村裡有名的潑婦出頭，錢佳的氣焰頓時矮了一截，道：「劉裕偷了我家錢！我爹叫我拿人！」

「我呸！話可不能亂說，我家裕娃啥時偷你家錢了？」張蘭蘭氣不打一處來，錢佳是錢老二的兒子，張蘭蘭估計這事肯定與劉裕去幫錢家喪事記帳有關。

劉家不計前嫌讓劉裕幫忙記帳，可錢家倒好，不但不知感激，竟然反咬一口，說劉裕偷錢，真是氣煞人也！

劉裕一張臉脹得通紅，他一介文弱書生，比不得莊稼漢強健，嗓門也沒人家大，這會兒白白被冤枉，氣得七竅生煙。

「我大伯請他去記帳，誰知道他借機偷錢，把好些禮錢都偷藏起來！」錢佳一口咬死劉裕偷錢，幾個人圍上來拉拉扯扯，要將劉裕拉走。

劉景、張蘭蘭均是身強力壯之人，哪可能眼看著劉裕在自己眼皮子底下被拉走，夫妻兩人護著劉裕，幾乎要同錢佳的人打起來。

這處人聲嘈雜，有好些村民圍著瞧熱鬧，其中不乏有劉景的同姓本家，見姓錢的同姓劉的起了衝突，有幾個人跑去劉氏族長那兒報信，還有幾個劉景同一輩的壯漢來幫忙護著劉裕。

圍觀的人越來越多，村裡姓錢的和姓劉的分別加入兩方陣營，眼看著一場大規模衝突就要爆發。

張蘭蘭緊張地護著劉裕，跟母雞護小雞崽似的。劉裕不過是個十二歲的少年，若是教那些下手沒輕重的莊稼漢打了，可真不得了。

幸虧就在雙方僵持之際，有人將劉家族長和錢家族長同時喊來，兩位族長一見族裡的後生這般架勢，都皺起了眉頭。

劉家村自古是姓劉的家族居住的村落，中途又遷徙進來幾個其他姓氏的家族，現在劉家的家族最大，錢家次之，幾百年來，家族之間和睦共處，鮮少有衝突，如今這般規模的衝突，兩位族長還是頭一次見到。

村中後生對族長極為敬畏，一見自己一族的族長來了，不再劍拔弩張，等著族長主持公道。

此事涉及錢老頭家的四個兄弟，和劉景一家人，便由兩位族長作主，將眾人領到劉家祠堂外的空地上，讓兩方對質，再作處置。

錢大一手抱著個箱子，一手拿著帳本，周氏跟在錢大身旁，哭得一把鼻涕一把淚。

「我家好好地送了禮，給了酬勞，相信劉裕的品性才叫他記帳，誰知道他竟然趁著亂子偷錢！這是鄉親們給我家老爺子的隨禮錢，劉裕連死人的錢都偷，簡直不是東西！瞧他長了副人樣，一肚子書都讀到狗肚子裡了！」周氏哭訴道。

「我沒偷！妳無憑無據，血口噴人！」劉裕憤怒道。

「你沒偷，這銀子怎麼少了?!」周氏嚷嚷道。「除了你，銀子還過誰的手了？」

張蘭蘭冷笑一聲。「哼，這銀匣子現在在誰手上？妳說銀子過了多少人的手？」

張蘭蘭手指錢家四兄弟，輕蔑道：「你們這群狗東西，為了搶幾個禮錢在自家老爹靈堂前打成那樣，把自己老子都從棺材裡翻出來了，也不嫌丟人？這會竟然還有臉來誣陷我們劉家人！我家裕娃什麼作風什麼品性，村裡誰不清楚？倒是你們幾個，哼哼！除了你們家，還有誰家有臉在靈堂上打起來?!這會子狗咬狗打完了還嫌不夠，還想咬到我們家頭上？也不想想，我劉家可是好欺負的？」

在場看熱鬧的眾人紛紛點頭，錢家四兄弟在靈堂上大打出手的事全村都傳遍了，這樣人家的品性可見一斑。

祠堂外，一輛裝飾華麗的馬車靜悄悄地停在不遠處，馬車外跟著幾個穿著一樣衣裳的僕從。馬車裡頭伸出一隻纖纖玉手，微微挑起點門簾，裡頭坐著位二十出頭的大姑娘，穿的是綾羅綢緞，眉清目秀，一雙杏眼正往祠堂那邊人群聚集處瞧著。

車窗外立著名三十出頭的漢子，正殷勤地跟車裡的大姑娘說話。「芸姑娘，要不要過去瞧瞧？」

芸姑娘抿著嘴，透過人群瞧著正在說話的張蘭蘭，道：「她可就是那劉家娘子？」

車廂裡一個女聲忙應道：「是，就是她了。」

芸姑娘微微一笑，道：「不急，咱再瞧瞧。」

若是在往日，這惹眼的馬車駛入村子，定會引得眾人爭相來看，可這會兒幾乎全村人都聚在祠堂外頭看熱鬧，倒沒人注意到他們。

村民們對錢家四兄弟指指點點，都不齒他們大鬧靈堂的行為，錢大急了，胡攪蠻纏道：「我們兄弟幾個打架是我們的家事，你們外人有什麼資格說道？倒是劉家族長，你別包庇你姓劉的，劉裕偷了我家的錢，就要還我家個公道！」

錢家一口咬死，說禮錢少了，是劉裕偷的，劉裕堅持自己沒拿。

「你說我弟弟偷錢，你可有證據？」劉景質問道。

錢大眼珠子骨碌碌地轉，一副無賴樣說：「錢過你弟弟手就少了，不是他偷的，是誰偷的？」

「沒有證據，休得血口噴人！」劉景怒道，真是低估了錢大這無賴！

「定是劉裕偷的！劉景你別想賴帳，我看咱們都是鄉里鄉親，不想逼人太甚，這樣吧，你只要賠了錢，這事就這麼算了。」錢大耍賴道：「你弟弟偷了我家二兩銀子，你賠給我家五兩，我家就不追究了。要不然我就叫我家人把你弟弟偷錢的事到處宣揚，看看是誰沒臉！」

張蘭蘭算是瞧明白了，錢家這是訛上自家了。可憐劉裕，好心幫人記帳，卻惹了這麼一身騷，十二歲的少年委屈極了，眼眶通紅，卻還強憋著不落淚，不想教這群惡人看笑話。

錢大一家不要臉，光腳的不怕穿鞋的，可劉裕將來是要走科舉路的，若是教不知情的人誤以為劉裕還有偷竊的前科，那他的前途可就毀了，錢大正是戳中劉裕這個軟肋，才這般有恃無恐地敲詐。

馬車裡，那芸姑娘嘴角微揚，從馬車裡的大箱子中取出一個紫檀木盒，遞給馬車外立著的漢子，在他耳邊耳語幾句。那漢子得了吩咐，捧著木盒，左右瞅瞅，帶了兩個僕從鑽進旁邊的小灌木林裡。

不消一會兒，那漢子一頭的汗，捧著盒子鑽出來，徑直往劉家祠堂走去。

「吳鄉長？今日您怎麼有空大駕光臨我們村了？」劉家族長見了那漢子，大吃一驚，忙恭恭敬敬道。

吳鄉長微微一笑，道：「今兒我來村裡辦事，這不就這般趕巧，遇上村裡出了事。」

劉族長老臉一紅，他既是劉家族長，又是一村的村長，如今叫他上頭的鄉長瞧見這事，面子上有些掛不住，忙道：「是老朽無能，村裡才出了這樣的醜事，唉。」

吳鄉長同劉家村幾個族長寒暄幾句，瞧了瞧劉裕一家，又瞧了瞧錢大一家，道：「我瞧著你們這是公說公有理，婆說婆有理。劉村長，我倒是有個法子，能驗出誰說的是真，誰說的是假。」

劉村長正為這事頭疼，見吳鄉長橫插一腳，看這意思是要出手解決，便趕緊將這燙手山芋丟出去，忙道：「那就要請教吳鄉長了。」

吳鄉長將手裡捧著的盒子放在祠堂前的桌上，打開一條縫，一個蛇頭從縫隙裡探出來，吐了吐殷紅的芯子，嚇得周圍人紛紛倒退幾步。

「這是五步蛇，最有靈性。」吳鄉長道。「不如讓雙方跪天發誓，然後將手伸進這盒子裡。若是說謊話的人，必定得不到老天保佑，會被五步蛇咬，暴斃當場；若是說實話之人，有神靈護體，自然沒事。你們看可好？」

錢大一家臉色全白，張蘭蘭、劉景的臉色也不好看。

古人迷信，當真相信五步蛇能測真假話，可張蘭蘭不信這一套，這玩意兒是劇毒的毒蛇！咬起人來六親不認，誰管你說謊沒說謊！她可不想劉裕為了自證，傻乎乎地將手伸進去，把小命給交代了，這樣也太愚昧了。

劉景顯然也不大信這個，可在場的村民們對此卻深信不疑。

「對，吳鄉長說得對，讓他們試試唄。」看熱鬧的村民們開始起鬨慫恿。

張蘭蘭剛想開口說這個法子不行，得換一個，吳鄉長瞧了張蘭蘭一眼，眼神示意她不要說話。張蘭蘭雖不明吳鄉長葫蘆裡賣的什麼藥，不過她決定先看看再說，反正她不會讓劉裕去試。

吳鄉長笑咪咪地看著錢大，道：「既然是你家主張劉裕偷了你家錢的，那你就先來試。」

豆大的汗珠從錢大額頭流下，錢大把媳婦周氏往前推，道：「去，妳去試。」

周氏怒道：「為啥叫我去？明明是你說劉裕偷錢的！」

「還敢頂嘴？叫妳去，妳就去！」錢大一巴掌呼在周氏臉上。

若是平日別的事，周氏不敢跟錢大頂嘴，可叫她把手伸進裝毒蛇的盒子裡，錢大就是說破天，她也不會做。況且周氏知道本就是自己家誣陷劉裕，想乘機敲詐一筆，自己要是去伸手，那不是找死嗎！

「我不去，我沒看見劉裕偷錢，是你看見的，當然是你去！」周氏打死不從。

錢大與周氏為了誰伸手幾乎當場打起來。

張蘭蘭冷笑道：「你們兩個是不是心虛？早早說了實話便是，犯不著為了幾兩銀子把小命搭進去。」

周氏思前想後，錢大肯定是自己不敢去試，要推了自己去！若是自己被毒蛇咬死了，錢大定會把罪過全推在自己身上，說是自己誣陷劉裕！到時候自己死了，錢大再娶個小老婆逍遙快活……

周氏越想越不是滋味，撲通一下一屁股坐到地上，喊道：「哎呀呀，是我記錯了，劉裕沒偷我家錢！我記錯了還不成嘛！」

「記錯了？妳一句記錯就想算了？」張蘭蘭咬得牙齒咯吱咯吱響，若不是今天吳鄉長出頭，那偷盜的污水就要潑劉裕一身，往後教他怎麼抬得起頭？

誰知道周氏捧著腦袋在地上突然打滾，邊滾邊嚷嚷：「哎呀我頭疼，定是在靈堂裡撞了頭一下，撞糊塗了。你們誰沒個記錯事的時候？怎麼光揪著我不放！行了行了別看了，都回家該幹麼幹麼去！」

張蘭蘭撫額，這周氏真是深得碰瓷勒索的精髓，先是來主動挑事，一看風頭不對，一句「記錯了」就想當什麼事都沒發生過，真跟現代那些碰瓷的老頭老太太們如出一轍。

劉裕見他們改口改得那樣快，又一副無賴樣，氣得直跺腳。「你們這般無賴，我要上衙門告你們去！」

周氏瞥了劉裕一眼，輕蔑笑道：「喲，你是讀書讀傻了吧？這麼點小事還要去衙門告我們？你是掉塊肉還是丟了錢？不過是鄉里間的一些小口角，大驚小怪個什麼勁。不信你進衙門試試告我們去，看看官老爺搭不搭理你。」

鄉間少不了鄰里口角糾紛，大抵都是誰誰拔了誰誰地裡一把蔥，誰誰偷了誰家一顆蛋。而後無非是兩家罵架，或者鬧上一鬧，事情就算過去了。在錢大夫婦看來，誣陷劉裕的事也不過是鄉里糾紛而已。若是誣陷成了，還能敲一筆銀子；不成，不過兩家罵上一通，橫豎錢家不吃虧。

周氏見劉景一家對自己毫無辦法，得意洋洋地拉著錢大回家，村民們一看沒熱鬧好瞧，也都紛紛散了，只有劉景一家黑著臉，十分憋屈。

見人都散了，吳鄉長呵呵一笑，打開那紫檀木匣子，徒手從裡頭抓出條小草蛇，隨手丟進草叢裡。

「不是五步蛇？」劉裕吃驚道。

「當然不是，只是我隨手抓了一條沒毒的草蛇。」吳鄉長笑道：「這位小哥倒是個實心眼，只是往後要多多提防小人才好。」

劉裕對吳鄉長作揖，道：「多謝鄉長替我主持公道，您的話我記得了。」

劉景夫婦謝過鄉長，匆匆帶著劉裕去村口坐牛車，省得再遲就趕不上車了。送走劉裕，夫妻倆回家，剛洗把臉喝口水，就有稀客上門。

來者竟然是劉秀的乾娘胡氏，領著位二十左右，衣著華美的清秀女子，叫芸姑娘。方才那吳鄉長也同芸姑娘一同前來，對她態度恭敬得很，顯然這芸姑娘來頭不小。

幾個僕從打扮的壯漢，從門外馬車上抬下三口箱子進了院子，將箱子整整齊齊擺在院子裡。

劉家將客人迎進堂屋上茶，劉景是個有眼力勁的，看出人家是來找自己媳婦的，便同吳鄉長在院裡說話，留妻子在屋中招待女客。

劉秀見她乾娘來了，高興得緊，本想進屋同乾娘說話，卻被嫂子羅婉拉住，道：「秀秀，妳乾娘必定是有事跟娘說，等她們說完事，妳再進去。」

劉清年幼，對那幾口大箱子十分好奇，想過去瞧瞧摸摸，卻被姊姊劉秀拉住了。「清娃，不許亂動人家的東西，忘了平日娘是怎麼教你的嗎？」

劉清低下頭，有些羞愧地抓抓腦袋，道：「娘說不能亂翻別人的東西，不然別人會笑話咱們沒家教。姊姊，是我錯了，我一時忘了，以後一定記著。」

這邊張蘭蘭心裡也敲小鼓，這芸姑娘與自己素不相識，而且看起來頗有身分，就連鄉長都對她恭敬有加，她一位嬌滴滴的大姑娘，怎麼會大老遠地跑到這窮鄉僻壤來？

芸姑娘從見到張蘭蘭那一刻起，便不動聲色地打量她，見她脾氣爽朗，卻又進退有度，不似一般村婦那般畏畏縮縮，或是一味討好。

胡氏見張蘭蘭疑惑，便主動挑起話頭，張蘭蘭才知道，原來這芸姑娘竟然是徐州巡撫家太太房裡的大丫鬟！

官家太太房裡的大丫鬟，那可都是太太的心腹。平日養得比一般小戶的千金小姐還要好，怪不得芸姑娘穿著錦繡，氣質不凡。

「劉娘子，妳瞧這個。」芸姑娘從懷裡掏出一塊帕子遞給張蘭蘭，張蘭蘭接過來一瞧，是一塊上好的錦緞，繡著一朵雍容華貴的牡丹，那牡丹正是依著先前張蘭蘭親手描繪的繡樣繡成的。

可這花……很不對勁。

「娘子也瞧出來不對了吧？」芸姑娘苦笑一下，道：「不瞞娘子說，那錦繡坊正是我家太太的陪嫁。太太素日對刺繡頗有心得，那日王掌櫃差人送來新的繡樣，說是極為罕見精美，太太瞧了讚不絕口。我瞧著娘子的繡樣畫得好，做成衣裳定極受歡迎，便向太太討了這批衣料的製作差事，想在太太面前博個好名。可誰知道……真真做起衣裳來，才知道這繡樣的不凡。」

胡氏不知道其中原委，只是聽丈夫的話，陪同芸姑娘來尋人，現在聽見她這麼說，不禁好奇，問道：「有何不凡？難不成江南最好的繡娘也繡不出來？我瞧這繡樣雖然精美傳神，可也並非極難的。」

芸姑娘嘆了口氣，道：「劉娘子的花樣確實並非靠繁複取勝，恰恰相反，每朵花的筆墨不多，卻都活靈活現，彷彿每個花瓣都是活的一般。起初我也是同胡嫂子一樣的想法，認為不難，可當第一批繡樣成品交到我手上時，我卻發現，成品和劉娘子的繡樣，真真是不同的。」

芸姑娘從懷中掏出畫著繡樣的紙，將紙與帕子放在一處，讓胡氏仔細看。「妳瞧，這花啊葉啊，都能繡得一模一樣，可唯獨這顏色……沒人能配出來。我尋了好多家絲線染坊，試了無數次，卻都沒成。」

胡氏仔細一看，繡樣與成品確實顏色不同，同樣一朵花，配色的些許差別，會讓整朵花的效果天差地別。

張蘭蘭愣了一下，她怎麼都沒想到，芸姑娘是因為配不出花朵的顏色而來找她的。在張蘭蘭看來，這個時代的染料顏色雖然不如現代豐富，不過經過她的調色後，勉強能配出九成她想要的顏色，可她沒想到，她認為最簡單最基礎的調色，竟然難倒了整個江南的染坊！

芸姑娘說著，眼中竟噙了淚，泣道：「當初是我求著太太將這差事交給我，若是我做不好，定是要辜負太太的，還請娘子幫我。」

張蘭蘭見不得這芸美人兒哭，忙道：「好說好說，當初畫的時候，我便將顏色這茬兒忘了，說起來倒是我的不是。」

芸姑娘見張蘭蘭這般好說話，喜不自禁，忙叫人將院子中那三口大箱子抬進來。一口箱子中裝滿了上好的衣料，一箱是書籍筆墨，一箱是胭脂首飾。

「這是給娘子的謝禮，還望娘子萬萬不要推辭，一定要收下。」芸姑娘誠懇道。

張蘭蘭瞧著那三箱東西，真真都是好東西，不愧是大戶人家，果然大手筆！起初張蘭蘭還有點不明白為何芸姑娘找她配個色，還要如此大動干戈地親自前來，還帶著這麼厚的禮。可稍微一想就明白了，張蘭蘭覺得普普通通的調色手法，那可是古今中外無數人智慧的結晶，放在如今這個時代，的確是獨門絕技，足夠開山立派了。

本來張蘭蘭還覺得一下子接受人家這麼重的禮有些心虛，可想明白這一層後，便坦然收下。此刻她若是推辭不收，那才教芸姑娘心中忐忑、左右為難呢。

見張蘭蘭大大方方收了禮，芸姑娘一顆提起的心放下了，暗道這劉娘子果然是個爽快人。雙方商談相關事宜，約好待調好色後，芸姑娘再付給張蘭蘭五十兩酬勞。

「不知芸姑娘何時要我去調色？」張蘭蘭道。

芸姑娘急切道：「若是娘子得空，自然是越快越好！」

張蘭蘭一合計，她早些調好色，好讓那些繡樣早日做成衣裳，這樣她還有分成可拿，想必又是一筆不菲的收入。左右閒著沒事，眼見著五十兩銀子要入帳，張蘭蘭便立刻答應下來，約好兩日後便進城去錦繡坊調色。

芸姑娘大喜過望，張蘭蘭亦是很高興，調個色便輕輕鬆鬆五十兩銀子入手，還知道了個賺錢的新門路！

談妥了事情，芸姑娘便要趕著回去，劉秀這才得空與乾娘胡氏說上幾句話。

胡氏笑道：「蘭妹子，過幾日進城記得帶著秀秀啊，我家樂兒想他乾姊姊想到不行，整日纏著我問秀秀姊什麼時候來呢！」

送走了芸姑娘一行人，幾個孩子們好奇地圍著那三口大箱子。

張蘭蘭盤點了一下裡頭的東西，心情舒暢。

箱子裡的衣料從細棉布到錦緞都有，還有幾塊上好的毛料，足夠給家人每人做一身冬衣；書籍筆墨正好能給劉裕、劉清用上；而那脂粉首飾，張蘭蘭挑挑揀揀，給羅婉、劉秀每個人挑了幾樣，又給小甜甜留了幾樣，剩下的給自己留下。

張蘭蘭並非吝嗇的人，家人得了東西，個個喜上眉梢。

羅婉帶著小姑劉秀嘻嘻哈哈進屋，試用新得的首飾胭脂，張蘭蘭笑著瞧著孩子們一臉喜氣洋洋，只覺得連毛孔都舒服透亮。

「蘭妹，能解釋解釋這是怎麼回事嗎？」劉景抱肩立在門口，瞧著妻子。成親那麼多年，家裡大大小小的事，她從不瞞著自己，可如今她這是怎麼了？到底瞞著自己多少事？

糟、糟了……張蘭蘭頓時覺得後腦勺開始冒冷汗，她還沒跟劉景說她賣繡樣的事呢，那芸姑娘突然帶著厚禮上門，劉景能不懷疑嗎？

張蘭蘭忽然有種做壞事被人揭穿的感覺，畢竟自己主動坦白，和被別人發現了不得不坦白，是兩回事，更糟糕的是，裡頭還牽扯那麼一大筆銀子。

在劉景審視的目光裡，張蘭蘭覺得自己就是現代那種突然中了樂透彩卻瞞著家中糟糠之妻的大渣男，任誰看了，都會覺得那男人是打算隱瞞中獎的事，然後轉移財產踹掉老婆吧。

既然事情暴露，捂是捂不住了，張蘭蘭一五一十將她賣繡樣的事跟劉景坦白，又搬出搪塞王掌櫃的那套，算是對自己描繡樣的解釋。

張蘭蘭作出一臉無辜委屈的模樣，雙手一攤。「要不是小婉提醒我，我還不知道小時候跟著娘描的花樣能賣錢！」

劉景與原身夫妻多年，自然不似王掌櫃那種外人好糊弄，幸虧原身的母親去得早，劉景也不清楚他岳母的事。張蘭蘭費了諸多口舌，終於將自己會描繡樣的事勉強圓了過去，又將自己賺了多少銀子、怎麼花的，一一跟劉景交代了。

雖然站在張蘭蘭本人的立場來看，她覺得自己並沒有做錯什麼。她不過是個剛剛魂穿來的現代人，憑什麼要把自己賺的銀子告訴一個陌生的便宜丈夫。

不過稍微換位思考一下，站在劉景的角度來看，他努力幹活掙錢，賺的錢除了私留了些弟弟的束脩，其餘全部交給妻子，自己連家裡有多少積蓄都不知道，完全信任妻子打理家中事務。可那和他生了三個孩子一起生活十幾年的結髮妻子，賺了這麼大一筆錢竟然瞞著他！看樣子若不是突生變故暴露了，似乎沒有打算主動告訴自己的意思。

張蘭蘭覺得，劉景就是發一頓脾氣，也是情理中的事，因為這件事在劉景看來，的確是妻子的做法讓丈夫寒心。

「妳為何不告訴我……」劉景神色有些委屈、有些疑惑。

「我……」張蘭蘭心中焦急，她一向是個爽快人，這會兒卻憋得不行，總不能告訴劉景說她是穿越而來，當時打算捲著銀子踹了他吧？

「蘭妹，這麼多年來，我從未做過對不起妳的事，自認問心無愧，可妳為何要瞞著我？」劉景見她支支吾吾，追問道，眼神有些受傷。

「是因為……」張蘭蘭腦子糊成一鍋粥，脫口而出道：「是因為我那時以為你去城裡逛窯子來著！」

「啊？」劉景愕然。「我什麼時候逛過……哦，妳是說我去青樓找小石頭他爹那次？」

張蘭蘭臉脹得通紅，梗著脖子道：「我那時候哪知道你是去找人！只聽清娃說你去青樓，以為你個沒良心的背著我去找窯姊！我賺了銀子當然要自己留著了！難不成拿出來給你養外頭的女人？」

原來是……因為這個?!劉景真是哭笑不得，看著妻子紅彤彤的臉頰，頓時覺得心裡的疑惑憋屈煙消雲散。果然是個老醋罈子！可只有在乎，才會吃醋吧？

劉景忽地起了捉弄她的心思，道：「那要是我真的去逛窯子，妳打算如何？」

什麼?!真的逛窯子？張蘭蘭瞪大眼。「你要是敢逛窯子，老娘先打斷你的狗腿，再拿了銀子，帶著孩子們回我江南老家去！」

劉景忽然哈哈大笑起來，邊笑邊將張蘭蘭一把攬進懷裡，道：「我有美妻如此，逛什麼窯子，別的女子我都不屑瞧一眼。」

啊？話鋒變得有點快，張蘭蘭一下沒反應過來。劉景不是應該很生氣才對嗎？

張蘭蘭被劉景箍在懷裡，鼻端傳來一陣陣成熟男子的氣息，灼得她臉頰滾燙，張蘭蘭只覺得身子變得軟綿綿的，堪堪站不穩，理智卻又不想和這便宜丈夫這般親近地摟摟抱抱，心裡又是歡喜、又是抗拒。

「蘭妹，讓我抱一會兒。」劉景緊緊箍住懷裡的身子，心裡恍然大悟，怪不得這些日子妻子總是抗拒與自己親近，原來是因為誤會自己不忠了。

張蘭蘭腦子更亂，急忙想找個話題，慌亂指著床頭道：「我賺的銀子都在那匣子裡，你不瞧瞧嗎？」

劉景想都不想，看銀子哪有抱著香噴噴的媳婦好，道：「不瞧不瞧，銀子放妳那兒，我放心。再說我劉景一個大男人，成天惦記著媳婦賺的私房錢像什麼話？妳我夫妻這麼多年了，我賺的銀子從來都是交給妳的，妳自己賺的妳自己收好，想怎麼花都妳說了算。」

心中疑雲與不快消散，劉景懷中抱著軟玉溫香，只覺得氣血上湧，顧不得許多，一把將妻子打橫抱起，撩起一腳將房門踹上，順手下了門閂。

「你做什麼！」張蘭蘭驚道。

劉景將張蘭蘭丟在床上，飛快地壓上，雙手箍住妻子的雙手，瞇著眼睛笑道：「孩子們都在外頭呢，妳再叫大聲點試試。」

張蘭蘭羞得臉都能滴血，咬著牙小聲道：「這光天化日的，你不可以！」

「哼，妳這腦袋瓜裡將我想得那般齷齪，還逛窯子，哼哼！」劉景用嘴叼著張蘭蘭胸前的衣帶，道：「妳說，妳這般誤會我，我該怎麼罰妳？」

張蘭蘭嚇得魂都快飛了，說話都不索利，哆哆嗦嗦道：「我、我……你快放手！」

劉景哪管張蘭蘭喊什麼不可以、不要，對著身下的嬌妻上下其手，連口也沒閒著。張蘭蘭起初扭動掙扎了一陣，而後被劉景侍弄得喘息不斷，堪堪化成了一潭水，波光粼粼，泛著漣漪。

劉景真是餓極了，折騰了好久，張蘭蘭早就癱軟得無力反抗，只剩喘氣的分兒。

「蘭妹……」一頓饜足，劉景心滿意足，摟著懷中嬌妻，愛不釋手。

張蘭蘭還沒回過神來，呆呆地看著劉景的俊臉，心裡只有一個念頭，不愧是做慣了體力活，這混蛋簡直太能折騰了！

劉景吃飽喝足，心情極好，摟著妻子誇讚道：「我家媳婦就是好，模樣好、手巧。不但把家裡打理得井井有條，還有那描繡樣的本事。回頭我得上我家祖墳瞧瞧，看看是不是冒青煙了。」

張蘭蘭又羞又氣，推了他一把。「油嘴滑舌！都當爺爺的人了，還這般沒個正經！」

劉景嘿嘿一笑，道：「在外頭我可正經呢，對著自己媳婦，嘿嘿嘿！」笑得教張蘭蘭沒來由打了個哆嗦。

顧忌著還是白日，孩子們在外頭玩呢，劉景不敢折騰太久，與妻子膩歪了一會兒，便戀戀不捨地起床穿衣，又見媳婦渾身無力，仔細幫媳婦穿好了衣裳。兩人整理完畢，這才打開房門。

「咳咳。」張蘭蘭剛做了「壞事」，很是心虛，生怕孩子們瞧出異樣來。

劉景倒是很坦然，在自己家床上跟自己媳婦親熱親熱怎麼了？

劉景心情愉悅，哼著小曲將那三口大箱子搬到張蘭蘭屋裡擺好，張蘭蘭無語地看著那傢伙滿面春風的模樣，又想起方才他欺負自己的無賴樣子，臉又紅了。

一個小包子飛快地衝過來撲進張蘭蘭懷裡，口裡軟糯糯喊著娘。

劉景笑著在兒子腦袋上敲了一下，心道就是你這小兔崽子亂說話，害你娘差點誤會你爹，憋了你爹這麼久！

劉清完全不知他爹已經在腦中將自己暴揍一頓，捂著腦袋笑嘻嘻地往劉景懷裡撲。劉景才捨不得揍兒子，將劉清抱起來，劉清笑嘻嘻地環著爹爹脖子，在劉景懷裡一陣亂嗅，伸出肉乎乎的小手指頭在劉景臉上刮了兩下，軟軟道：「爹爹羞羞，學娘搽香香！」

張蘭蘭臉又羞紅了，劉景身上的味道不就是從自己身上蹭的嘛。

羅婉抱著小甜甜跨出門檻，瞧著公爹和婆婆。羅婉可是成了親當娘的人，方才公爹和婆婆在房裡，雖說刻意壓著聲音，可那響動，羅婉一聽就知道他們在幹啥，這會兒見婆婆的臉那般通紅，羅婉一下子憋不住，噗哧笑了出來，趕忙又抱著孩子回了屋。

張蘭蘭見兒媳婦一臉壞笑，心知羅婉定是知道了，臊得都想找個地洞鑽進去，心中不禁又羞又惱，白了劉景一眼，嘴形說道：「都怪你，這光天化日下，這般不像話！」

劉景臉皮老厚，嘿嘿地放下兒子，拍拍劉清的小屁股，道：「清娃，找你姊姊玩去。」支走了兒子，劉景作揖賠不是，正色道：「媳婦教訓得是，小的記著了，喏，大白天的不行，那就今晚……」

「呸！」張蘭蘭啐了他一口，趕緊堵住他的話頭，省得他又說出點不著調的渾話。

張蘭蘭畢竟折騰了一通，身子有點虛，反倒是劉景精力充沛，跟打了雞血似的，一個人哼著小曲就去做飯。

晚飯桌上，張蘭蘭囑咐家人莫要把今日家中來貴客送厚禮的事說出去。畢竟這禮對鄉下人家來說極為貴重，若是教別人知道，少不了被眼紅的人嚼舌根。若是有些心術不正的人為了錢財打劉家人的主意，那就太可怕了。

吃過晚飯，羅婉叫了劉俊回屋，不知道念叨了什麼，劉俊便抱著枕頭被子去了劉裕屋，而後劉俊哄著弟弟劉清，將劉清也帶去劉裕屋，兄弟兩人跟小石頭同睡一屋。

羅婉親親熱熱叫了劉秀去，說甜甜想姑姑了，叫劉秀今晚跟自己睡。

於是劉家男孩子們自覺地睡了一屋，女孩子們睡了一屋，劉景和張蘭蘭兩人，就非常明顯地被剩下了。

劉清被哥哥劉俊忽悠了一通，既想跟哥哥、石頭哥睡，可又捨不得娘，從床上爬下來，就想往張蘭蘭那兒跑。劉俊見弟弟跑了，忙追出來，一把抓起劉清，將弟弟挾在自己胳肢窩底下，邊朝劉景傻笑邊意味深長道：「爹，今晚弟弟跟我睡。我保證把弟弟哄得好好的，半夜絕對不會哭鬧！」

哦呵！真是爹爹的好兒子！劉景默默給兒子豎起了大拇指。

「咳咳，好媳婦，天色不早了，我們就寢吧！」劉景轉頭，笑咪咪地盯著張蘭蘭，那眼神彷彿狼看見了肉。

張蘭蘭覺得自己活了兩輩子，從未見過如此厚顏無恥之人！

「走開！」腰疼得都要斷掉了，張蘭蘭實在受不住，掙扎著從床上爬走，卻被一雙大手抓住腳踝，一把拉了回去，而後感覺到大腿被鬍子扎得生疼，而那靈活像蛇芯子一般的舌又鑽了進來，張蘭蘭身子一下軟了，連掙扎的力氣都沒了。

「臭不要臉！」張蘭蘭捂著臉大口喘氣……

折騰了大半宿，張蘭蘭累極了，一覺睡到大天亮。

劉景伸伸腰，一臉吃飽後的滿足，幫著癱軟的妻子把衣裳穿上。

「手拿開！」張蘭蘭拍開他不老實的爪子，綁個衣帶手還要往裡探，簡直過分！

某人十分厚顏無恥，無視抗議，豆腐吃個不停，折騰了好久，才將衣裳穿好。

張蘭蘭下地，只覺得腰腿又痠又軟，簡直不像是自己的了。可瞧瞧劉景那傢伙，神采奕奕，簡直跟吃了仙丹一樣精神。

「蘭妹，妳歇著，我去給妳做點吃的。」劉景對張蘭蘭眨眨眼，掃視她全身，意味深長道：「多歇歇，養養身子。」

那眼神簡直像在看一隻待下鍋的肥母雞！張蘭蘭不禁打了個哆嗦。

劉景哼著小曲，叫上兒子劉俊去做飯。劉俊瞧他爹一臉春風得意，暗暗發笑。羅婉身子不好，劉俊可是憋了一個孕期才吃到肉的人，對老爹簡直感同身受。

「俊娃，今兒早飯給你加個煮雞蛋。」劉景很承兒子昨晚哄走弟弟的情。

「嘿嘿，謝謝爹！」劉俊抓抓後腦勺，嘿嘿傻笑。

沒一會兒，劉俊就瞧見他娘扶著腰出來了。張蘭蘭瞥了一眼正在做飯的父子倆，見他們爺兒倆有說有笑，劉俊還轉頭特地看她一眼，張蘭蘭臉一紅。俊娃這渾小子昨晚把弟弟哄走，肯定是故意的，說不定是他爹教唆他的！

張蘭蘭面皮薄，覺得臉上燒熱燒熱的，就又回屋子待著，直到家人叫她吃早飯，這才出來。

劉景一把拉著妻子坐在自己旁邊，羅婉也是過來人，知道昨晚是怎麼回事，一直憋著笑。劉俊夫婦倆都表情不自然，用力憋著不笑，劉清、劉秀兩個小娃娃不懂事，各自吃得很開心，小石頭身子好些能坐了，也同大家一桌坐著。

吃過早飯，劉景帶著劉俊去後院掏地窖，準備把過冬的蔬菜糧食儲存在地窖裡，孩子們跟著去打下手。由於要幹髒活，劉景回屋，從箱子裡翻了件舊衣裳穿上，省得把妻子給自己做的細布新衣裳弄髒。

劉景家的地窖靠著房子建，地窖有兩人深，底部和周圍用大石塊堆砌而成。劉景先將地窖蓋子打開透透空氣，再用繩子吊著油燈下去，火焰穩定不滅，劉景叫劉俊拿著繩子一頭，另一頭綁在自己腰上，下到地窖去。

張蘭蘭想幫忙，可奈何昨夜折騰得太過厲害，這會兒想幫也沒力氣，只得在旁看著，指揮孩子們。孩子們嘻嘻哈哈地幫忙搬東西，將蔬菜裝在籃子裡，吊著送下去，由地窖裡的劉景將菜堆放在地窖，最後是整袋的糧食，綁口紮緊，吊著送下去。

忙活了一上午，終於將全部蔬菜糧食都儲藏好了，劉俊拉著劉景從地窖上來，劉景滿身滿臉都是灰，累得夠嗆。

「去洗把臉，我收拾收拾張羅午飯。」張蘭蘭瞧著劉景、劉俊父子倆累成那樣，不忍心他們再勞累做飯，便叫他們歇著。

「娘，我幫妳生火！」劉秀搶著要幫忙。

「那我幫娘洗菜！」劉清舉起肉嘟嘟的小手也要幫忙。

「好好好，都幫忙，都是娘的好孩子。」張蘭蘭笑著摸孩子們的腦袋，一手拉著一個去做飯。羅婉想幫忙，可偏偏小甜甜哭鬧，得抱著哄，離不了人，只能在屋裡哄孩子。

劉景父子倆在院子裡的水缸裡舀了水，草草洗了臉，兩人幹了一早上力氣活，這會兒肚子都餓得咕嚕叫。張蘭蘭笑著給爺兒倆一人一張麵餅、一碟子蘿蔔條，讓他們先吃點墊肚子。

爺兒倆也顧不得換衣裳，洗了手就坐在院子裡，就著這蘿蔔條開始啃麵餅。

剛啃了半張餅，就聽見門口一陣嘈雜的人聲響起，劉景不是那好看熱鬧的人，繼續淡定地啃他的餅，可誰知道過了一會兒，嘈雜聲越發的響，聽著竟是朝自己家來的。

「我去瞧瞧。」劉景剛走到門口，就瞧見不遠處聚了一大幫村民，嘰嘰喳喳的不知說什麼，時不時還有人伸頭往劉景家瞧一眼。

張蘭蘭聽見響動，也跟出去瞧，夫妻倆面面相覷，都不知道這是怎麼了。

「哎呀，劉大哥，蘭嫂子。」一個身材微微發福的婦人懷裡抱著個孩子，見著劉景夫妻，熱情地迎過來，正是村子裡張屠夫的媳婦桂姑。

先前桂姑生了個女兒，怪張蘭蘭給她帶晦氣，張屠夫一度還不想賣肉給劉景家，雖說後來看在銀子的分上還是做了劉景家的生意，可每每去買肉，張屠夫和桂姑的臉色就很難看，跟劉景家欠了他家銀子似的，怎麼這會兒桂姑換了副嘴臉？

正在幫廚的劉清、劉秀、劉俊也好奇地出了院子，站在爹娘身後。桂姑一臉討好地說了些好聽的話，又將劉景的三個孩子誇了一番。

無事獻殷勤，非奸即盜。張蘭蘭想都不用想，就知道其中有詐。

「那麼多人圍著，是出什麼事了？」張蘭蘭不耐煩桂姑的吹捧，打斷她。

桂姑愣了一下，陪著笑臉道：「哎喲，蘭嫂子不是明知故問嗎？唉，是我以前不懂事，自己不爭氣生了個閨女，非要賴在嫂子頭上，還望嫂子看在我年輕不懂事的分上，不要放在心上。」

見桂姑這裡問不出什麼，張蘭蘭索性自己往村民那邊走，誰知道原本聚集的村民見了張蘭蘭後，簡直就跟老鼠見了貓似的，一個個點頭哈腰，恭敬異常。就連平日幾個和張蘭蘭不對頭的長舌村婦，竟然也都恭恭敬敬的，眼裡甚至有點畏懼的意思。

張蘭蘭頓時一頭霧水，難不成大家伙兒集體中邪了？

問了一圈人，人人都是一副「妳明明知道還問什麼」的模樣，張蘭蘭越發納悶了，最後終於從一個在路邊玩耍的小童嘴裡問出來了：村裡來了好多官差，要將錢大一家抓到省城衙門裡問罪。

嗄？省城衙門裡的官差竟然特地跑到這窮鄉僻壤抓錢大一家？難不成錢大一家做出了什麼殺人放火作奸犯科的勾當？可為何從村民的反應來看，這一切似乎跟張蘭蘭一家有關？

張蘭蘭趕忙回家，跟家人說了這事。劉景讓劉俊在家照應弟弟妹妹們，自己和妻子出去打探消息。

夫妻兩人走到錢家，遠遠就看見一大隊官差圍在錢家院子門口，旁邊是更多看熱鬧的村民。待走近了，瞧見兩個官差押著錢大夫婦，推推搡搡地從屋子裡出來。錢大夫婦兩人脖子上都戴著枷鎖，灰頭土臉，十分狼狽。

錢氏族長在旁邊乾瞪眼，直嘆氣。過了一會兒，又有幾個官差，押著錢大的幾個弟弟和弟媳過來。

劉景客客氣氣問了旁邊立著的一個衙役，道：「這位官爺，敢問這些人犯了什麼事啊？」

那衙役見劉景穿著破爛，一身的土，想必是個鄉下窮鬼，十分不屑搭理他。

劉景討了個沒趣，便不再作聲。

這時錢大瞧見劉景夫妻，立刻嚇得面如土色，哆哆嗦嗦地就要給劉景夫妻跪下。素來潑辣跋扈的周氏，見了他們，竟然也嚇得臉色蒼白，堪堪站不穩，撲通地就跪了下來。

錢大夫婦嘴裡念叨著：「劉家大哥、嫂子，是我們犯渾，冤枉了你家裕哥兒，還請兩位看在都是鄉親的分上，饒了我們吧！」

張蘭蘭這下奇怪了，道：「官爺來拿你們，你們求我們做甚？」

那官差頭頭瞧見張蘭蘭，問道：「這位可是劉娘子？」

張蘭蘭點頭，誰知官差頭頭態度竟然大轉彎，恭恭敬敬地同張蘭蘭說起話來，左右不過是說些錢家不是東西，一家子不孝子，還冤枉好人，他家知府大人定要嚴懲云云之類的話。

而後便將錢家一家人帶走，說要回省城，交給知府大人親自審理。

問了一圈，張蘭蘭都沒弄明白，自己啥時候又跟什麼省城裡的知府大人扯上關係。

夫妻兩人在外轉悠了一圈，只打聽出來，錢家人是因為被人告發不孝和誣衊勒索，所以被問了罪。可明眼人都清楚，這裡頭彎彎繞繞多著呢，劉家村這種小地方，錢家這種小人物，哪可能勞動到知府大人親自派官差來拿人？那知府可是比縣太爺還大的省城裡的官呢！

一時間劉家村流言四起，傳得風風雨雨。

有的說是劉景在城裡做工跟官家的人攀上關係，還有人說是劉景在城裡恰巧救了知府公子的性命，甚至還有傳言，說劉景得了知府千金的青眼，有意被知府大人招成上門女婿。

而後有村民說曾經見過一輛華麗的馬車停在劉景家院子門口，馬車旁還跟著好些穿著氣派的隨從，一看就是官家的人，說不定就是那知府千金。

村裡人不懂官家女眷的規矩，不知若真是那官家千金，怎麼可能紆尊降貴親自來鄉下會男人。鄉野人家最愛聽八卦趣聞，特別是落魄窮人與富家千金的話本，於是在村裡人添油加醋繪聲繪色的描述中，一段「劉姓義士偶遇知府千金，擊退賊人勇救官家美人」的故事立刻在村裡傳得沸沸揚揚，村民越發認定了，劉景馬上要被知府招婿。

張蘭蘭也立刻成了全村茶餘飯後的談資，特別是最恨張蘭蘭的翠姑，頓時揚眉吐氣，似乎立刻就瞧見張蘭蘭被劉景休棄後的慘狀，不禁大呼痛快。

村中流言傳得沸沸揚揚，而當事人劉景夫婦卻對此毫不知情，一家人高高興興地坐在院子裡吃晚飯。

劉景久旱逢甘露，哪肯嘗了點甜頭就鬆口。這不，劉景跟兒子劉俊一陣嘀咕，劉俊又哄著弟弟玩去了，看樣子是打算等弟弟玩高興了，順勢再將弟弟哄去別屋睡覺。

劉景瞧兩個兒子玩得高興，笑眯了眼，伸出舌頭舔舔嘴唇，嘿嘿衝著張蘭蘭笑。

張蘭蘭瞧他靈活的舌頭，腦子裡忽地想起那炙熱柔軟的觸感，腦子一下嗡嗡作響起來。前世她雖然已婚經過人事，可她那自私的渣前夫可從來沒有這樣「服侍」過她，這樣新奇刺激的體驗，張蘭蘭還是頭一次。

「瞧你這一身汗，我燒些熱水，你去好好洗洗。」張蘭蘭別過身子不瞧劉景，不得不說，在她知道劉景沒有去找窯姊後，她內心已接受這個丈夫了。他品性好、手藝好，對自己和孩子們都很好，在這古代，身為女子本就不容易，既然遇見了個靠譜好丈夫，張蘭蘭打定主意就這麼跟劉景過下去。

昨天一番夫妻之實，她不再為難自己，糾結什麼自己不是原身的靈魂之類的事。那幾個孩子還是原身生的呢，她不也照樣疼愛，視如己出。既然她占了劉景妻子的位置，往後做好她的本分便是，與其有工夫糾結那些有的沒的，不如想想怎麼把日子越過越好，怎麼將孩子們撫育成材。

劉景白日做活，出了一身汗，他身強力壯，往日都是自己提一桶冷水擦洗，這會兒見妻子如此體貼他，要給他燒水洗澡，心裡跟吃了蜜一般甜。

家中有兩個木製大浴桶，都是劉景親手做的，一個是劉景夫婦和劉清、劉秀幾個孩子使用，另一個則是給劉俊、羅婉夫妻用。劉景將大木桶搬進屋，張蘭蘭去燒水，水燒好了，張蘭蘭提著水桶要往裡頭倒水，被劉景一把搶過。

劉景嘿嘿一笑，道：「蘭妹，我力氣大，這些力氣活妳喊我做就好，妳在旁歇著。」

劉景捲起袖子，露出肌肉結實的小臂，一手拎著一個裝滿水的木桶，手跟沒提東西似的，步履輕盈地朝屋裡走。劉景倒好洗澡水，叫張蘭蘭先洗，自己用媳婦剩下的水便好。

古代洗澡不便，平日張蘭蘭也只是燒一盆熱水擦洗身子，這樣滿滿一浴桶的熱水還是很有誘惑力的，張蘭蘭想了想，便答應了。劉景見妻子答應，趕忙把門關上落下門閂，嘿嘿笑著，目光灼灼地盯著媳婦，道：「媳婦，妳洗吧。」

哪有這樣直勾勾盯著人脫衣裳洗澡的呀！張蘭蘭被瞧得又羞又窘，嗔道：「你留在這兒做甚，快出去！」

劉景嘿嘿笑著，很不要臉地貼過來，伸手就開始解媳婦的衣裳，張蘭蘭要抓他手攔他，可哪抵得了他那麼大的力氣，兩三下就跟個小貓似的毫無反抗之力，被劉景剝了個乾淨，丟進浴桶裡。

張蘭蘭身材姣好，飽滿得如同熟透的水蜜桃，劉景往日同妻子親熱都在深夜，鮮少在這大亮光下瞧見妻子的全貌，一時看傻了眼，呼吸頓時沈重起來。

張蘭蘭羞紅了臉，忙縮進浴桶裡，扯了搭在浴桶上的帕子遮蓋那無限春光。忽地聽見背後一陣窸窸窣窣的聲響，一眨眼，他光裸的壯碩軀體一個跨欄便進了浴桶裡。

劉景站在張蘭蘭面前，張蘭蘭冷不防地瞧見劉景脖子以下不能描寫的重點部位英姿勃發地怒挺在自己眼前，那昂揚的精神彷彿恨不得將這浴桶戳個大窟窿。

張蘭蘭哪裡親眼近距離見過如此天賦異稟的重點部位，臉騰地一下，比水氣還要熱。

「你你你你！」張蘭蘭捂著眼，話都說不索利，而後一雙大手忽地將她攬在懷裡，她一屁股坐在劉景結實修長的大腿上，身後頂著的東西，火熱堅硬。

一時間，浴桶中浪花翻滾，屋裡水氣繚繞，過了將將一個時辰，這水浪方才停下。張蘭蘭雙手扒著浴桶，已然沒了站起來的力氣，心裡將劉景這廝罵了一萬遍，心道今晚一定要抱著兒子女兒睡覺，要不然晚上再這麼折騰一番，她不就三天下不了地！

劉景神采奕奕，抱了妻子出浴桶，擦身穿衣，依舊死性不改地吃了一頓豆腐。張蘭蘭氣結，剛剛都那般折騰自己了，這會子手還不老實，真是色胚！

將兩人都收拾妥當，劉景這才開了門，拖著浴桶出去，將水澆在後院的菜地裡，把桶刷洗乾淨放回原處。劉景做完這些便回了房，還想同妻子膩歪會兒，誰知道張蘭蘭早有防備，叫了劉秀、劉清過來，兩個娃娃一邊一個爬在張蘭蘭身側。

「你去跟小石頭睡！」張蘭蘭氣鼓鼓地等著劉景，這廝今晚還想折騰自己？沒門兒！

劉清笑嘻嘻地一下子撲進張蘭蘭懷裡，撒嬌道：「清娃要跟娘睡，晚上還要聽娘講故事。石頭哥睡覺會打呼，還是跟娘睡好！」

「臭小子……」劉景笑著揉揉兒子的小腦袋，心道真是個小冤家，就知道破壞你老爹的好事，過幾日就將你送去城裡私塾唸書，看你怎麼纏你娘！

「那我去小石頭那兒了。」劉景戀戀不捨，張蘭蘭一記白眼飛來，劉景知道妻子定是惱了他方才在浴桶裡胡來，不敢再造次，乖乖地抱著枕頭被子，一臉怨念地去跟小石頭擠一屋。

入了夜，張蘭蘭累極了，很快就摟著孩子們睡著。這邊劉景今兒吃了頓好肉，心情愉悅，反倒是小石頭，一直睜著眼，似乎有什麼心事。

瞧著今天劉叔心情特別好，小石頭想了想，開口道：「劉叔，我想求你件事，不知當講不當講。」

劉景正回味肉香呢，冷不防聽見小石頭的話，道：「什麼事，你先說說。」

小石頭忽地從床上起身，跪在劉景旁邊，道：「劉叔，上次錢家誆騙你去做棺材的事，我聽劉俊哥說了。」

劉景也坐起來，啊了一聲，詫異小石頭為什麼突然提起這事。

小石頭繼續道：「我想學手藝，劉叔有沒有相識的棺材匠想收徒的。我能吃苦，能幹活！」

小石頭想做棺材匠？

劉景吃了一驚，道：「你可知，若是當了那棺材匠，少不了受人冷眼，往後恐怕連說親都難，好人家的姑娘誰願意嫁給個棺材匠，小石頭，你可想好了？」

小石頭重重點頭，道：「劉叔，我命苦，從小沒了娘，長大沒了爹和奶奶。橫豎我孤家寡人一個，也不怕別人看不起，至於娶親，我現在連吃飯都要靠劉叔救濟，哪有心思想什麼娶親！我只想快快安身立命，給自己掙口飯吃。棺材匠雖說受冷眼，可上手快，工錢高，求劉叔幫我！」

小石頭說的是實情，他一個毫無所長的窮小子，家中一貧如洗，最好的法子自然是學門手藝，好掙錢餬口。棺材匠這行當，雖說上不得檯面，可做的人少，工錢又高，若是小石頭真去做棺材匠，那往後起碼他的生計不成問題，還能小有積蓄。

劉景倒真有個相識的老棺材匠，一輩子沒娶親，沒兒沒女沒徒弟，倒是個合適的人選。小石頭品性靠得住，能吃苦有擔當，劉景很放心他。

「好，你若真心想好了，這事就交給劉叔。明日你嬸子要進城一趟，我也進城跑一趟吧，去辦了這事。你身上傷沒好，這回就別跟我們進城了，待你傷好了再去拜師。橫豎不急在這幾日，你劉叔家還不至於你吃幾頓飯就給吃窮了。」劉景道。

小石頭知道劉景是真心幫自己，真心為自己打算，感激得熱淚盈眶，磕了三個頭，哭道：「劉叔一家對我的大恩大德，我一輩子都記著！」

第九章

第二天，張蘭蘭起了個大早，收拾東西準備進城。

劉秀乾娘胡氏千叮嚀萬囑咐，叫她定要帶著劉秀，這會兒劉秀要去乾娘家了，高興得跟什麼似的，早就將自己的東西收拾好。

劉景將昨晚小石頭的事跟張蘭蘭說了，夫妻倆一合計，既然劉景要進城辦事，不如將劉清也帶上，夫妻倆正好提著禮，帶著劉清去私塾拜見老師，再將劉清入學的事一併辦了。

劉清得知爹娘要帶自己進城去私塾，高興得在院子裡轉圈。劉秀也真心為弟弟高興，進屋收拾劉清的東西。

張蘭蘭見了，笑著叫來劉清，讓劉清收拾自己的東西，只叫劉秀在旁指導弟弟。

「清娃，以後你在私塾唸書，這些活兒都得自己幹，別總勞煩你二叔幫你，知道不？」張蘭蘭囑咐道。她可不想把兒子養成只會死讀書的廢物，人家大門大戶的公子唸書，有小廝書僮伺候日常起居，可他們是農家，張蘭蘭不想將劉清養得四體不勤，五穀不分，所以一直都刻意培養劉清做些力所能及的家務。

「娘，清娃知道啦。」劉清抱著娘親的脖子，啵啵親了兩口，有模有樣地疊自己的衣服。張蘭蘭含笑在旁看著乖巧懂事的小兒子，忽地覺得有些心酸。

這惹人喜愛的小包子就要去城裡唸書了，往後一個月才能見兩天，真會捨不得呢。

一家人收拾好東西，準備去村口坐牛車。誰知剛出院門，就瞧見一輛馬車停在院門口，這車雖然不似芸姑娘的那輛氣派，可依然不是他們普通農家人隨隨便便能坐得上的。

車夫是個二十出頭的漢子，穿著細布衣裳，頭上紮著頭巾，瞧著精神整齊，見劉景幾人出了院子，忙道：「芸姑娘叫我來接各位進城。」

張蘭蘭笑眯了眼，沒想到自己能有這般待遇，看來技術型人才在哪裡都很吃香啊！既然芸姑娘有求於她，派了馬車來接他們，張蘭蘭也不矯情，爽朗地道了謝。

劉清、劉秀從沒坐過這樣漂亮的馬車，劉清懷裡抱著他的小包袱，笑嘻嘻地自己爬上車。劉秀在後頭托著弟弟上車，而後自己爬上去，兩個娃娃嘻嘻哈哈地鑽進車廂。

劉景扶著張蘭蘭上車，自己最後上去。

一家人鑽進車廂，車廂裡頗為寬敞，座位都用厚厚的細布包著，裡頭墊著棉花，坐下去鬆軟舒適。車廂中間還支著個矮几，旁邊放了個紫檀大木盒。

車夫跳上車，轉頭對裡頭道：「芸姑娘怕各位路上餓著渴著，給各位準備了茶水點心。」

張蘭蘭笑道：「我在這兒謝過芸姑娘了。」

車夫駕著馬車駛往城裡，劉秀睜大眼睛，好奇地打量車廂裡的一切。這馬車比平日進城搭的木板牛車華麗得多，行駛起來又平穩，坐在軟墊子上，不會顛得人難受。

劉清則對盒子裡的茶點感興趣，搗鼓了半天，掀開盒蓋，裡頭分兩層，一層是各色點心共五盤，每個都精緻誘人，一層放了茶壺茶具，用金絲炭爐溫著，散發著淡淡的幽香。

「娘，我能吃嗎？」劉清嚥了幾下口水，直勾勾盯著那些點心。

張蘭蘭笑笑，揉了揉兒子的小腦袋瓜，道：「這是芸姑姑給咱們準備的，清娃當然可以吃。等清娃進城見了芸姑姑，要跟芸姑姑當面道謝，知道嗎？」

劉清一聽娘親許他吃點心，樂開了花，拍著小手道：「清娃記住了，芸姑姑給咱們點心吃，是好人！」

張蘭蘭用帕子給劉清擦擦手，小包子迫不及待地抓了一塊點心，剛要往嘴裡塞，忽地停下動作，雙手捧著點心湊到張蘭蘭和劉景面前，道：「爹爹、娘親先吃。」

劉景哈哈笑著，看著懂事孝順的兒子，道：「好好，我們家清娃最孝順。」說罷，劉景接過兒子手裡的點心，送到媳婦嘴邊，一本正經道：「你娘最辛苦，讓你娘先吃。」

張蘭蘭瞧著這一個模子刻出的爺兒倆，笑彎了腰，一口咬住劉景手裡的點心，毫不客氣地吃了。

劉清又拿了兩塊點心，一塊給劉景，道：「爹爹吃。」又給劉秀一塊，道：「姊姊也吃。」然後又拿了一塊，道：「清娃最後吃。」

一家人高高興興地吃點心、喝茶，一路悠哉悠哉。張蘭蘭坐久了，腰有點痠，伸手捶了幾下腰，瞇眼笑著瞧一雙小兒女繞膝嬉鬧。

劉景見她捶腰，忙朝媳婦那邊靠了點，一手扶著她的腰輕輕捏著，道：「蘭妹，妳靠著我一會兒，歇歇腰。」

張蘭蘭的臉一下紅了，孩子們還在跟前呢，這廝怎麼就……

劉景不由分說地抓著張蘭蘭的肩膀，讓她靠著自己坐，兩隻手老老實實地開始給她捶腰。張蘭蘭起初還有些不自在，可漸漸發現劉景並沒有什麼不軌的動作，是真心實意地幫她揉腰，便慢慢放鬆下來，身子依靠著他，時不時吃口點心喝口茶，跟孩子們說說話。

孩子們玩鬧了一會兒，加上吃飽了點心，開始打瞌睡犯睏，姊弟兩個靠在一起，小腦袋耷拉在一處，靠著呼呼睡著了。

張蘭蘭從包袱裡拿了件衣裳給孩子們蓋上，自己又縮回劉景懷裡。劉景身量高大，肩膀寬闊，靠在他懷裡，就彷彿躲在安全的避風港一般。

馬車有節奏地搖啊搖，張蘭蘭覺得眼皮沈重，慢慢睡著了，直到被劉景叫醒，掀了簾子下車，才發現馬車已經停在錦繡坊外頭了。

王掌櫃並胡氏，帶著王樂在門口迎接他們。

張蘭蘭下車，胡氏熱情地迎上來，拉著她的手閒話幾句，劉秀緊跟著跳下車，脆生生道：「乾爹乾娘，樂兒弟弟！」

王樂的眼睛唰地放了光，衝了過去，一把拉住劉秀的手，激動得小臉通紅，嚷嚷著：「秀秀姊，妳可來了！樂兒好想姊姊！」

劉秀也很想這個乾弟弟，笑著道：「樂兒乖，姊姊也想你！」說罷，劉秀從懷裡掏出個小木人，塞到王樂手裡，道：「這是我爹做給我的小木人，上次我見你喜歡木頭娃娃，便帶上送給你玩。」

王樂得了乾姊姊的禮物，喜得合不攏嘴，要不是今兒早上他娘揪著他耳朵，叮囑他見了秀秀姊別失態，他真想一個熊抱！

「哼！」一個圓乎乎的小腦袋從車廂裡探出，一臉警覺地盯著王樂。

劉清蹦蹦躂躂跳下車，一下子衝過來，抱著劉秀的腰，奶聲奶氣撒嬌道：「姊……」

王樂沒見過劉清，他正沈浸在和秀秀姊見面的喜悅之中，誰知道竟然不知從哪兒跑來個小矮子，一把抱著他最愛的秀秀姊。

「啊，樂兒，這是我弟弟清娃。清娃，這是我乾弟弟樂兒。」劉秀笑咪咪地介紹兩個小男孩認識。

哼，這個小矮子竟然是秀秀姊姊的弟弟！王樂胸中湧出一陣濃濃的酸味，心道既然都是弟弟，那個什麼清娃能抱姊姊，他也能抱！

王樂眼珠子一轉，忽地撲過去，一把抱住劉秀的腰，口裡也撒嬌似的嚷嚷道：「姊姊……姊姊……」

在場四個大人，頓時傻了眼。

「哎呀呀，我家樂兒不懂事，真是對不住了。」胡氏滿臉尷尬地上去要拉開王樂，誰知道王樂一屁股坐到地上，抱著劉秀的大腿不鬆手。

張蘭蘭見狀，知道兩個小男娃較勁搶姊姊呢，也趕緊去拉劉清。

劉清一看那什麼樂兒竟然抱著自家姊姊大腿，也不甘示弱地一屁股坐地上，抱著劉秀的另一條大腿。

劉秀一條腿掛著一個小包子，整個人都懵了。

「姊姊和我玩！」

「秀秀姊跟我玩小木頭人去！」

劉清怒瞪王樂，打量著這個小胖子，心道：這小胖子是哪兒來的，竟然跑來跟自己搶姊姊！

王樂也同樣瞪著劉清，心道：你這小矮子整日有秀秀姊陪你玩，現在秀秀姊好不容易來我家，你還要霸占，不行不行！

「爹、娘……乾爹、乾娘……」劉秀一臉無語地求助，心道她這兩個弟弟怎麼一見面就不對盤起來，這幾日住一起，豈不是要打起來！

劉景夫婦和王掌櫃夫婦見狀，都憋著笑，劉景強拉硬拽，硬是將劉清抱起來。胡氏揪著王樂耳朵將他提起來，罵道：「你這小兔崽子，快給我進屋去！」

身上掛著的兩個小東西被帶走，劉秀終於鬆了口氣，拉著母親的手趕忙跑進院子。

王樂耳朵被揪得嗷嗷叫，還不忘一直盯著劉秀的背影，喊道：「秀秀姊，我一會兒就來找妳玩！」

劉清在劉景懷裡不甘心地扭動，也嚷嚷道：「姊姊，妳等著清娃！」

劉景皺著眉頭，心知不能太慣著兒子，教他學得不講規矩，便板著臉訓斥道：「清娃不許胡鬧，沒規矩！」

誰道劉清早就摸準了家裡是娘親說了算，爹爹最是心軟，根本就不會真的收拾自己，便整個身子往下墜，要掙脫下地去找姊姊。

「清娃，要聽爹的話！」張蘭蘭虎著臉看過來。

劉清一下子不敢動了，乖乖縮在爹爹懷裡，抽抽搭搭委屈道：「我要找姊姊去，姊姊要被那個小胖子搶走了！清娃不許別人搶姊姊！」

張蘭蘭戳了一下劉清的小腦門，道：「什麼搶不搶的，樂兒是你乾哥哥，清娃不許胡鬧。」

劉清很不服氣地扭過頭，道：「清娃不要哥哥，要姊姊！」

張蘭蘭見兒子如此執拗，捧著他的小臉，道：「樂兒哥哥平日在家沒有玩伴，也沒有哥哥姊姊陪他玩，現在好不容易你秀秀姊來了，能陪他玩了。平日清娃都有哥哥姊姊陪你玩，現在就把姊姊借給他幾天，好不好？」

劉清想了想，一副忍痛割愛的模樣，道：「樂兒哥哥真可憐，那清娃把姊姊借給他。」

見兒子如此通情達理，張蘭蘭忍不住親了他一口，道：「樂兒哥哥也沒有弟弟，清娃可以做他的弟弟，三個人一起玩，好不好？」

「嗯嗯！」劉清點點頭，道：「那清娃把自己也借給樂兒哥哥當弟弟！」

「好好，去玩吧！」

劉清從爹爹懷裡滑下地，張蘭蘭拍了拍他的小屁股，劉清蹦蹦跳跳地進後院。

劉景瞧見兒子越發懂事，心知都是妻子教導有方，又是感激又是感動，忍不住緊緊攥住媳婦的手，道：「蘭妹，妳把孩子們教得真好。」

張蘭蘭面上一紅，忙抽出手來，快步往院子裡走，劉景見妻子害羞，含笑緊跟著她。

劉景夫妻兩人進了院子，胡氏忙領著他們進屋喝茶，王掌櫃知這劉娘子是芸姑娘看重的人，不敢怠慢，連店都不去了，親自來招呼作陪。

吃了會兒茶，外頭有小廝來通報，說是芸姑娘來了。幾人忙出門迎接，只見一頂軟轎在門口落下，一個身量高大的粗使丫鬟掀開簾子，芸姑娘一身淺綠錦緞，從轎子中走出。

芸姑娘這一身的行頭比上回去張蘭蘭家作客時穿的要華美得多，想必上次是因為要去鄉下，所以特地穿得樸素些，可就算是那「樸素」的衣裳，也比鄉間婦人的華麗一百倍。

這會子在城裡，芸姑娘做平日的打扮，比那些大戶人家的千金不遑多讓。

此番進城，劉景一家人特地穿了新做的衣裳來，這新衣裳在村裡少有人穿得起，可如今與芸姑娘立在一處，卻顯得這衣裳跟破爛似的，虧得劉家人個個相貌出眾，才不顯得過分寒酸。

眾人互相見禮，王掌櫃將人迎進後院堂屋，上了好茶招待。芸姑娘惦記著配色的事，稍微吃了幾口茶，便放下杯子，道：「不瞞娘子說，這會子工期趕得很，娘子可否儘快隨我去染坊配色？」

張蘭蘭本就是為此而來，便爽快答應。芸姑娘大喜，立刻叫人又抬來一頂軟轎。

染坊在城牆根，離錦繡坊不遠，同是屬於巡撫夫人的產業。張蘭蘭上了轎坐下，稀奇地左右晃了晃，她活了兩輩子，還是頭一次坐轎子，稀罕得不得了。

轎子晃晃悠悠沿著街道走，張蘭蘭好奇地掀起簾子向外張望，沒多久就走到一條熟悉的街道，就是上次她帶著劉秀去私塾經過的那條，她記得劉裕在街角擺攤幫人寫信。張蘭蘭瞧著，果然遠遠望見街角擺著桌子，劉裕正坐在桌前執筆寫著什麼，對面坐著個五旬老者，正在跟劉裕比劃。

這孩子，真是懂事……張蘭蘭嘴角泛起一抹笑意，忽地，一抹粉色身影出現在街道的拐角，手裡提著個食籃，笑盈盈地朝劉裕走去。

張蘭蘭抓著轎子的手猛的收緊，眼皮青筋抽動。怎麼是她？那個海棠？

張蘭蘭絲毫不認為海棠這種女孩子，會那麼好心那麼單純地來給劉裕送茶水吃食，原本他們應該是素不相識的，這會兒怎麼在一處？

幸虧轎子走得慢，張蘭蘭不動聲色地打量海棠，只見她面上泛著紅暈，倒了杯茶水捧給劉裕，劉裕接過茶杯一飲而盡，而後繼續專注地寫信。海棠送了水也不走，反倒在旁邊立著。從兩人的舉止來看，似乎是已經熟識了。

劉裕是什麼時候認識那個海棠的、又是怎麼認識的？張蘭蘭滿腦子都是問號。猶豫了半晌要不要下轎子，張蘭蘭終究忍住了。劉裕雖是個懂事的孩子，可畢竟是青春期的少年，若是叛逆起來，不聽她這個嫂子的話怎麼辦？況且那海棠定是扮成一朵楚楚可憐的白蓮花，這路數張蘭蘭見多了，到時候她越是說海棠別有心計，海棠便會裝得越無辜越可憐。劉裕是個單純少年，怎敵得過海棠這種心計女的手段，說不定在海棠的挑撥下，劉裕會跟她這個大嫂離了心。

劉裕是個讀書科考的好苗子，可不能被海棠纏上，毀了前途！

張蘭蘭忍住衝動，深深吸了一口氣，此事還得從長計議，總歸這幾日要去趟私塾，到時候旁敲側擊問問劉裕，先摸清楚海棠的底再說。

心裡惦記著劉裕的事，張蘭蘭再也沒有心情欣賞沿途風光，索性縮在轎子坐著直到染坊。

染坊在城牆根，占地很大。出乎張蘭蘭意料，染坊的掌櫃是個二十出頭的女子，名喚紅姑娘，人如其名，一身火紅，風風火火地出來迎接她們。

紅姑娘是巡撫太太陪嫁的家生子，很得太太器重，與芸姑娘交好。兩個姑娘顯然很久沒見，彼此都興奮得很，三個女人嘰嘰喳喳地說著便進了屋。

紅姑娘得知張蘭蘭便是那位會配色的高人，立刻對張蘭蘭高看了許多。

吃了會兒茶點，紅姑娘便引著張蘭蘭去配色。

配色算是絕密，紅姑娘將張蘭蘭領進一間空曠幽靜的屋子，屋內地面上擺放著三十多口缸，每個缸裡都放著一種顏色的染料，缸的外壁掛著一支乾淨的純白色大瓷勺。另一邊則擺著三十多口同樣的缸，只不過都是空的，裡頭刷洗得很乾淨。

「劉娘子，不瞞妳說，為了配出妳畫的顏色，我在這兒搗鼓了半個多月。說來真是慚愧，竟是一種顏色都沒配出來。」紅姑娘爽快地承認自己配不出色的事。

既然都是爽快人，張蘭蘭便明人不說暗話，提前申明自己只是來幫忙配色，不會將手藝和配方傳授給她，請紅姑娘在門外等候。張蘭蘭這手配色的手藝可不想輕易傳授給別人，紅姑娘這樣長年浸潤在染坊和染料打交道的人，只要瞧她配上一遍，回頭自己便能配成了。

這個時代的染料顏色有限，紅姑娘這裡的三十多種染料已經是少有的豐富了。張蘭蘭轉了一圈，將各種顏色默默記在心裡，而後拿起一只大瓷勺，盛了滿滿一勺染料，開始配色。

染坊前廳，芸姑娘悠閒地坐著品茶，紅姑娘跟屁股長釘子似的，半點都坐不住，一心惦記著配色的事。

「哎呀呀我的姑奶奶，妳就坐會兒吧，轉得我頭暈！」芸姑娘忍不住撫額。

「芸兒，妳說那農婦真的能配出那些顏色？」紅姑娘絞著手帕，私心裡怎麼都不信一個鄉野農婦，能比她這個染坊大掌櫃要厲害。

「妳等著瞧唄。」芸姑娘淡淡道。

直到傍晚時分，張蘭蘭放下大瓷勺，揉了揉痠疼的胳膊，嶄新的三十多種顏色的染料都已經配好了。

「哎喲累死我了。」張蘭蘭喘了口氣，今天的配色對她而言並沒有什麼難度，唯一困難的地方在於她得獨自一個人配那麼多缸染料，光拿勺子舀染料，胳膊都要斷了，這房間那麼大，她一趟一趟地跑來跑去，饒是她身強力壯，這會兒也有點扛不住。

張蘭蘭推開房門，深吸一口氣。

門口候著兩個小丫頭，一見她出來，一個忙去通報，一個引著張蘭蘭進屋休息。

紅姑娘急急衝過來，張口道：「劉娘子，顏色可都配好了？」

張蘭蘭雙手揉揉脖子，點頭道：「喏，好了，去瞧吧。妳先染幾個布條試試顏色，看看有沒有色差，若是顏色不對，我再調色便是。」

紅姑娘立刻風風火火地奔出去試色。

芸姑娘使了個眼色，立刻有兩個小丫鬟過去，幫張蘭蘭揉肩揉腰。

「劉娘子莫怪，我那姊妹就是這風風火火的脾氣。」芸姑娘笑道。

正說著，紅姑娘一陣風似的跑進來，手裡捧著個托盤，裡頭放了幾個試色的布條。

張蘭蘭瞅了一眼布條，眉頭微皺，染出的顏色稍微不太正。

「請稍等片刻。」

張蘭蘭又去調色，紅姑娘巴巴在外等著試色，這次的顏色便正正好了。

「成了！」張蘭蘭笑了笑。

紅姑娘盯著那些布條，眼睛瞪得老大，真是一點色差都沒有啊！紅姑娘一副不可置信的樣子。「妳真的都配好了！天哪，妳是怎麼做到的？我可是配了半個月，一種色都沒配出來，總是差那麼一點！」

張蘭蘭淡笑不語。

紅姑娘的眼神從質疑變成了徹底的佩服，道：「劉娘子，起初是我小瞧妳了，我給妳賠不是，還望娘子大人不計小人過。」

張蘭蘭噗哧笑出聲，這紅姑娘也太直腸子了吧！

芸姑娘一瞧紅姑娘的反應，便知道這事是做成了，剩下就是染色、刺繡的工夫，那批新花樣的衣裳很快就能做出來，她也好跟太太交差。

三人分別了卻一樁事，都輕鬆起來。紅姑娘早就叫廚娘燒了一桌好菜，三人美美地吃了一頓，而後芸姑娘將說定的工錢五十兩銀票交給張蘭蘭。

又賺了一筆銀子，張蘭蘭心情大好，坐著軟轎晃晃悠悠返回錦繡坊，走到離錦繡坊不遠的一處街口，聽見外頭人聲鼎沸，熱熱鬧鬧。

張蘭蘭掀開簾子瞧，到底是怎麼回事。只見街道兩邊站滿了老百姓，街上一隊官差，似乎是押著犯人在遊街。

遊街這種稀罕事可不是每天都能瞧見，而且路被堵住，轎子過不去，橫豎也離得不遠，張蘭蘭便想步行回去，順便看看熱鬧。

「劉娘子，這兒也不遠了，咱們走著回去吧。」

芸姑娘的提議正合她意，兩人便叫轎夫落轎，由家丁護衛著去瞧熱鬧。

街上人頭攢動，幸虧有家丁護在周圍幫她們開路，張蘭蘭一邊走一邊好奇地張望，只見七、八個穿囚服的犯人套著枷鎖，被鐵鏈拴著，前後跟著衙役，很多義憤填膺的老百姓撿起腳邊的石頭砸那幾個人，砸得他們頭破血流。

「這是犯了什麼事啊？」張蘭蘭問在旁邊看熱鬧的一名小媳婦。

「欸，聽說這幾個都是不孝子，親爹得病了不給治，把親爹活活餓死，死後還在靈堂上爭家產，打得連老爺子的屍體都被踩爛了，這才被官老爺治了罪遊街。」

這個年代的人民非常重視孝道，不孝是被大多數人所不容的，忤逆乃是第一重罪。

咦，等等，這劇情怎麼這麼熟悉？張蘭蘭心裡犯起了嘀咕，忙往裡頭擠，想看清那幾個犯人的面容。幾個犯人灰頭土臉，一臉的血混著灰，張蘭蘭瞧了半天，才認出這幾個犯人竟然是錢家那幾個兄弟！

「劉娘子，咱們到了。」芸姑娘道。

張蘭蘭才發現已經走到錦繡坊門口，兩人在門口停下，張蘭蘭看著錢家眾人，一時有些回不過神。那跋扈潑辣的周氏，奸詐不講理的錢大，這會兒都耷拉著腦袋，再也瞧不出半點囂張神色。

「那一家子渾人，還以為躲在家裡，就沒人治他們忤逆不孝的罪？」芸姑娘輕輕對張蘭蘭笑了笑。

「可我們那窮鄉僻壤……怎麼會傳出去的？」張蘭蘭倒吸一口冷氣。

芸姑娘道：「那日在劉家村祠堂門外，我恰巧瞧見錢家人誣陷妳家人的事，便叫鄉長去查那錢姓人家，誰知竟查出那些不孝忤逆之大罪。錢老爺子攢了一輩子的家產，被幾個不孝子瓜分不說，臨到老了，兒子們互相推諉，不想養老人。那錢大夫婦，得了祖屋，卻虐待親爹，得病不給治，生生教老人病死餓死，還在親爹死後大鬧靈堂，真是人神共憤！」

「那錢家，確實無德。」張蘭蘭想起他們意圖訛詐劉裕的事，憤憤起來。「該治治他們的罪，省得一家子無法無天。」

「說來也巧。」芸姑娘拿帕子掩著口，笑道：「我家太太有個遠房表妹，自幼寄住在太太娘家。表小姐性子柔和，與我最為熟稔，太太出嫁後，沒兩年表小姐也嫁了。表姑爺當時是個縣令，如今做到知府之位，便是咱們縣城裡的知府大人。前幾天我去拜訪表小姐，想起這事，心下感慨便提了提，誰知教表姑爺聽了去，當下便叫人去鄉下抓人問罪。」

犯了錯事有了把柄在別人手裡頭握著，有心人想整錢家，還不是一眨眼的事。芸姑娘不過隨口一說，知府大人隨手指派手底下的人去拿個人，便教錢家再無翻身的餘地。

張蘭蘭並不傻，芸姑娘不會沒事跑到知府太太跟前嚼舌根，又這麼湊巧教知府大人聽見，定是存了籠絡自己的意思。

芸姑娘見張蘭蘭神色，知道她領了情，便點到為止，不再於這問題上多糾纏，叫上張蘭蘭進了錦繡坊。

府裡還有事，芸姑娘坐坐便走。張蘭蘭洗把臉，同胡氏招呼一聲，惦記著一雙兒女，便去尋孩子們。

三個娃娃在院子裡玩耍，一瞧便是涇渭分明。以劉秀為分界線，一邊是王樂，一邊是劉清，兩個男娃娃存著較勁的心，明裡暗裡地爭姊姊，倒是都出奇的乖巧，爭著在劉秀面前討好賣乖。

劉秀不知道弟弟們的心思，只覺得只要弟弟們不打架，和和氣氣地一起玩便好，哪知道那兩個小傢伙明面上笑嘻嘻，暗地裡鬥得不可開交。

橫豎都是小孩子間的心思，待一起玩耍幾日熟悉了，便好了，做大人的不方便插手，只要兩個男娃娃別真的打起來，什麼都好說。

劉秀瞧見母親回來，跑過來飛撲進張蘭蘭懷裡撒嬌，劉清也笑嘻嘻地衝過來。姊弟兩人在母親懷裡撒嬌膩歪，倒教旁邊的王樂看得嫉妒。

「娘！我也要娘！」王樂左顧右盼一番，想了想，徑直跑進堂屋裡。胡氏正在看帳本呢，王樂風風火火地衝進他娘懷裡，還不忘對著劉清擠眉弄眼。你有娘疼，我也有娘疼！

胡氏笑得眼睛都彎了，將兒子在懷裡揉搓了一番，打發他去玩，自己張羅晚飯去。

劉景在張蘭蘭出門後，也出門去，張羅著給小石頭找師傅的事，這會子剛回來，進屋喝了口茶，同妻子說起今日的見聞。

劉景尋的那棺材匠，原本是極佳的人選，可劉景去了才知道，那匠人竟然在前幾日剛剛過世了！城中棺材匠本就不多，大多都有自己的徒弟，再想給小石頭尋個合適的師傅，不是件容易的事。

張蘭蘭琢磨了一番，小石頭的事拖不起，須得儘快解決。

「我倒是有個法子，不知行不行。」張蘭蘭道。

「哦，說來聽聽？」劉景奇道。

「你也說過，做棺材匠比做木匠容易，手藝不太複雜。」張蘭蘭緩緩道。「我的意思，不如你私下傳授些手藝給小石頭，不必太多，只夠他會做棺材便可。小石頭將來當了棺材匠，橫豎別人也不知道是你教的手藝，不會影響咱自己家的生意。再說，旁人收小石頭為徒，小石頭至少得先給師傅做幾年牛馬，方才能學到本事，再要等脫離師傅自立門戶，還不知要到何年何月。我瞅著小石頭年紀不小了，不如早早學了手藝，自立門戶。」

「這……」劉景想了想，若是小石頭肯學肯吃苦，跟著自己三個月，便能學到獨立做棺材的手藝，倒不失為一個辦法。「我看蘭妹這主意好，回家我跟小石頭合計合計。」

張蘭蘭繼續道：「小石頭家在城裡，往後鋪子就開在他家裡，也省得租店面的錢。」

劉景越想越覺得靠譜，想到小石頭的未來有了著落，心裡一塊大石頭落下，剩下的便是操心劉清讀書的事。

第二天一大早，一家人收拾妥當，提了禮，上劉裕的私塾去。

張蘭蘭記著那日瞧見海棠的事，心裡總犯嘀咕，糾結著要不要去找劉裕問個清楚。劉景不曉得妻子的心思，一路上領著一雙兒女有說有笑。

一家人到了私塾，先生還在上課，眾人便在廳堂裡等候，待到下了學，章槐先生才得空來見客。劉裕已經私下跟先生打好招呼，說過自家姪子想來私塾唸書的事，章槐先生心裡有數。

五日後劉清便要正式來私塾拜師，從此吃住在私塾，開始他的唸書生涯。小劉清顯得很激動，他終於能跟二叔一起唸書識字了！

章槐先生同劉景夫婦說了會兒話，叫劉裕領著劉清去私塾裡到處逛逛，熟悉一下。大人們談事情，劉秀無聊得很，也跟著二叔、弟弟出去逛逛。

剛出了廳堂，就見章凌一臉驚喜地跑過來，道：「秀秀妹妹，清娃，你們怎麼來了？」

劉秀笑嘻嘻道：「我今兒隨我爹娘來的，爹娘跟先生說好了，弟弟五日後便搬來私塾唸書。」

「好好，以後我同清娃便是同窗了！」章凌對劉清和善地笑笑，一副師兄的模樣。

「還請凌哥哥多多關照我弟弟。」劉秀朝章凌作揖。

「秀秀妹妹哪兒的話，都是同窗，清娃年紀尚小，我關照他是應該的。」章凌笑道：

「走，我也同裕哥兒一道帶你們逛逛去，上次只瞧了花園，好多好地方都沒去過哩。」

章凌、劉裕引著劉秀、劉清姊弟在私塾裡到處逛逛，給劉清指這裡是學堂，那裡是書館云云。劉秀仔細聽著，只覺得章凌說話溫文爾雅，聲音溫柔好聽，從他嘴裡說出的話格外悅耳。

章凌從小在城裡長大，對農家生活很好奇，便問了問他們日常起居，劉秀一一答了。章凌從小只是讀書，不似鄉野孩子那般玩耍嬉戲，聽得有趣。劉裕偶爾也跟著補充，章凌聽見劉裕每月回家教家人識字，眼睛一亮，道：「秀秀竟在學字，真好。」

劉秀臉一紅，道：「都是娘的主意，還要多謝二叔。」

劉秀提到她娘，章凌便想起那個和善的婦人來，心道不愧是能送劉裕來唸書的農家，見識與普通農婦不同。

轉悠了一圈，估算著大人的事談得差不多，章凌、劉裕便將姊弟兩人送回去。劉景夫婦已與先生說完話，先生進內堂小憩去了，夫婦兩人坐著喝茶等孩子們回來。

劉清蹦蹦跳跳地跑進來，撲進母親懷裡撒嬌，道：「娘，私塾真大，真好看！」

張蘭蘭揉揉兒子的腦袋，道：「那清娃可要好好讀書喔！」

「嗯嗯！」劉清使勁點頭。

一家人難得在城裡聚聚，劉景提出要帶大家去外面吃一頓好的。農家很少有機會去城裡的酒樓，姊弟倆一聽要上館子，高興得眼睛都直了。

最近的酒樓離私塾不遠，恰好就在劉裕擺攤的街口，五人上了二樓，挑了個臨窗的座位，正好能瞧見平日劉裕擺攤處。

兒子要唸書了，劉景心情大好，叫每個人都點了菜，一桌子酒菜十分豐盛，劉景還要了瓶黃酒喝起來。

酒樓廚子的手藝很好，加之大家心情佳胃口好，個個都吃得肚兒圓。

按照平日的習慣，再過一會兒就到了劉裕擺攤的時間，張蘭蘭仔細瞧著劉裕，見他時不時往街口瞟，神情有些焦躁，像是在等什麼人。張蘭蘭估計八成是海棠，便故意叫了兩碟糕點、一壺茶水，一家人吃完飯不急著走，喝茶吃點心。

劉裕越發焦急，張蘭蘭心中有數，果不其然，過了一會兒便見海棠手裡挎著個籃子走到街角，左右張望一番，立在原地等人。海棠出現後，劉裕更是急得恨不得立刻離開酒樓，張蘭蘭全然看在眼裡，知道自己這單純的小叔八成被海棠迷了，只是不曉得兩人的感情到了哪個點上。

海棠挎著籃子等了會兒，見劉裕許久不來，跺了跺腳，扭頭走了。

海棠心思不正，先是勾搭劉俊不成，又打起了劉裕的主意，張蘭蘭可不能教海棠那心術不正的狐媚子毀了劉裕的前程，當下便盤算起來。

王掌櫃一家聽說劉清五日後便要去私塾拜師唸書，便熱情地留劉景一家多住幾日，待到把劉清入學的事辦妥了再回去。張蘭蘭本不欲打攪王掌櫃家多日，想搬去旅店暫住，奈何胡氏喜歡劉秀得緊，日日摟在懷裡親得不得了，張蘭蘭若是說要將劉秀帶走，胡氏頭一個不答應。

於是一家人便在王掌櫃家繼續住，張蘭蘭少不得約束兩個孩子莫要胡鬧，做客人要有做客人的規矩。

劉秀還好，乾爹乾娘家也算是她半個家。劉清就那麼不教人省心了，張蘭蘭瞅著院子裡大眼瞪小眼的劉清、王樂，怎一個愁字了得。

這兩個孩子，一起玩耍了幾日還是不對盤，劉秀在時，兩人一個比一個能裝乖巧，想討姊姊歡心，可劉秀前腳剛回屋，兩個娃娃就跟烏眼雞似的鬥上了，誰也不讓誰。眼看著兩人你一言我一語的，又要開打，張蘭蘭撫額，忙將劉秀從屋裡叫出來坐鎮，兩個娃娃一見姊姊出來，翻臉比翻書還快，前一秒還鐵青著臉、齜牙咧嘴呢，後一秒就笑得跟朵花似的，一個賽一個的乖巧。

簡直是兩個小祖宗。

這幾日劉景也不得閒，先將在家裡做的木簪子寄賣後，便四處逛逛，尋些老主顧，看看有沒有活兒接。畢竟小兒子也去唸書了，又是一大筆開銷，雖然說妻子能賺不少錢，可劉景並不想躺著靠妻子養活一家，這可不像話。只可惜秋冬是淡季，日子越來越冷，生意也越發的少，若不是做些木簪子賺錢，連些許進項都沒了。

劉景在城裡轉了大半圈，一無所獲，悶悶地回錦繡坊，走到門口，又擔心妻子瞧見了擔心，便整了整心思，精精神神地進了院子。

張蘭蘭正坐在廊下盯著三個孩子，省得她一眼沒瞧見，三個娃娃再惹出些什麼事來。此番進城，張蘭蘭把上回在錦繡坊裡買的衣裳帶來了，平素在鄉下少有機會穿，這會子進城了當然要好好美一美。如今她靜靜坐在廊下，一身淡青裙子，襯得跟水墨青花瓷般，靜謐而美好。劉景瞧了一眼便呆了，先前在外頭的不快一掃而空，快步走過來瞧瞧他千嬌百媚的愛妻。

「簪子都寄賣啦？」張蘭蘭詢問道。

劉景點點頭，從懷裡掏出個布包來，塞進妻子手裡，道：「這是定錢，二兩銀子，待簪子全賣了還有進項。」

張蘭蘭笑眯了眼，高高興興將銀子收了，又拉劉景進屋，攤了件新衣裳，道：「我去錦繡坊給你挑的成衣，你換上瞧瞧。」

劉景素日裡都穿得幹練，方便幹活，極少穿這樣的衣袍，既是媳婦的心意，便歡喜地換上。這衣裳是張蘭蘭比照自己這一身挑的，藍白主色，劉景身材修長，活脫脫的衣架子，穿了新衣極是好看。張蘭蘭瞧瞧劉景，再看看自己，這不就是情侶裝嘛！她很滿意！

美男當前，先前因種種誤會心結沒這心思，如今皆解開了，張蘭蘭嚥了口唾沫，若不是因在人家作客且是白天，她簡直想把劉景就地正法！

劉景正低頭整整新衣裳，絲毫不知道媳婦坐在一旁已將他意淫了好幾遍。

張蘭蘭甩了甩頭，把腦子那些齷齪想法拋諸腦後，她還有正事要跟劉景商量。劉裕是劉景的親弟弟，再怎麼說，劉裕的事也要讓他哥哥知道。

張蘭蘭便將海棠的事原原本本告知劉景，末了道：「我還估算不準裕娃那孩子是個什麼想法，就怕打了老鼠傷了玉瓶，傷了裕娃的心。俗話說，不怕賊偷，就怕賊惦記，那海棠整日惦記著咱們裕娃，防不勝防。」

劉景還是頭一次聽說這事，事關弟弟的前途，一下子嚴肅起來。那海棠若是好人家的女子也罷了，可惜偏偏是個心術不正的，劉景是萬萬不能讓她得逞。

夫妻倆正在房裡商量劉裕的事，就聽見外頭有人聲響起。胡氏敲門道：「蘭妹子，芸姑娘和紅姑娘來了。」

「定是繡樣的事，我去瞧瞧。」

張蘭蘭起身出門，由胡氏領著去了廳堂，瞧見芸姑娘和紅姑娘並排坐著。

紅姑娘一見張蘭蘭進來，忙起身親親熱熱拉著她的手，一口一個姊姊，叫得親熱。

「蘭姊姊，妳瞧，這絲線剛染好，我就帶來給妳瞧了。」紅姑娘從懷中掏出個布包打開，裡頭是整整齊齊碼放好的各色絲線，紅姑娘一瞧見絲線，兩眼都放光，道：「妳瞧這顏色，染得極好，別處才沒有呢。再繡成花樣，定是獨一份的！」

胡氏在旁瞧，也覺得新奇，這些顏色乍看之下她都叫得出名，無非是什麼紅的紫的綠的，可再細細一看，卻又和平日見到的顏色不一樣。

芸姑娘笑道：「就是獨一份的東西才好呢，俗話說，物以稀為貴，若是滿街都是，反倒不值錢了。」說罷，又對張蘭蘭笑道：「蘭姊姊，妳說是不是這個道理？」

物以稀為貴，張蘭蘭當然懂，只不過這兩位大忙人平白無故地跑來，她可不認為就是來給自己看看染好的絲線，嘮嘮嗑。此時瞧見芸姑娘眼神，心下立刻了然，她定是不想自己給別家配色，省得這顏色獨特的絲線流落到市面上，壞了自家生意。

張蘭蘭面上笑著稱是，心裡卻不這麼想。她只跟王掌櫃說好，若是畫了繡樣，先拿給錦繡坊，但可不意味著她整個人就賣給了錦繡坊，連配個染料的顏色都得看人家臉色。只不過這會子，這些顏色獨特的絲線，確實是不宜流落到市面上，否則會壞了那些繡品的價錢。只有獨一份的花樣，獨一份的顏色，才能賣出高價。

張蘭蘭這不還跟錦繡坊簽了契書，等著分錢呢，她可不會在這個節骨眼上跑去給別人配色。

「芸姑娘說得是。」張蘭蘭笑咪咪點頭應道。「這配色的法子可是我們家獨門秘訣，哪能隨隨便便地給人配，這會兒還不是瞧在芸姑娘面上，我才配的。再說了，我契書都簽了，自是指著這獨一份的花樣，賣個高價錢！」

芸姑娘聽著很受用，臉上笑得越發開心，跟朵花似的。她雖說出了府，在外頭顯貴，可說到底不過是個丫鬟，最在意面上是不是有光，張蘭蘭捧著她，她心裡頭便舒坦。

一聽張蘭蘭這話，兩人便知道她不會隨便給其他染坊配色，都放下心來。紅姑娘拉著張蘭蘭的手，很是親熱，聊了一會兒，真恨不得立刻結拜成姊妹。

兩個姑娘有心捧她，張蘭蘭也不戳破，做出一副很受用的模樣。張蘭蘭曉得自己這一手絕活有多值錢，可眼下她一沒人脈二沒背景，想要自立門戶，怕是很難。芸姑娘只隨口說句話，知府大人便能抓了錢家一家去問罪遊街，那來日張蘭蘭想繞過錦繡坊自立門戶，芸姑娘再嘴皮子動一動，她的鋪子定然是開不下去的，至少在徐州是開不下去的。

胡氏跟隨丈夫從商多年，自然不是傻子，兩位姑娘話裡有話，她都聽得明明白白。胡氏同張蘭蘭性情相投，又是劉秀的乾娘，此時心裡為張蘭蘭不平，芸姑娘頂天不就是巡撫太太房裡的丫鬟嘛，論身分是個奴婢，若不是有巡撫太太撐腰，哪輪到她一個奴婢在張蘭蘭這個白身面前指手畫腳。

雖說有些不平，不過好歹是別人家的事，胡氏自然不會傻到去得罪芸姑娘。四個女人熱熱鬧鬧地有說有笑，遠遠看去一派花團錦簇，祥和和氣。

兩位姑娘坐了會兒，見天色不早，便回去了。張蘭蘭挽著胡氏的胳膊，同王掌櫃將她們二人送出門。又折返回院子，王掌櫃笑得滿臉褶子，搓著手對張蘭蘭道：「劉娘子，妳那兒可還有新畫的花樣？這批花樣已經遞上去製衣了，我尋思著若有新花樣，早些著手製作，趕在年前製成送上京城，又是一大筆銀子。」

張蘭蘭笑著攏了攏頭髮，道：「上次的花樣已是我搜索枯腸畫的，這會子再沒新的。若我再有新的，定交給王大哥。」

誰能想到第一筆買賣看似美好，可卻遇見官商勾結的噁心事，跟她玩壟斷，門兒都沒有！橫豎銀子賺了一筆，後續還有一大筆分成，幾年內都不愁錢，老娘不給你畫了！反正畫畫才是她的本命技能，畫幾個繡樣不過是畫著玩的添頭。

張蘭蘭打定主意，以後是不打算和錦繡坊合作了。既然往後沒有新的繡樣，那麼錦繡坊只能吃老本，繼續用她先前畫的繡樣；用先前的繡樣，勢必又得用上張蘭蘭專門配色的絲線。到時候染料用完了，還不是得她來繼續配色。

到時候可就沒現在這麼好說話了，五十兩銀子就想把她打發了？沒門兒！配一種色五十兩還差不多。

張蘭蘭進了屋就將事情跟劉景講了，本來在外頭沒覺得委屈，一見丈夫，便立刻覺得委屈，癟嘴抱怨起來。張蘭蘭並不是不明事理之人，總不會吵著讓木匠老公給自己出頭，去跟知府巡撫鬥，只是瞧見丈夫，不由化作小女人，想讓他哄哄自己。

如今劉景不過是個白身木匠，家族也無靠山，自是無法跟官家抗衡，見妻子委屈，心疼得不得了，只得將妻子摟進懷裡軟語安慰。

眼下劉裕的事乃是重中之重，夫妻倆說了會兒貼心話，又拐到劉裕的事上去。

張蘭蘭可是見過了這時代官欺壓民的事，劉裕聰穎好學，是劉家的希望。

張蘭蘭前世乃是獨立慣的人，本不習慣抱著倚靠他人的想法坐享其成，凡事都寧願自己拚一拚。可如今這時代，女子根本就不能參加科舉，女扮男裝考狀元當女駙馬的事只是戲文裡才有的事，張蘭蘭根本就沒往這處打算過。劉家要走仕途，劉清年紀小，眼下唯一的希望便是劉裕，張蘭蘭不想靠別人也得靠。

劉景這輩子只有張蘭蘭一個女人，跟其他女人壓根兒沒怎麼打過交道，更不知如何對付海棠那種不知廉恥的女子，想當然道：「我去找裕娃，叫他不再見那狐狸精便是。我是他大哥，他從小到大最聽我的，他若不聽，我揍他一頓。」

張蘭蘭噗哧一聲笑出來，劉景這思維簡直跟現代那些得知孩子早戀的家長一模一樣，簡單粗暴，先二話不說隔離兩人，敢不聽話就揍一頓。

「這可不成。」張蘭蘭搖搖頭，要是把孩子打叛逆了，直接做出什麼不好的事就完了。「裕娃從小就自有主意，若是他被那蹄子迷了心，你縱使打他一頓，他心還在那蹄子身上，反而擾了他讀書的心思，教他整日想著那狐狸精，豈不正中那狐狸精的下懷？」

劉景想想也是，弟弟的脾氣他是知道的，劉裕認定的事，十頭牛都拉不回來。

「這打不得罵不得的，可如何是好？」劉景皺著眉頭發愁，頭一次感覺到教育小孩子真是個難題，也不知媳婦是怎麼把孩子們教得那麼好的，回頭得多跟媳婦學學。

張蘭蘭笑笑。「這事說難也難，說不難也不難，只需要釜底抽薪便可。你想想，那狐狸精想迷惑人，勢必得披張人皮，才能看起來人模狗樣。那日我看海棠做出賢良淑德狀，一副淑女作派，咱們就揭了她的底，教裕娃看看海棠是個什麼樣的人，想必就能斷了裕娃的念想。」

轉眼便到了劉清拜師去私塾唸書的日子。

一大清早，劉清就蹦躂起來，拽著姊姊起床。

劉景一家穿了新衣，收拾得乾淨索利，提了禮品往私塾去。

走到離私塾兩條街的地方，便見劉裕早早候著了。

「大哥大嫂，清娃，秀秀！」劉裕瞧見家人，眼裡滿是歡喜。

「好好，往後清娃便交給你了。」劉景拍拍弟弟的肩膀，爽朗大笑。

劉裕領著家人進了私塾，行了拜師禮。章槐先生念及劉清年幼，便叫他同劉裕兩人住一間，相互也好有個照應。劉清抱著自己的小包袱，一路小跑跟著劉裕去他屋裡，見著什麼都新鮮得不得了，臉上笑開了花。

得知劉裕的姪子也來私塾唸書了，素日與劉裕交好的同窗都聚在屋子裡，章凌也在其中，對劉秀溫和一笑。

劉秀瞧見章凌，臉唰地一下紅了，立在母親身後垂著頭。

劉裕將自己的好友一一介紹給家人，張蘭蘭熱情地表示以後有空了來鄉下玩。劉裕的好友大多是貧家子弟，與劉裕性情相投，都是和善的孩子。大家認了人，便各自讀書去了。

劉景便帶著家人出去酒樓吃飯，算是慶祝兒子拜師讀書。

一路上劉清顯得很興奮，拉著爹爹和姊姊滔滔不絕。張蘭蘭瞧著劉裕，心思一動，笑咪咪道：「如今連清娃都入學了，我這心事又放下一件。」

劉裕笑道：「大嫂放心，我定會好好照顧清娃的。」

張蘭蘭點頭，道：「清娃跟著你，我自然是信得過的。只是裕娃你年紀不小了，該是說親的年紀，回頭嫂子給你挑戶好人家，說個好媳婦。如今爹娘不在了，長嫂為母，你的婚事嫂嫂給你作主。」

一聽說親，劉裕的臉一紅。往日提到這事，劉裕只說他一心唸書，沒旁的心思，這會兒怎麼如此反常？

張蘭蘭立刻套他的話，笑咪咪道：「若是裕娃看中哪家的姑娘，提前跟嫂子通個氣，省得嫂子蒙在鼓裡亂點鴛鴦譜，倒是不美。」

劉裕紅著臉，竟然點點頭，道：「我前些日子偶然認識位姑娘……」

張蘭蘭的心咯噔一下，心道：這都想談婚論嫁了，壞了壞了！

劉裕心思單純，加之從小被哥嫂撫養長大，對張蘭蘭早就視若母親，這會兒兩三下就被張蘭蘭把話套出來。

張蘭蘭估算了下時間，約莫是海棠離開劉家村後立刻就製造機會，和劉裕「偶遇」了。而後每逢劉裕在外擺攤寫字，海棠便做出一副賢淑的模樣來送茶送水。幸虧劉裕年紀不過十二，還未知男女之事，海棠又顧忌著裝矜持淑女，兩人沒有啥身體接觸。

劉裕雖然沒明說中意海棠，可話裡話外的意思，是對海棠動了點心思。張蘭蘭估計著兩人認識時間不長，劉裕只對海棠有朦朦朧朧的好感，倒不至於情根深種，總歸不算太難辦。

說著說著，一家人走進酒樓，劉景依舊選擇劉裕擺攤街上那家酒樓，一家人包了個雅間，臨窗坐下。

劉景知道媳婦和弟弟有話說，主動攬了劉秀、劉清兩個孩子，讓孩子們一左一右圍在自己身邊。張蘭蘭則在劉裕旁邊坐下，叔嫂倆繼續說話。

張蘭蘭喝了口茶，既然她要將話同劉裕翻開了說，便不瞞他，告訴劉裕自己瞧見他擺攤的事。劉裕的臉稍稍紅了，道：「原來嫂子都知道了……」

張蘭蘭笑咪咪道：「裕娃是個懂事的，知道為哥嫂分擔，我們都很欣慰。對了，你說那女子好，你覺得她好在哪裡？」

劉裕不假思索道：「她雖然命苦，卻孝順懂禮，善解人意。我平素擺攤寫字，私塾裡總有兩、三個看不慣的人跑來陰陽怪氣，說我街邊擺攤成何體統，簡直有辱斯文。可她卻說我不偷不搶，憑本事吃飯，不必理會那些人的胡話，教我莫放在心上。」

喲嗬，狐狸精還挺會說話。

張蘭蘭點點頭，道：「咱們劉家最看重女子懂禮，要不然若是將那些胡攪蠻纏的無知婦人娶進門，還不得整日家宅不寧。」張蘭蘭忽地想起原身那蠻不講理的性子，稍微心虛了一下。

劉裕點頭稱是，張蘭蘭立刻搬出了個反面教材。「比如咱們村的翠姑……」而後便將翠姑領著姪女在羅婉坐月子的時候鬧上門的事，繪聲繪色跟劉裕說了一遍，只不過隱去了海棠的名字沒說。

劉裕聽完，義憤填膺地攥著拳頭，憤憤不平道：「這天下竟有這種不知廉恥的女子？」

張蘭蘭點頭，道：「平日看著翠姑人模人樣，她那姪女更是長得水靈，往那兒一站不開口，還以為是大家閨秀哩，誰知道知人知面不知心，竟做出那般不知羞恥的事。」

劉裕與大姪子劉俊的感情好，知道大姪子與大姪媳婦情深意重，大姪媳婦羅婉又是溫柔孝順的好女子，聞言更是對翠姑姑姪倆厭惡得很。

張蘭蘭又套著劉裕將海棠的諸多好處一一說出來，面上做出和顏悅色狀，偶爾還附和劉裕跟著誇幾句。劉裕見大嫂的支持態度，漸漸放得開了，說得眉飛色舞，彷彿恨不得將海棠說成那天下第一好的女子。

張蘭蘭拊掌笑道：「這般好的女子，裕娃何時引給大嫂瞧瞧？」

劉裕面上又紅了，伸頭往外瞧了一眼，道：「每每我擺攤寫字，她都會來送壺茶水，估計一會兒人就該來了。」

張蘭蘭笑道：「那我們就在這兒邊吃邊等。」

沒多久便上了一桌子好菜，劉裕心情極好，連飯都多吃了一碗，心心念念著將心上人引給家人瞧瞧。

吃完飯，張蘭蘭閒閒地喝茶，劉裕時不時朝外張望，忽地眼睛一亮，張蘭蘭抬眼一瞧。來了。

只見海棠手裡挎著個竹籃，邁著小碎步緩緩沿街走來。

「她來了。」劉裕滿臉喜色，放下茶杯，若不是顧忌家人在場，簡直要飛奔下去。

「咦？」張蘭蘭故意咦了一聲，假裝沒聽見劉裕的話，指著樓下的海棠，捋起袖子，對劉秀道：「秀秀，妳瞧那個人，怎地那樣面熟？」

劉秀正和劉清玩呢，聽見母親的話，跑過來扒在窗臺往外瞧，劉清也忙跟過來，小屁股一扭一扭，學著姊姊的樣子，踮起腳尖。

「是那個……那個……欺負大嫂的壞女人！」劉秀認出了海棠，她可還記得當時翠姑姪女把大嫂氣成什麼樣。

「對對，還是秀秀眼尖。」張蘭蘭點頭，對劉裕揮揮手，道：「裕娃，你瞧，真是說曹操曹操就到。這就是方才嫂子跟你提過的翠姑姪女，跑咱家鬧俊娃兩口子的那個。」

劉裕臉色頓時不好了，挨著窗戶仔仔細細瞧，家人手指的方向只有海棠一人站著，並無旁人。

「是、是那穿粉紅衣裳的女子嗎？」劉裕不可置信。

「是啊，就是她。上次來咱們家鬧事的時候，她就穿著這身，直往俊娃懷裡鑽呢，若不是我護著，誰知道會做出什麼不要臉的事。」張蘭蘭滿臉不屑。

「怎麼、怎麼可能……」劉裕呆住了，海棠姊明明是那樣溫柔賢慧的女子，怎麼會是大嫂口中說的不知廉恥的翠姑姪女？

張蘭蘭怎會不知劉裕口中的「怎麼可能」是什麼意思，這會子故意不說破，道：「哎呀，一樣米養百樣人，天下之大什麼事沒有呢。不過是翠姑姪女貪財，看著咱們家條件好，趁著小婉坐月子，想勾搭俊娃唄。裕娃你從小在城裡讀書，齷齪事見得少，我早就見怪不怪了。」

劉秀想起那事，也為大嫂羅婉不平，跟著道：「那天幸虧娘回家得早，不然大嫂就教那兩個壞人欺負去了！可憐大嫂還坐著月子呢，就教外人欺到頭上！這女子真是壞心腸，連大嫂一根頭髮絲都比不上！」

劉裕一屁股坐在椅子上，怎麼都不敢相信海棠是那樣的女子。

「對了，翠姑姪女叫什麼來著？瞧我這記性，愣是給忘了。」張蘭蘭作出苦思冥想狀。

劉清肉乎乎的小手托著下巴，努力地想著什麼，突然跳起來，跑到劉裕跟前，緊張兮兮地拉著劉裕的袖子，有些害怕道：「二叔，我想起來了，有一天我在咱家院子門口摔了一跤，就是那個人把我扶起來。當時我哭得厲害，沒瞧清楚她的樣子，她還問了二叔在哪裡唸私塾，我、我沒多想，就順口告訴她了！」

張蘭蘭這下明白了，怪不得海棠能這麼快就找到劉裕，原來還使計套了清娃的話，果真是居心叵測。

劉裕滿嘴苦澀，他只是心思單純，但並不傻，稍微串連一下就想通了，定是海棠勾引劉俊不成，將主意打到自己頭上。劉裕苦笑，誰知他頭一個有些心動的女子，竟然是這般不堪的品性，原來他以為的所謂偶遇，是人家故意設計好，來算計他的。

張蘭蘭見劉裕神色，知道他想明白了，並不將事情點破，省得劉裕面上過不去。她假裝什麼事都沒發生，帶著孩子們坐回座位，邊喝茶邊問：「裕娃，你認識的那女子何時才來啊？瞧著天色不早了。」

劉裕垂頭不語，半晌道：「估摸著，今兒是不會來了吧。」

海棠挎著籃子立在街角，等了半天沒見劉裕來，深秋的風吹得她瑟瑟發抖。海棠體面衣裳就那麼一、兩件，為了見劉裕，總特地打扮而來，又嫌厚衣裳臃腫顯不出她的婀娜身段，穿得並不多，此時在寒風裡站了半個時辰，簡直凍成狗。

海棠心裡將劉裕八輩祖宗都罵了一遍，還不見人來，不甘心地跺了跺腳，挎著籃子往回走。

劉裕在樓上遠遠瞧著她背影，只覺得一陣心痛，忙別過臉去，將眼淚生生忍了回去。

張蘭蘭瞧他這般難受，心裡不禁嘆了口氣，又慶幸發現得早，讓劉裕早早抽身，省得天長日久情根深種，那時候才更難受。

第十章

一家人吃好喝好，將劉裕、劉清送回私塾。往後劉清便要留在私塾唸書，不能整日圍著母親姊姊轉了。

劉清很捨不得，淚眼汪汪地看著爹娘和姊姊，掉了幾顆金豆子，手背一抹眼淚，噘著嘴道：「清娃不哭，清娃要努力讀書，將來考狀元！」

童言無忌，私塾裡來來往往的其他學子們聽了，有些善意地衝劉清笑笑，有些則說了些陰陽怪氣的酸話。

劉清只顧著和家人道別，絲毫沒注意旁人說了什麼。

「小師弟好志氣。」章凌手裡捧著個匣子走過來，和善地摸摸劉清的頭。

「這些是我剛進學堂時用過的書，裡頭還有許多注釋。」章凌捧著匣子遞給張蘭蘭，眼神若有若無地瞟了劉秀一眼。

這個時代，書籍異常珍貴，劉家所有的書籍都供給劉裕使用，家人學習時並沒有完整的書籍，只是劉裕用草紙抄錄要學的篇章給大夥兒看，如今章凌送來啟蒙書籍，自然是極好的。

劉秀瞧著章凌，一下子心花怒放起來。

「凌哥兒有心，這般貴重的書，我們怎麼好收呢。」張蘭蘭忙推辭道。

「嬸子還請收下吧，這些啟蒙書籍我如今用不著，放著也是白放著，不如送給有用的人。」章凌堅持。

一來二去，張蘭蘭收了匣子，交給劉秀拿著。劉秀捧了匣子，紅著臉低頭對章凌福身道：「多謝凌哥哥，秀秀定會好好識字唸書。」

劉清入學的大事辦完，張蘭蘭想了想，留在城裡沒別的事，還是儘早回鄉下去。家中焚毀的幾間屋子要趕在年前蓋起來，要不然寒冬臘月的在室外做飯，那可凍得受不了。再說了，九歲的秀秀年紀不算小，不能總跟著爹娘睡一塊兒。況且……張蘭蘭瞟了眼劉景，吞了吞口水，為了自己的性福生活，還是趕緊把房蓋好。

至於染坊的染料用完了咋辦？該咋辦咋辦唄，回家！

辭別王掌櫃一家，劉景夫婦帶著女兒回家。剛回村就聽說錢大一家人被遊街打了板子的事，錢家犯了這樣大的事，從此在村裡抬不起頭來，見了劉景家的人都要繞著走。

幾日沒回，家中事務在羅婉的張羅下井井有條，小石頭的傷好得差不多，已經可以下地行走了。

聽聞那老棺材匠去世了，小石頭很是黯然，可又聽劉景說可以教他手藝，小石頭眼神亮晶晶，對劉景磕頭道：「劉叔，雖說我沒那個福氣當您的徒弟，但在我心裡，您就是我師傳！」

一日為師，終身為父。

劉景已經知道張蘭蘭的收入，這會子銀子不用瞞著他，直接拿出來蓋房子用。

鄉下農閒時，大夥兒正發愁沒活兒幹呢，一聽說劉景家要蓋房子，嘩啦啦的來了一群漢子幫忙蓋房子。人多力量大，短短半個月的工夫，三間寬敞明亮的磚房，就在原來廚房的位置蓋好了，比原先的破廚房要氣派得多。一間當廚房，一間當書房，一間做劉秀的房間。劉秀瞧著裝飾一新的寬敞房間，高高興興地搬進新屋。

轉眼就到了臘月，眼看著要過年了，家家戶戶都忙了起來，張羅著過年的年貨。劉家今年銀子充裕，買起年貨來格外大方，魚啊肉啊的應有盡有。小甜甜眼看著就要過百日了，羅婉的意思是家人在一塊兒吃個飯就好，可張蘭蘭執意要大辦，這可是她家大孫女，當然要重視，省得外頭不知情的人再以為她不喜歡大房，再想著勾搭上劉俊作妖。

村子裡一般只給男嬰辦百日宴，女娃則沒有這個待遇，能留著養就算不錯了。

劉景家要給小甜甜辦百日宴的消息傳了出去，村民們紛紛咋舌，覺得張蘭蘭是不是腦子壞了，給個女娃辦什麼宴？

「欸，妳這就不懂了吧。」張屠夫家的桂姑抱著女兒，抬了抬眼皮。「張蘭精明著呢！你們想想，大家伙兒去她家吃席，哪能空手去啊？少不得帶禮錢，你們算算，那得多少錢呢？」

一群農婦圍在一圈，恍然大悟，道：「就是，我看她家的百日宴也吃不上什麼好的，估計沒啥好菜，就是為了收錢才擺的。哼哼，我才不上那當。」

桂姑看著懷裡的女兒，心念一動，自己女兒也快百日了，劉景家能藉著宴席收錢，她也能啊！

桂姑笑道：「我家閨女也快百日了，到時候我家擺宴，大夥兒要來啊！我家掌櫃的是賣肉的，宴席上少不了肉，鄉親們定要來！」

屠夫家肯定少不了肉，拿腳趾頭想，也知道張屠戶家的飯菜肯定比劉木匠家的好。

不知是不是桂姑想跟張蘭蘭較勁，兩家孩子的百日宴竟擺在同一天。

張蘭蘭早早起來，忙活了一天。宴席的蔬菜和肉類都是前一天她進城特地採買的，隔壁嫂子王茹一早就來幫忙，劉景全家並王茹嫂子，忙活了一早上。

張屠戶家也早早忙活起來，桂姑喜笑顏開地立在門口，等著中午開席，好收禮錢。

村民們都知道今天村中有兩家擺席，大家不約而同地認為屠戶家的席面肉多，於是剛到正午，村民們首先去張屠戶家。桂姑一瞧，來的賓客絡繹不絕，喜得咧嘴直笑。

鄉下吃的是流水席，先來的先上桌，可這菜一擺出來，大家伙兒就皺了眉頭。

這都什麼啊？青菜蘿蔔的，一桌子的唯一葷菜就是一盤蘿蔔肉丸子，裡頭還只有五、六個丸子，這席面也忒寒酸了吧？

來的人都是帶了禮的，這會子瞧見這菜，都皺起了眉頭，心中暗暗嘀咕，這張家也太小氣了吧？要不然就不辦，辦成這樣，真是難看。

桂姑瞧著匣子裡裝的錢，樂呵呵的，心裡默默算帳，看看這百日宴賺了多少錢。

後來的村民可就沒這麼笨了，進院子一瞧見那飯桌，臉皮薄的送了禮錢，吃了幾口，耿直的連錢都沒給，頭也不回地走了。

「欸，別走啊！」桂姑在後頭叫，先把禮錢給了唄。

「啊，我們跟劉木匠家說好了，得過去。」村民們烏壓壓地往劉景家去。

劉景家院子裡這會兒來的人不多，大多都是和劉景夫婦交好的村民和劉家的親戚。

從張屠戶家來的村民，心裡本就不太痛快，一見劉景家的宴席，驚得眼珠子都要掉地上了。

雞鴨魚肉俱全，一桌子硬菜實實在在。這才是做席面的樣子嘛！張屠戶那種小氣人做什麼席面嘛！

「哎呀，大家伙兒來了，快坐快坐，今兒飯菜都足，管飽！」張蘭蘭抱著小孫女，喜氣洋洋地招呼村民。

劉家菜色實在，眾人吃得高興，出手也大方。許多人包了兩份紅包，本來一份多的預備給張屠戶家，少的打算給劉木匠家，可見到張屠戶家那小氣樣，很多人都沒給禮錢，反而將雙份禮錢都給了劉景家。

村民們來了一輪又一輪，流水席上的肉菜源源不斷，眾人吃得滿足極了，吃飽喝足的便圍著張蘭蘭瞧小娃娃，將小娃娃誇了又誇。

這邊劉景家熱熱鬧鬧，那邊桂姑院子越發冷清，桂姑卻還抱著錢匣子笑得開心。這次她隨便弄了些青菜蘿蔔，便收了這麼多禮錢，這會子琢磨著等女兒周歲了，再辦一次斂財。

劉景家的流水席一直到日落時分才結束，張蘭蘭高興得只管抱孫女，其餘的都交給家人收拾，羅婉現在識字不多，卻也能簡單地記帳算錢，張蘭蘭便叫羅婉去算帳。

這一算可好，這頓宴席竟然還賺了！宴席的成本大約二兩銀子，收的禮錢竟然有四兩多！

本來沒想要收回成本的，誰知道竟然還賺了不少，真真是意外之喜。張蘭蘭並不知道，這還要託桂姑的福，她才收了好些人的雙份禮金。

眼看著要到年關了，天氣越發的冷。

劉景每天除了教小石頭手藝之外，便是做木簪子。小石頭聰明好學能吃苦，不過兩、三個月的工夫，手藝就進步極大，按照劉景的估算，等開了春，小石頭的手藝就足夠做棺材了，那時他自立門戶，劉景也就放心了。

冬日養膘，張蘭蘭風韻了些，更顯得膚色潤澤，年輕了不少。劉秀搬到新屋後，夫妻兩人終於能無人打擾地夜夜笙歌，橫豎冬日夜裡漫長，無事可做，張蘭蘭天天吃得飽，滋潤得很。

待到年關前，私塾放了假，學生們都各自回家，劉裕、劉清也不例外。經過幾個月私塾生活，劉清赫然長大了不少，再不是以前總黏著母親的小奶娃，顯出幾分斯文氣質。

「娘！」拖長音撲進娘親懷裡，劉清又恢復成那個黏人的奶娃娃。

張蘭蘭見了兒子，格外高興，張羅了一桌好菜好飯給小叔和兒子接風。劉清挨著母親坐，興奮地將在私塾的事講給大家聽，一家人樂呵呵地邊吃邊說，其樂融融。

晚上，劉清像往常一樣纏著娘親，要和爹娘一起睡。

劉景冷哼一聲，心道你這小兔崽子又要來壞你爹好事？

劉清被老爹拎著領子無情地鎮壓，丟去跟劉裕睡。好在劉清在私塾跟劉裕一屋睡慣了，雖然有些捨不得母親，可還是乖乖聽話地去跟二叔和小石頭睡一屋，夜裡安安靜靜的，再不哭鬧。

一家人聚在一塊兒，又恢復了每日玩鬧的時光。劉裕每日抽出時間給家人教書，劉秀十分好學勤奮，學習進度比年長她的羅婉還要快，倒是教劉裕吃了一驚。

正月裡穿新衣，羅婉趕在正月前做好衣裳，進了正月便不再動針線，一家人穿了新衣，喜氣洋洋。

年三十那天恰好下了大雪，鵝毛大雪將路都蓋得嚴嚴實實，一家人圍著火爐，吃吃喝喝，高高興興過年。

孩子們得了壓歲錢，買了炮仗，初一一早就跑雪地裡放炮仗，等大人起床後，挨家挨戶的拜年。村子裡張燈結綵，洋溢著喜氣。

這是張蘭蘭有記憶以來最熱鬧的一個新年，也是劉家人最快樂的新年。如今家裡衣食不愁，吃得起肉，穿得起新衣，唸得起私塾，日子就同那火紅的窗花一般，紅紅火火。

根據張蘭蘭的估算，她繡樣做成的成衣，應該會在年前入京城售賣，過了年便會有消息傳來，可這都出了正月，卻還沒消沒息。張蘭蘭坐不住了，收拾收拾便獨自進城，打算問問王掌櫃那筆銀子的事。

可誰知道王掌櫃熱情地接待她住下，卻一直沒提分成銀子的事。張蘭蘭在王掌櫃家一住就是三天，這三天王掌櫃好吃好喝地款待她，每次張蘭蘭提到分成的事時，王掌櫃便打個哈哈岔了過去。

見王掌櫃這樣，張蘭蘭心裡感覺不妙。

這幾日張蘭蘭便蹲在錦繡坊守王掌櫃，不斷追問他銀子的事。起初王掌櫃還含含糊糊地糊弄她，可誰知道張蘭蘭不是個好打發的主兒，整日鐵個臉坐在繡坊大堂，嚇得客人不敢上門，連生意都受了影響。

王掌櫃苦著臉，道：「哎喲我的姑奶奶，妳這守著我也沒用。銀子不在我手裡，我說了不算。」

張蘭蘭白了他一眼，道：「我那契書是同你簽的，我自然得找你要銀子，你少把我往外頭推。誰跟我定的契，我就認誰。」

王掌櫃又道：「那批貨的貨款還沒結算好，待算好了定會將妳的分成給妳，妳先回家等消息。」

張蘭蘭冷哼一聲。「你莫當我是個農婦就想來矇騙我，同我那繡樣一批送入京城的衣裳都結算了，連帳目都送了回來，怎麼就偏偏我那批沒結算好？」

這幾日張蘭蘭在錦繡坊裡橫著走，連帳本都給她翻出來了，小二不敢攔，也攔不住，王掌櫃壓根兒管不住。

王掌櫃真是被磨得沒有辦法了，那批衣服其實早就賣完了，京城裡也早早就結了帳，按理來說確實是應該按照契書給張蘭蘭分成，可偏偏上頭有人眼紅那麼大筆銀子，足足五百兩呢！可不教人眼熱！

上頭的人得罪不起，王掌櫃也不敢得罪，只能拖著糊弄張蘭蘭。可王掌櫃心裡清楚，他不可能糊弄張蘭蘭一輩子，這潑辣的女人可不是那麼好說話的，這幾日跟個門神似的，把上門的客人全都嚇跑了。

王掌櫃被折騰得沒招了，對張蘭蘭使了個眼色，將她拉到內室，掏心掏肺道：「劉娘子，可不是我壓著妳的銀子不給，我也沒辦法啊！上頭不鬆手，我拿什麼給妳喲！」

「上頭？誰壓著我的銀子？」張蘭蘭揪著王掌櫃的衣領，五百兩銀子啊！她可不能就這麼算了。「我是看在錦繡坊口碑好，做生意厚道的分上才跟錦繡坊合作，這會兒才賺了這麼點銀子，就想昧了去，真真是眼界小，你告訴我，到底是誰？」

王掌櫃不敢明說，皺著眉頭比劃了一下，張蘭蘭愣了愣。「芸姑娘？」

王掌櫃忙擺手，道：「劉娘子，這是妳猜到的，可不是我說的！」

真真沒想到，芸姑娘瞧著是大戶人家的作派，可做的事，教人怎麼說呢？真是又蠢又沒遠見！

王掌櫃也知芸姑娘這事做得大大不對，嘆了口氣，小聲道：「我聽說這位一直想讓她家大爺收房，可誰知大太太手腕厲害，這麼多年愣是沒讓這位討到好處，這不，年紀大了，想外嫁，琢磨著給自己攢嫁妝呢。」

大戶人家但凡有點姿色的丫鬟，大部分都想攀上主家當個姨娘，芸姑娘姿色不錯，看來一直打著當姨娘的主意，落空之後又轉頭盤算嫁人的事。

可不管芸姑娘打的什麼主意，都不能黑了她張蘭蘭的銀子啊！

張蘭蘭心裡窩著火，噌噌地冒，讓個丫鬟擺了一道，這叫什麼事？

張蘭蘭略微想了想，對王掌櫃道：「王掌櫃，你是我家秀秀的乾爹，眼下有一樁好事，若是成了，少不了你的好處。」

王掌櫃想了想，道：「劉娘子說來聽聽。」

「上回巡撫太太叫芸姑娘負責我先前畫的那批繡樣，如今那事結了，也就沒芸姑娘什麼事了，我猜著，芸姑娘自己也在裡頭賺了好大一筆。」張蘭蘭道。「可那繡樣是王掌櫃你簽下的，最後好處卻教個丫鬟半路截胡，銀子也落人家口袋裡頭了，豈不是平白為他人作嫁衣？」

王掌櫃嘆了口氣，張蘭蘭說的是實情，芸姑娘有分成，自己這個簽下繡樣的人卻一分錢的好處沒撈著，怎麼能不氣？

「怪只怪上次我大意了，只讓人送了繡樣過去，這才被截胡。若我早知道有人會從中插手，我就親自送了繡樣去，再親自討了差事，得了太太許諾才能放心。」王掌櫃說不出的懊惱。

張蘭蘭莞爾一笑，道：「上次那批繡樣，嘿嘿，只不過是中下之品。」

「中下之品！」王掌櫃吃驚地看著張蘭蘭，要知道這批貨送到京城，那些貴婦人簡直搶瘋了，都說這花樣別致漂亮，生怕買得晚就沒有了。

張蘭蘭點頭，對王掌櫃道：「麻煩拿筆墨染料宣紙，我要畫繡樣。喔對了，再去廚房拿根燒透的柴火棒。」

王掌櫃見識過張蘭蘭畫繡樣的功夫，自然不敢怠慢，將所有東西立刻備齊，而後在門外候著。

張蘭蘭胸中憋了口氣，拿起炭棒用布條纏了，這會兒沒有素描筆，拿炭棒湊合湊合吧。這年代的畫作大多是山水寫意的風格，並沒有發展出寫實的畫派，更別說什麼素描、透視之類。

立體的花，見過沒？張蘭蘭冷哼一聲，拿著炭棒一筆一畫開始描繪。

王掌櫃在門口守著，從早上守到太陽快落山，腿都快斷了，才聽見裡頭張蘭蘭叫他。

「進來吧。」張蘭蘭揉了揉眉心，低頭看著自己的最新畫作。

「這……天哪！」王掌櫃盯著那朵牡丹花，簡直不敢相信自己的眼睛！這花，是真的吧？哪裡像是畫上去的？

「這……這是真花吧？劉娘子莫要拿我尋開心啊。」王掌櫃顫顫巍巍，都有些站不穩。

「王掌櫃去摘摘看，便知道是真是假。」張蘭蘭放下染色筆，笑道。

王掌櫃試探著朝那花伸出手，做出摘花的動作，可誰知手指碰上的竟然是宣紙！

「這真是！神了！」王掌櫃差點給她跪下了。

「這算中品了。」張蘭蘭揉揉肩膀，道：「這次掌櫃的知道怎麼做了吧？」

王掌櫃喜得嘴都合不攏了，一拍大腿道：「上次是我大意了，這次絕對不會！這樣好的東西，再被人截胡，那我就直接吊死在門口，沒臉見人了！」

王掌櫃小心翼翼將畫捲起，準備用盒子裝著，親手捧給巡撫太太。

「那……契書？」王掌櫃忽然一拍腦門想起來了，這次還沒簽契書呢，連這幅繡樣的錢都沒給。

「契書？不必了。」張蘭蘭笑了笑，她這畫，沒有人能模仿，無論是畫作本身，還是顏色，都不可複製。上回隨隨便便搭配的顏色就讓染坊的人頭疼，這次她精心配的色，誰能模仿？

「就當送給巡撫太太的見面禮吧。」張蘭蘭一副無所謂的樣子，如果這巡撫太太不蠢的話，定能看出這畫的價值。

畫完畫的第二天，張蘭蘭就回家了，等巡撫太太瞧見那幅畫，就不是她張蘭蘭求人家給錢，而是人家巴巴地要送給她銀子，還怕她不收呢。

果不其然，張蘭蘭才到家歇了不過兩日工夫，就見一大隊人嘩啦啦地往自己家門口走。劉家人已經見過這陣仗，這會兒瞧見了並不覺得多吃驚了。這次來的人不只芸姑娘和王掌櫃，還有一個四十出頭的嬤嬤，聽王掌櫃介紹，乃是巡撫家的管事李嬤嬤。

迎了客人進堂屋坐下，芸姑娘始終低著頭，張蘭蘭也不怎麼說話，招呼劉秀上茶後，就只坐著喝茶。

張蘭蘭前世本就是極為有名的畫家，這會子端著茶杯抿茶，周身透出些許大家風範的氣度。李嬤嬤默默打量著她，見這娘子容貌出眾，氣度不凡，不像個鄉下村婦，倒像個歸隱田園的大家。

再想想那幅牡丹圖……李嬤嬤心裡更認定張蘭蘭便是那歸隱低調的名家。

「劉娘子，那幅牡丹圖，可是娘子的手筆？」李嬤嬤笑道。

張蘭蘭低頭一笑，欠自己銀子的事還沒結呢，居然一上來就問牡丹圖。

「嗯啊。」張蘭蘭敷衍地哼哼幾聲。

且說那日王掌櫃捧了牡丹圖去，巡撫太太眼睛都看直了，直追問是哪位名家所作，王掌櫃賣了半天關子，才說出是一位鄉間的能人所作。巡撫太太直說這畫價值連城，若是做成繡品，真真是要賺得盆滿缽滿。

巡撫太太當即想要將畫買下來做成繡品，可王掌櫃做出支支吾吾的為難樣，在巡撫太太的逼問下，才「不得不」說出這位就是先前合作的劉娘子所畫，只不過因為銀子上有糾紛的緣故，如今倒是不太好合作。

巡撫太太一向認為她的錦繡坊開得公道，童叟無欺，怎麼會出了銀子的糾紛？當下一查，就查出芸姑娘私吞剋扣銀子的事。一看自己房裡的丫頭狐假虎威，把這麼一位名家給得罪了，太太氣得將芸姑娘痛罵一頓，責令她交出銀子，往後再不敢給她指派鋪子裡的差事。

因著自己家得罪人在先，太太本想親自去見見這位名家，可顧忌著最近身子不爽，便差遣自己最得力的陪嫁管事李嬤嬤，由王掌櫃做中人，領著芸姑娘登門賠罪。

李嬤嬤見張蘭蘭不悅，心知自己唐突了，恨恨瞪了芸姑娘一眼，斥道：「不長眼的東西，瞧妳做的那些噁心事，還不快給劉娘子賠罪！」

芸姑娘早就嚇得魂不附體，忙捧著一大包銀子放在張蘭蘭跟前，老老實實跪在張蘭蘭腳邊，道：「劉娘子，是我教豬油蒙了心，現特向娘子請罪。」

芸姑娘跪在地上，垂著頭，心道自己真是倒楣透頂，本以為仗著主家的威風吞個村婦的銀子，對方只能認栽，誰知道竟然一腳踢了個鐵板！

張蘭蘭氣定神閒地數銀子，裡頭除了她應得的五百兩之外，還有三百兩，是芸姑娘自己湊出來給她賠罪的。

待數完銀子，張蘭蘭才對芸姑娘道：「罷了罷了，銀子都齊了，我也就不追究了。」

李嬤嬤見張蘭蘭消了氣，才繼續笑道：「劉娘子真是寬宏大量，這次我們太太想買那牡丹圖，還要煩勞劉娘子配色。這個工錢麼，自是好說。」

張蘭蘭見那巡撫太太不是胡攪蠻纏之人，又是真心想買她的畫，便本著良心建議道：「其實我這牡丹圖只是一大幅繡樣中的一朵花，若是太太將整幅繡樣買了，做成屏風，才叫價值連城。當然將圖樣拆成花樣繡在衣裳上，又是另一種進項。兩種加起來，豈不是要賺得盆滿缽滿！」

李嬤嬤一聽，那朵牡丹居然還有一整幅！這會兒真是遇見大家了，她趕緊起身，對張蘭蘭做了個福身，道：「多謝娘子指點！這主意是真真好的！不過老身只是個奴婢，作不了主，得去回了太太。」

李嬤嬤帶了芸姑娘走了，張蘭蘭抱著銀子包回屋，勾勾手指叫劉景進來，隨手拿了個銀元寶丟到劉景懷裡，瞇著眼睛道：「你媳婦厲不厲害？」

劉景將元寶又丟回包裡，抱著媳婦笑道：「厲害，我家媳婦自是厲害！」復又道：「我也得多想點賺錢的法子。」

木匠純靠手藝吃飯，劉景雖然是方圓百里頂尖的木匠，收入也算不錯，可被媳婦的繡樣一比，收入就少得可憐。劉景想了好久也沒想到個超過妻子的法子，不由有些沮喪。

張蘭蘭自然瞧出劉景的心事，卻也對此毫無辦法。她穿越而來，又帶著最頂尖的繪畫技能，自然是劉景這個本土木匠比不了的。

劉景這幾十年來一直兢兢業業努力勤奮養家餬口，人家都當頂梁柱幾十年了，如今讓人歇歇，換張蘭蘭頂一頂，也沒什麼了不起的，況且劉景又不是那好吃懶做吃軟飯的渾人。

夫妻倆誰都沒見過那麼多銀子，兩人將銀子數了一遍又一遍，張蘭蘭捏著小元寶嘿嘿地傻笑，她就喜歡銀子，看見銀子就高興！

兩人仔細將銀子裝箱鎖好，藏在床下的暗格裡頭，劉景便出了屋門去教小石頭手藝。

小石頭已經學得差不多，應該可以出師了，計劃再過幾天就回城裡，將城裡的老宅子改成棺材鋪子。

李嬤嬤回去之後，一連幾天都叫人送來各色禮物，說是太太病了，待太太病好了，李嬤嬤親自來接張蘭蘭去巡撫府上作客，巡撫太太想見見張蘭蘭。

這幾日村民見城裡日日來人往劉景家送東西，一個個都眼紅得不行。劉景家門口時常有幾位婦人守著，每個人領著幾個男娃娃，一聞見劉景家院子裡有飯菜香，就領著娃娃們上門討吃的。

張蘭蘭知道這事有一就有二，閉著院子門就是不給他們分吃的。幾個婦人氣得破口大罵，閒來無事，索性便在劉景家門口一蹲一整天，指桑罵槐。

又有好事的聽說劉景家攀上了貴人，動起了歪腦筋，想把自家待嫁的女娃送給劉景當小老婆，臉皮薄的上門來試探，臉皮厚的直接就領著女娃上門，全教張蘭蘭拿棍子打了出去。

還有些人家看著劉秀已經十歲了，遣了媒人來說親，指望著劉秀帶一大筆嫁妝嫁過去扶貧，張蘭蘭直接閉門不見客。

這才幾日，就鬧得家宅不寧，還有人想半夜潛入偷東西的。

「真是見不得人好。」羅婉抱著小甜甜嘆氣。小甜甜如今已經半歲了，長得粉妝玉琢，十分可愛。

張蘭蘭真的受夠了，這村裡極品眾多，說好的純樸村民呢？瞧了瞧孩子們，張蘭蘭嘆了口氣，她可不想讓孩子們在這種環境長大，孟母尚且三遷呢，她想給孩子們更好的環境，不想讓孩子們與那些只會為雞毛蒜皮小事而斤斤計較的人當鄰居。

當晚，張蘭蘭就叫了劉景合計。「我瞧這村裡是住不下去了。」

劉景點頭，他也被那些小姑娘煩得夠嗆。

「咱搬到城裡住吧，最好離私塾近一些，好照應裕娃和清娃。」張蘭蘭盤算起來，同劉景商量許久，兩人決定舉家搬遷到省城，鄉下的老宅子和地就留著，地全部都租出去，反正他們也不靠種田吃飯。

同家人說了要搬家的事，劉俊夫婦表示贊同，劉秀也很高興。在鄉下她沒啥朋友，村子的女娃大部分都被賣掉了，同齡的女孩大多包攬所有的家務，沒得空閒出來玩耍，只有劉秀最幸福，在家裡只需做力所能及的家務，剩下的時間和大嫂學學繡花，照顧小姪女。

一家人商量，搬家的事先不要透露，省得村裡人來找事。劉景這幾日就打算去城裡找房子，又不放心家裡，擔心自己不在家，再有村人來騷擾，家人吃虧，便找了劉家族長照看，才放心地去了城裡。

劉景對省城很熟悉，沒幾日就找到一處宅子，離私塾兩條街遠，兩進的宅子，還帶個小花園，家人住起來寬敞又舒服。

張蘭蘭很放心劉景的眼光，看都不看，就取了銀子付了訂金。

又過了幾日，李嬤嬤果然來接張蘭蘭進城，這次芸姑娘沒來。聽李嬤嬤說，自出了芸姑娘貪銀子的事，太太便對她有了芥蒂，不再將重要的事交給她，只讓她做些無關緊要的跑腿小事，不像從前那樣得寵了。

馬車拉著張蘭蘭到巡撫府邸偏門，又換了軟轎抬進去，顯然巡撫太太對她很重視。坐了會兒轎子，又下轎走了會兒，便見一個清幽雅致的院子，李嬤嬤道了聲：「前頭就是我家太太的院子，劉娘子稍等片刻，奴婢去通傳一聲。」

張蘭蘭點頭，立在原地等著，一會兒便見李嬤嬤領著兩個小丫頭前來迎接。

一行人進了屋，巡撫太太陸氏瞧了張蘭蘭一眼，心裡暗道一聲好。

這劉娘子膚白高䠷，樣貌出眾，說是農家出身，可這周身氣度卻沒有一絲畏畏縮縮，怪不得能畫出這般的畫作。

上茶、看座，陸氏笑盈盈地詢問起那牡丹圖的事，道：「那牡丹果真只是一小部分？我瞧光那朵牡丹就價值連城，若是一整幅，那該多稀罕！」

張蘭蘭早就習慣別人對她畫技的恭維，這會兒聽了也只是淡淡一笑。

陸氏見她寵辱不驚的神色，心裡更佩服，道：「不瞞娘子說，三個月後就是皇后娘娘的生辰……」

張蘭蘭心領神會，道：「若是將這整幅牡丹圖做成屏風送給皇后娘娘，自是極好的。」

陸氏眼睛一亮，她正在頭疼給皇后娘娘獻什麼壽禮，這牡丹圖就撞了進來。皇家什麼珍寶沒有，什麼好東西沒見過，唯有稀罕珍稀的東西，才能討得了好處。

「劉娘子說得是，我也正是這般打算，只是不知娘子可否將整幅圖畫出來？」陸氏真切道。

張蘭蘭點頭，這等好事她怎麼可能不做。她畫的繡樣，做成給皇后娘娘的賀禮，豈不是她名揚天下的機會？她一身的本事，可不想就這麼埋沒在鄉間。

兩人一拍即合，立刻商量著繪畫的事。

牡丹圖篇幅大，耗時長，不可能在一天之內完成，加之還要配色染色，都少不得張蘭蘭參與。陸氏的意思，是希望張蘭蘭暫住府裡，可是她家裡卻著實教人操心得很。

陸氏見張蘭蘭神色，道：「娘子可是有什麼顧忌？」

張蘭蘭便將家中情況告知，陸氏聽了，笑道：「是我考慮不周，只想著送禮，卻沒想給娘子惹了麻煩。」

不過堂堂巡撫太太，自然是有她的本事的，陸氏道：「劉娘子莫操心，這樣吧，我派些人將妳新買的宅子儘快收拾出來，妳家人早日搬入城裡，妳也可安心作畫。」

陸氏的家丁那可是俐落幹練，有他們張羅著搬家，張蘭蘭自然放一百個心，再說，此時陸氏有求於她，當然會十分上心。張蘭蘭當下答應，陸氏立刻叫李嬤嬤去操辦收拾張蘭蘭新家的事。

「那就多謝太太了。」張蘭蘭道。「待我搬家之後，便來府上，儘快作畫。」

張蘭蘭坐了一會兒，惦記著新宅子，便起身告辭，陸氏叫李嬤嬤送她，又叫馬車將張蘭蘭送到她新家，順便讓李嬤嬤認個門。

李嬤嬤進了院子，道：「倒是個好院子，娘子好眼光。」

張蘭蘭只是笑笑，她也喜歡這院子，劉景的眼光真的不錯。

劉景在屋裡等她，張蘭蘭與劉景說了陸氏要幫忙收拾屋子的事。劉景將鑰匙交給李嬤嬤，而後帶著張蘭蘭去與房主交割清楚餘款，將房子契書過戶，這宅子就成了劉家的了。

李嬤嬤拿了鑰匙，知道這是太太重視的事，便趕緊張羅起來。府裡不缺那些桌椅擺設，庫房裡一堆一堆的，陸氏樂得做個人情，便叫李嬤嬤從庫房裡自個兒挑東西。

一車一車的桌椅擺設從庫房裡拉出來，李嬤嬤帶著四、五個小廝並兩個丫頭，足足忙活了兩天，將張蘭蘭的新家收拾好了。而後讓人給張蘭蘭帶個口信，說院子已經收拾好，隨時可以搬過去。

挑了個吉日，劉景家舉家搬遷，將老宅託付給劉家族長關照。

劉景要搬家的事，之前一直瞞著村裡人，直到東西都裝好車，拉到了村口，村民們才知道劉景要搬到城裡了。

頓時滿村風雨，翠姑本以為張蘭蘭會被劉景休掉，誰知道劉家竟然要搬到城裡，她嫉妒得眼睛都紅了，連飯也不做，直接跑去村口瞧。

「喲，賺了點小錢就要搬去城裡，瞧不起咱們鄉下人？」翠姑陰陽怪氣地朝張蘭蘭道。

張蘭蘭點點頭，指著翠姑的鼻子道：「沒錯，我就是瞧不上妳這種尖酸刻薄，又蠢又毒的人。」說罷，鑽進馬車，瞧也不瞧翠姑氣得青紫的臉。

劉家村，再見！

劉景一家搬入新家，氣象一新。

新家分為前後兩個院子，呈兩個疊起來的凹字形狀，最後頭還有個小花園，前院與後院用迴廊連著。每個院子都極為寬敞，這年代地廣人稀，不似現代寸土寸金，故而就連城裡的院子都修得寬敞。

房間是由李嬤嬤張羅布置的，裡頭的桌椅擺設都出自巡撫太太陸氏的私庫。這些東西雖然是官家府邸用不著的東西，可放在民間，確實是好東西，起碼比他們住在劉家村時的擺設強多了。陸氏打定主意要拉攏張蘭蘭做人情，便說這些擺設在庫房裡放著也是白放，一來用不上，二來賞人都沒法賞，三來過兩年巡撫回京，這些擺設難以長途搬運。

見陸氏這般堅決，張蘭蘭恭敬不如從命，全數收下。

買下新家共花了一百兩銀子，又有零碎的採買，少說花了二十兩。張蘭蘭儘量讓家人少搬些行李過來，橫豎城裡什麼都有賣，她手頭銀子又寬裕，所以大家只整了些細軟和貼身衣裳。後院養的那些雞鴨盡數送給了老鄰居王茹，餘下些舊衣裳之類則送給平日關係好的村民，唯獨那給小甜甜供奶的羊被一同牽進了城，擱在後花園養著。

劉俊與羅婉夫婦住在前院，獨占一排三間房，剩下兩排六間房，廚房與柴房、儲物間占了一排，另一排給小甜甜留著，等她長大後可以住。

後院劉景夫婦占了一排，兩間做臥室、起居室，另一間張蘭蘭給自己留著當畫室。劉秀住西廂一排房子，足足三間。劉清、劉裕因要讀書，一人占了一間東廂房，又將東廂房剩下的一間屋子闢出來做叔姪倆的書房。

前院再靠前有單獨的一間大房，做待客的廳堂。

一家人哪住過這樣漂亮寬敞的新房，個個喜上眉梢。因新家離私塾很近，張蘭蘭索性讓劉裕、劉清搬到家裡住，吃住由自己照看更加放心，上學時再一同去私塾。

搬了新家，張蘭蘭又著手給家人各準備了幾套新衣裳，因是在錦繡坊買的，王掌櫃只收了本錢，並不賺她錢，故而沒花多少銀子。

家人得了新衣裳，習慣性地捨不得穿，瞧著劉秀將新衣裳裝進箱子，張蘭蘭又笑著將衣裳拿出來，道：「衣裳買回來就是讓妳穿的，往後秀秀要日日打扮得漂漂亮亮。」

往日住在鄉下，旁人大都穿粗布衣裳，若是有人穿得稍微好些，少不了聽些酸話，更遭人眼紅。如今搬到城裡，左鄰右舍都穿得體面整潔，無須再故意穿舊衣裳了。

劉秀聽話地點點頭，挑了件鵝黃裙子換上，張蘭蘭又給她梳頭，從胡氏送她的首飾裡頭挑了幾件給她戴上。人靠衣裝，劉秀頓時從一個充滿鄉土氣息的村姑變成了小家碧玉。

「好，好，我們秀秀最漂亮！」張蘭蘭將劉秀摟進懷裡，這丫頭眼瞅著又長大了些，過不了幾年就會長成亭亭玉立的大姑娘，唔，到時候得給她找個好婆家。

家人在張蘭蘭的鼓動下，紛紛穿上新衣，劉家人本就生得好，如今衣著煥然一新，瞧著賞心悅目。

安頓好家人，張蘭蘭便安安心心地上巡撫太太那兒住下來，完成她的牡丹圖。

本朝流行山水寫意風格，更談不上有什麼寫實繪畫技巧可言。張蘭蘭本也不擅長山水寫意風格的畫，她的畫以逼真見長，畫顆雞蛋放桌上，都會讓人以為是真的，伸手去拿。

陸氏本想瞧她作畫，被張蘭蘭婉拒，陸氏倒沒有不悅，畢竟是人家獨門的絕技，哪能這麼輕易示人。

張蘭蘭被單獨安排在一個大房間裡，她需要什麼只管吩咐小丫鬟，自然有人送來，且陸氏並不拘著她的自由，張蘭蘭想出去逛逛便可出去。不過張蘭蘭並不習慣在完成一幅畫之前亂逛，故而大部分時候她都老老實實在屋裡畫畫，這教陸氏很滿意，每日好湯好水的供著。

在陸氏家足足住了七天，牡丹圖終於完工，上頭繪製了七七四十九朵形態各異的牡丹，整幅畫立體感極強，張蘭蘭讓人做了窗框式樣的畫框將畫裝裱起來，掛在牆上，簡直像是在牆上開了扇窗，窗外便是那牡丹園！

巡撫太太瞧了，嘖嘖稱奇，不敢相信這些牡丹竟然是用筆畫上去的！

「真是絕了！」陸氏打從心底佩服。

這次的牡丹圖用的顏色更多，更有層次感，張蘭蘭又忙著配色、督工染絲。

接下來便是找最頂尖的繡娘，將畫作繡成屏風，十個繡娘，足足繡了一個月，才將這扇窗戶大小的牡丹圖繡出來。陸氏依張蘭蘭所言，將屏風的木框做成門扇式樣，再將這牡丹屏風裝上去，往牆跟前一擺，簡直就像扇打開的門！

陸氏得了這樣的稀世珍寶，自然愛得不行，給了張蘭蘭二千兩銀子作為酬勞，並承諾若是這屏風助陸氏在皇后娘娘跟前露臉，還有其他賞賜。

二千兩銀子，足夠劉家全家生活一輩子了。張蘭蘭將銀票收好，琢磨著只告訴劉景一人這筆銀子的事，省得家裡孩子們知道了，生出了懶惰的心思，不知上進。

接下來，張蘭蘭是否能揚名天下，便全看皇后娘娘的壽宴了。

橫豎還有一個多月工夫，張蘭蘭並不急，也沒什麼好急的。如今她手裡有錢，丈夫疼愛，兒女懂事，整日在家逗弄孫子，好不快活。

倒是劉景，知道媳婦能賺錢，卻是不甘落後，每日在外忙碌，早出晚歸。

張蘭蘭只知道劉景忙活的事跟小石頭開的棺材鋪有關，卻不知道實際是在做什麼。

轉眼幾個月過去，小甜甜已經能在大人扶著的情況下邁開步學走路了。就快入夏的天氣，已經有些熱，幸好院子裡樹木高大，鬱鬱蔥蔥的，並不顯得多曬。

張蘭蘭坐在前院逗弄小孫女，羅婉張羅著做飯，劉秀打著下手。劉俊被他爹拉著一起出去，說是跑生意，爺兒倆都快曬成煤球了。

「蘭妹！我回來了！」劉景一臉汗，進了院子。

張蘭蘭抬頭一瞧，爺兒倆一身的汗。「先去洗把臉，一會兒該吃飯了。」張蘭蘭笑道。

「妳瞧！」劉景爺兒倆洗了把臉，劉俊將正在做飯的羅婉拉過來，父子倆一副神秘兮兮的樣兒，從懷裡掏出張銀票來。

「這是五十兩！」劉景摸摸鼻子，道：「我跟俊娃跑的買賣有些上道了。」

短短兩、三個月的工夫，賺了五十兩！這爺兒倆很不錯啊！

劉景坐下，開始滔滔不絕講他的生意經。

原來自小石頭開了棺材鋪後，發現生意並沒有想像中的好，便來詢問劉景。劉景跑了好幾天，才弄明白，原來城裡棺材市場早就被原先幾個棺材鋪瓜分乾淨。城裡雖比村裡富有，但是棺材價格昂貴，能用得起棺材的是少數，小石頭是新人，沒有人脈，自然接不到生意。

這時劉景想了個辦法，他建議小石頭不要做那些傳統的厚重棺木，一來用料多原料貴，二來價格太高，不如用些便宜木料，專門做樸實無華的平民棺材。無須多厚重，也不要那麼花稍，用的木料便宜，棺材的價格自然就降了，加上不用雕刻之類的工藝，更加省時省工。

小石頭很聽劉景的話，便做出一批平民棺材來。通常一般的棺材厚重、昂貴，少說要十兩、八兩銀子，而小石頭的棺材，成本只要五百錢，加上小石頭的手工費，也不過一兩銀子。

一兩銀子雖然不是個小數目，但是大多數城裡的居民都能負擔得起。

古人講究入土為安，總是希望有個棺材容身，而不是一卷草蓆裹著埋了，昂貴的大棺材買不起，總買得起普通的小棺材吧！

小石頭的平民棺材很有市場，那些買不起大棺材的人家，都來訂小石頭的平民棺材。

由於全國只此一家，遠近城鎮鄉里的人聽說，很多人家大老遠的跑來預訂，一時間棺材鋪竟然生意火爆了起來。小石頭又在相鄰一百多里外的祈城開起了分店，生意同樣很好。

至於劉景，他為了孩子家人著想，雖然不能當個棺材匠，但是暗地裡出錢當大東家總可以。這不，短短兩、三個月工夫，光他的分成錢就有五十兩。

「我這些日子聯絡了從前給我供木料的商人，有個姓賈的年紀大了，想將鋪子盤出去，我琢磨著可以接了這生意，往後做木料買賣。」劉景有些興奮。「那賈掌櫃還包了幾座林場，我也想都盤下來。將來林場的木頭直接供給小石頭的棺材鋪，成本更便宜。我是做木匠活的，木料好壞一眼就能看出來，做木料生意倒沒人能騙得了我。」

張蘭蘭一聽，這個可以！賣木料賺一筆，小石頭的棺材鋪分成又一筆，聽起來很不錯啊！

得了妻子支持，劉景底氣足了許多，道：「平日瞧俊娃不聲不響的，誰知竟是個做買賣的好材料，往後鋪子由我帶著俊娃打理。」

事不宜遲，張蘭蘭將那五十兩銀子塞給劉景，又另外取了五十兩給他，道：「既然有了主意，就快把鋪子買下來。」

劉景的鋪子很快就盤下來了，因他原就是木匠，接手起來容易許多。

劉俊每日跟著爹爹忙前忙後，店裡做生意少不了得看帳本，這會兒才覺出母親讓他們學認字的好處來，起碼帳本上的字都認得。鋪子原先的帳房先生依舊在鋪子裡頭，劉俊同那先生學起了算帳，每日忙得腳不沾地。

陸氏帶著屏風去京城給皇后娘娘賀壽，入夏便回來了，同時帶來了京城裡的諸多消息。

張蘭蘭整日在家悠閒自得，直到陸氏親自上門來，才知道京城早就沸反盈天，為的自然是她那幅牡丹圖。

當日殿上，陸氏送的牡丹屏風剛擺上來，便將其餘人送的寶物襯得黯然失色，眾人均沒有見過這樣精美傳神的牡丹圖，有些個王公貴族還真的伸手，以為那牡丹是真花！

這下子徐州有位繪畫名家的消息一下子從朝堂上傳了出去。陸氏是個精明人，知道越是難打聽到的，人們就越有興趣，故而一直吊著眾人胃口，直到皇上親口詢問，才緩緩道出，這屏風上的畫，原是徐州一位隱匿鄉間的世外高人所做。

能畫出這樣的畫，可不就是世外高人嘛！

而後陸氏又道，那位高人乃是名女子。這下子壽宴是徹底炸鍋了，誰能想到這樣的妙筆竟然出自一位女子之手！

連皇帝都讚不絕口的畫作，哪有不出名的道理！於是張蘭蘭立刻出了名，一傳十，十傳百，漸漸地，因她牡丹圖的緣故，京裡便稱呼她為「牡丹大師」。

張蘭蘭聽了這個稱號，是啞口無言，囧得不知道說什麼好。

「牡丹大師，我聽著倒是不錯。」陸氏笑得合不攏嘴，如今張蘭蘭如此出名，她的畫作自然水漲船高，那屏風現在被皇后娘娘放在寢宮日日賞看，而那牡丹原圖，不就正掛在她巡撫太太的屋子裡嘛！

張蘭蘭目前並沒有其他畫作流出，那幅牡丹圖既是她的成名大作，又是目前唯一的畫作，價值極高！

「劉娘子，如今妳的身價水漲船高，妳的一幅畫真真叫價值連城呢！」陸氏捂著嘴，笑得真心實意。「不瞞妳說，我在京城的時候，有好些人想買妳那幅牡丹圖，我都給拒絕了，沒賣，這牡丹圖我可要好好收著，當傳家寶呢！」

天下沒有不透風的牆，很快，這位牡丹大師的身分就被人挖了出來。

「娘，怎麼辦！」劉秀皺著小臉，隔著門縫瞧著外頭熙熙攘攘的人，嘟著嘴道。

張蘭蘭擦了把汗，誰能想到哪來這些人在外頭堵門呢！

「弟子乃是益州王明，特來求見牡丹大師！」外頭有人喊道。

「你、你走開，我先來的，我先拜師！」

張蘭蘭撫額，這幾日來拜師的、求畫的，簡直快要把門檻給踏平，害得劉景、劉俊回家都得從花園的後門偷偷摸摸進來。

「娘！」劉秀急得直跺腳。

張蘭蘭心道，這樣躲著也不是辦法啊，眼見著門口的人一日比一日多，總得面對不是？

張蘭蘭想了想，示意劉秀回院子去，自己打開大門。

門外幾個後生為了爭奪有利位置，都快打了起來，突然瞧見大門竟然開了，裡頭走出來一個三十出頭容貌美豔的少婦，都看得驚呆了！

「敢問這位娘子，可是、可是牡丹大師？」有人想起來，傳說中的牡丹大師是個女子，難道就是眼前這位？

張蘭蘭聽見牡丹大師四個字，嘴角抽搐了幾下，淡淡道：「正是。」

「啊！大師！求大師收我為徒！」

嘩啦啦一大票人，小的六、七歲，大的四、五十歲，全跪在門口，一副虔誠得不得了的樣子。張蘭蘭忍不住後退幾步，眉頭微皺。她得把這些人打發走，省得每天來堵門口，日子都沒法過了。

「我暫不收徒。」張蘭蘭揮揮手。「你們回去吧。」

一群人聽大師說不收徒，都有些灰心，其中一個少年鼓起勇氣問了一句：「那大師何時打算收徒？我可以等！」

「對對！我們可以等！」

張蘭蘭嘴角又抽搐幾下，這群人還讓不讓人過日子了？

「你們別聚在我家門口，各自回去吧。」張蘭蘭轉身進了院子，哐噹一聲關上門，不再理會那群人。

他們喜歡等，就等吧，看他們能堅持幾日！

又過了半月，門口的人越來越少，看來是他們覺得拜師無望，都紛紛散了去。

雖說拜師的人散了，可張蘭蘭卻生出了收徒的心思，畢竟她前世鑽研半生的技藝，不想等自己百年之後後繼無人。可若要收徒，也不是隨便什麼人都能收的，若是不提高標準，想拜師的人一窩蜂地湧來，誰也架不住啊！

張蘭蘭坐在院子裡乘涼，羅婉與劉秀在樹下的蔭涼處坐著繡花，劉秀繡了朵蘭花，得了大嫂誇獎，笑嘻嘻地捧著繃子向母親獻寶。

張蘭蘭見女兒來了，接過繡花繃子瞧了瞧，劉秀雖然年幼，可繡的花有模有樣。

「繡得真好，比娘強！」張蘭蘭在女兒臉上親了一口，忽然靈光一閃，還愁什麼收徒啊，眼前不就現成的嗎！

劉秀聰慧又懂事，自己一手繪畫技藝傳給女兒不正好！劉秀有畫技傍身，日後的日子就不愁了。再瞧瞧兒媳羅婉，也是個聰慧的，張蘭蘭一拍腦袋，自己怎麼捨近求遠起來？

「秀秀、小婉，妳們可願意跟我學畫？」張蘭蘭問道。

兩人愣了一下，驚喜地點點頭，劉秀道：「願意！娘真的要教我嗎？」

羅婉也點頭。「娘，我願意學！」

都是自家人，拜師沒那麼多規矩，磕頭敬茶，便算禮成了。既然當了師傅，教學時便自然收起當娘的慈祥，一副嚴師態度。

「喏，一人一個圓石，先畫石頭，什麼時候把石頭畫得栩栩如生了，咱們再學其他的。」張蘭蘭擺了兩個圓滾滾的石頭在兩人面前。

劉秀同羅婉面面相覷，畫圓石？

「別瞧不起畫石頭，我娘的師傅傳授我娘畫技前，就拿了個圓石頭讓我娘畫。」張蘭蘭摸摸劉秀的頭，道：「每一朵花葉都有自己獨特的樣子，花朵的形狀、葉子的脈絡都不相同，妳們要想畫得活靈活現，就得先練習基本功。」

「好，我畫！」兩人齊齊點頭。

張蘭蘭欣慰地笑道：「我先教妳們些技巧，省得妳們走彎路。這些都是我娘畫石頭時摸索出的，教給了我。我畫得多了，再總結些心得，算是自成一派吧，妳們兩個畫畫時若有什麼心得，不妨說出來互相交流，也好大家一起進步。」一身畫技從原身母親那裡學來這藉口，張蘭蘭越編越順，張嘴就能說來。

說罷，張蘭蘭教了她們二人一些最基本的素描技巧，讓她們用在畫圓石上，多多練習。

張蘭蘭早早就申明過學畫枯燥且苦，幸虧羅婉與劉秀都是性子柔韌，耐得住寂寞的人，姑嫂兩個在畫室一待便是一上午，除去平日做家務之外，大部分時間都用來練習，十分刻苦。

羅婉學了畫，張蘭蘭照顧小甜甜的時候便多了，整日抱著小孫女，疼得跟眼珠子似的。閒時偶爾畫一、兩幅畫，一經問世，便又引起轟動，牡丹大師畫作甚少，每幅都是精品，故而張蘭蘭的身價日益高漲，她的畫可謂千金難求，又引來一批想拜師的人，蠢蠢欲動。

張蘭蘭收徒的消息不久之後便散了出去，外人一見她收了自己的女兒和兒媳為徒，便知曉外人估計是無望了，於是再無拜師的人登門。

張蘭蘭明白，畫得太多反而會令價值下降，故而她計劃一年就畫個一、兩幅賣掉。平日除了教女兒和兒媳作畫，便是逗弄小孫女。

幾月過去，劉秀與羅婉的圓石畫得有模有樣，進步極大，劉清對作畫也有興趣，閒暇時跟著畫幾筆，劉裕則一心讀書，對旁的事情毫無興趣。

眼瞅著又到了考童生的時候。

劉裕自覺準備充分，又詢問了恩師章槐先生，第三次報考童生。張蘭蘭雖說心裡重視這次考試，可面上沒表現太多，省得給劉裕太大壓力，只是將他要用的物件準備妥當，又囑咐劉裕夜裡看書多點盞燈，省得看壞了眼睛。

小甜甜也將一歲了，周歲宴劉家自然大辦一場。如今牡丹大師名聲在外，連巡撫太太都給她面子，親自帶著幾個未出嫁的閨女來參加，劉清、劉裕的恩師章槐先生，也帶著孫子章凌前來，還有幾個平日與劉清、劉裕要好的同窗好友。

劉景、劉俊的生意做得越發大了，生意場上的幾個朋友也來捧場。

小石頭更不必說，準備了一份厚禮，早早就親自提禮上門。

一院子人熱熱鬧鬧的，到抓週時，小甜甜什麼都不要，徑直抓了畫筆！

「哈哈！等妳長大了，奶奶就教妳畫畫！」張蘭蘭抱著小孫女猛親一口，想來這孩子大約是平日看她們畫畫看多了，所以想抓那畫筆吧。

孩子周歲後方可取名字，一家人叫甜甜叫得習慣，便取名為劉恬。

恬靜美好，一世安穩。

劉恬周歲宴後半個月，童生考試放榜了，劉裕一大清早就起來，緊張兮兮地去衙門外頭等著放榜的名單公布。劉景特意沒去鋪子裡，陪著弟弟同去。

「不管考沒考上，都別怪裕娃。」臨走時張蘭蘭小聲囑咐劉景。

劉景暖暖一笑，握住妻子的手，道：「我曉得。不過我對裕娃有信心，定能考上！」

直到傍晚，劉裕砰地推開院門衝進來，一臉喜色，大喊道：「我考上啦！考上童生啦！」

——未完，待續，請看文創風482《蘭開富貴》下

重生婆婆鬥穿越兒媳

全套二冊

筆鋒犀利，一解心中千千愁／蕭九離

帶著憾恨重生而來的王府續弦妃、
不甘落於人後的穿越世子媳，
大家各憑本事，置之死地而後愛！

前世恍如一場夢魘，教重生後的顧晚晴不能忘也不想忘，
都恨她識人不清，引狼入室，害死了娘親，連自己也慘遭毒手，
豈料再世為人，不但沒聽見那包藏禍心的庶妹遭到報應，
還因「賢孝之名」被指婚給平親王世子，教她如何甘心？!
既然蒼天無眼，那就由她親手了結這段弒親奪嫡之恨——
素聞平親王姜恒雖是而立之年，卻因接連剋死五妻而無人敢嫁，
那教名媛們避之唯恐不及的王妃之位，便是她復仇之路的開端，
無論如何，她都要先一步嫁進王府，設下天羅地網，
任憑那庶妹本事再滔天，她也要與之纏鬥不休，
死過一回之人何懼之有？如今，她要把失去的一一討回來……

相見不晚 緣來就是你

2016
年終幸福特別企劃

一年很快又過去啦～～在2016年的寵物情人裡，
也有傳來喜訊唷！一起來看看這些溫馨的小故事吧！

第258期耐思 約翰 台中／Lenon

我總覺得生命似乎無法盡善盡美，所以領養了一隻有特色的貓，並用我喜歡的搖滾明星給牠取名，於是我們就變成了約翰和藍儂。

約翰不只是個搖滾明星，還是一隻相當有文藝氣息的貓。牠不抓沙發，也不咬電線，牠還有特別愛的一本書，就是謝爾．希爾弗斯坦的《失落的一角》，每次經過都要啃個兩下，現在書皮的確是「失落的一角」了。

有時候我覺得牠並不是貓，而是一位詩人。每天早上天亮前牠會醒來，喝一點水，然後爬上書櫃，掀開窗簾的一角，看著窗外平平淡淡的光，直到日出結束，才開始自己一天的活動（不過在假日時會陪我睡回籠覺）。

由於約翰的可愛與乖巧，連原本因呼吸道過敏而不想養貓的媽媽，都願意將約翰的姊姊小乖領養回家，是約翰將我們彼此的緣分連結在一起，感謝約翰出現在我的生命裡！

第258期艾思 小乖 台中／Amy

我女兒從家裡搬出去住不久，我便去探訪她，就發現她養了隻玳瑁色的小花貓。之後我又去了幾次，常常跟小貓玩耍，也會買些好吃的東西給牠吃，沒想到自己在不知不覺間也變成大家口中的貓奴了！

後來從女兒那裡得知，約翰的姊姊一直被退回中途，她希望我可以領養；經過幾天的考慮，我帶回了牠，並取名為小乖。小乖在我的朋友圈裡引起一陣熱烈關注，甚至有朋友也願意領養，於是我帶著朋友到台中動物之家。朋友領養貓咪時顯得十分興奮，而我自己看到獨自依偎在角落的瘦弱白貓後感到於心不忍，因此又將巧巧領回家。

現在在我開的小店裡，我將巧巧任職為貓店長，而小乖是貓副店！一年後的今天，小乖和巧巧都成了店裡的開心果呢！看到這些毛孩子在有愛的家庭裡健康並快樂的生活著，一切真是太棒了！

第261期 妞妞 屏東／中途邱小姐代筆

去年，妞妞突然出現在我家前的大馬路上四處穿梭尋找食物。有天，當我下班過馬路時，心裡默念著：「不要跟著我！不要看我！我不能養你，拜託。」沒想到才這麼想完，牠竟然就從馬路另一端向我衝了過來。

於是，我就餵牠吃罐頭和飼料，也發現牠會在固定時間、固定地方等著（似乎牠就是在那個地方被人棄養的）。因為沒有看到牠和其他狗狗一起結伴討食物吃，就只是孤單的在馬路上來來回回，瘦巴巴的身影看得好心疼，也好擔心牠會被車撞到，我試著上網貼文好幾天，可是都沒有人來詢問。

後來，我和朋友帶妞妞去做結紮，也將認養訊息貼了出去。過了一段時間，很多有愛心的人都表示願意認養；經過考量，讓一位住在四林的女生認養了妞妞，我們感到非常的開心，因為妞妞終於有個新主人疼愛牠啦！目前妞妞被接去飼主親戚舅舅的農場餐廳幫他們顧綿羊去囉～～

等你為他亮1盞幸福的燈……

259期 派克 & QQ

在尋找可愛的小虎斑喵喵當家人嗎？溫柔體貼男的派克，還有溫和又有點小貪吃的個性男QQ是最佳選擇！牠們都正等待著你喔～～（聯絡人：李小姐→cats4035@yahoo.com.tw）

264期 Jimmy

善良又帥氣的Jimmy有著開朗的個性，牠喜歡向人撒嬌，對小朋友也非常友善，除了喜歡跟其他狗狗一起玩耍，甚至還能跟貓咪和平相處喔！快寫信來並給牠一個溫暖的家～～

（聯絡人：Carol 咪寶麻→carolliao3@hotmail.com）

266期 Buddy

憨厚的Buddy擁有完全不會生氣的好脾氣，而且聰明的牠聽得懂基本的坐下、握手及拋接球指令，如果你願意當給予Buddy溫暖幸福的主人，趕緊來把牠帶回家吧！

（聯絡人：Carol 咪寶麻→carolliao3@hotmail.com
或許小姐→vickey620@hotmail.com）

267期 Countess（咘咘）

看起來大隻的Countess其實是膽小又害羞的小女生，雖然有點慢熟，但牠十分乖巧又親近人，也很愛撒嬌的！Countess一直在期待遇見給牠關愛的好主人喔！

（聯絡人：Carol 咪寶麻→carolliao3@hotmail.com）

268期 黃兒

黃兒除了喜愛親近人，和其他狗狗也相處得融洽，更重要的是牠十分地忠心。如果你正期盼著有個「專一」的好夥伴，那麼快寄信來找黃兒吧！

（聯絡人：Lulu Lan→summerkiss7@yahoo.com.tw
或Carol 咪寶麻→carolliao3@hotmail.com）

蘭開富貴 上

國家圖書館出版品預行編目資料

蘭開富貴 / 玉人歌著. --
初版. -- 臺北市 : 狗屋, 2017.01
冊 ; 公分. --（文創風）
ISBN 978-986-328-678-3（上冊 : 平裝）. --

857.7 105021301

著作者	玉人歌
編輯	黃暄尹
校對	黃薇霓　周貝桂
發行所	狗屋出版社有限公司
地址	台北市104中山區龍江路71巷15號1樓
電話	02-2776-5889～0
發行字號	局版台業字845號
法律顧問	蕭雄淋律師
總經銷	知遠文化事業有限公司
電話	02-2664-8800
初版	2017年1月
國際書碼	ISBN-13　978-986-328-678-3

本著作物由北京晉江原創網絡科技有限公司授權出版

定價250元

狗屋劃撥帳號：19001626

網址：love.doghouse.com.tw　E-mail：love@doghouse.com.tw